WASCHEN, SCHNEIDEN, MELKEN

EINE LIEBESGESCHICHTE IN IRLAND

KIRSTEN HARDER

Kirsten Harder c/o Brokejoke Books Brachwitzer Dorfstraße 28, 14929 Treuenbrietzen info@kirstenharder.de - www.kirstenharder.de

Lektorat: Dorothea Kenneweg - www.lektorat-fuer-autoren.de Cover-/Umschlaggestaltung: Buchgewand - www.buch-gewand.de

Verwendete Grafiken/Fotos:

Zoooom – depositphotos.com, Tribaliumivanka – depositphotos.com, roxanabalint – depositphotos.com, Vertyr – depositphotos.com, punphoto – depositphotos.com, trefalga – depositphotos.com, ekmelica.gmail.com – depositphotos.com, flas100 – depositphotos.com, artnis – depositphotos.com

Alle in diesem Buch geschilderten Handlungen und Personen sind frei erfunden. Ähnlichkeiten oder Namensgleichheiten mit lebenden oder verstorbenen Personen oder Kühen wären rein zufällig und sind nicht beabsichtigt.

Taschenbuch ISBN 978-3-9820799-0-5

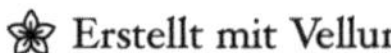 Erstellt mit Vellum

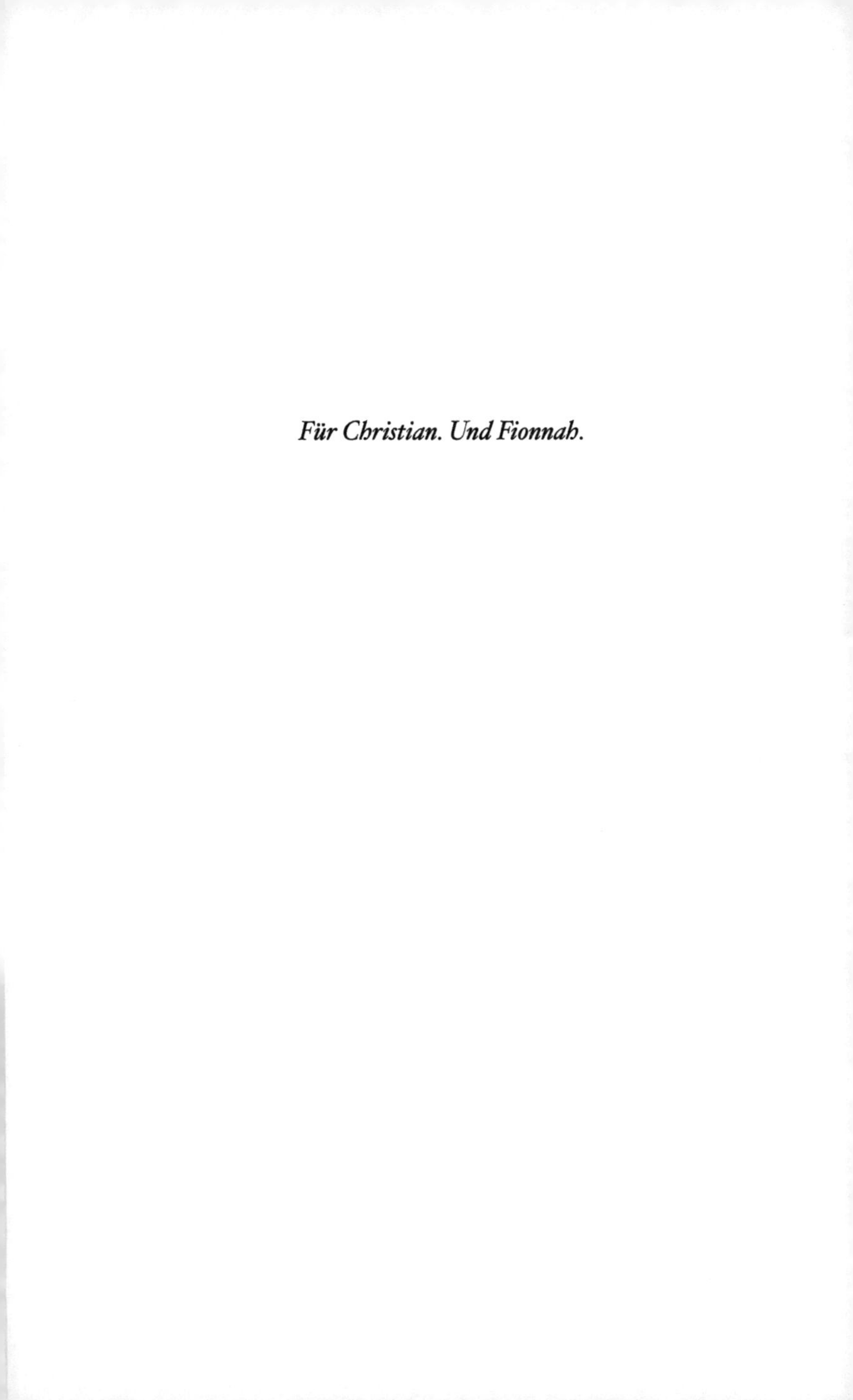

Für Christian. Und Fionnah.

Kirsten Harder

WASCHEN, SCHNEIDEN, Melken

Eine Liebesgeschichte
in Irland

KAPITEL 1

CATHERINE

21. April, New Lake, Donegal, Irland

Was für ein süßes Kalb, am liebsten würde ich es mit ins Haus nehmen! Heute bin ich schon im Morgengrauen aufgestanden, um nach Fionnahs Neugeborenem zu sehen. Gestern Abend hatte es eine trockene Nase und wirkte müde und kraftlos. Wenigstens hatte es kein Fieber. Ich habe ihm eine doppelte Portion Vitamine gegeben, für einen guten Start ins Leben. Wie klein es war, als ich es so im Arm gehalten habe! Ich hatte schon Angst, dass es die Nacht nicht übersteht.

Aber als ich heute Morgen in den Stall kam, ist es herumgesprungen wie ein kleiner Flummi. Es trinkt wie verrückt und ich habe fast den Eindruck, es ist über Nacht schon ein bisschen gewachsen. Und als ich hingegangen bin, ist es gleich auf mich zugekommen, gar nicht so scheu wie die anderen Kälbchen. Als ob es sich an mich erinnert. Fionnah hat sogar erlaubt, dass ich es kraule. Dann hat es meine Hand geleckt und mich mit der Nase angestupst.

Jetzt sitze ich hier auf der Bank und genieße die Ruhe vor dem Sturm, bevor der alltägliche Trubel auf dem Hof wieder losgeht. Der Sonnenaufgang ist eine einzige Farbsymphonie. Wie sich die Nebelschwaden über den Wiesen langsam auflösen, wenn die ersten Sonnenstrahlen über die Gipfel der Derryveagh Mountains kommen. Diese Stille! Und der Himmel, wie in einen Tuschkasten getaucht, so viele Farben hat er.

Ich bin so froh, dass ich hier leben darf. Es gibt keinen schöneren Ort auf der Welt als unsere Farm.

Schade, dass Peter jetzt nicht hier ist. Ich wünschte, ich könnte solche Momente wie diesen mit ihm teilen. Aber er ist eben mehr der pragmatische Typ, ein Macher, wie mein Vater sagt, einer der anpackt.

„Die Sonne geht auf, ob man ihr dabei zusieht oder nicht", hat Peter neulich mal gesagt. Aber jetzt wünsche ich mir eben, er wäre hier und würde mich auch mal in den Arm nehmen.

Naja, was soll's. Jetzt erstmal schnell in die Küche, Frühstück machen ...

TOM

21. April, Berlin Wannsee

Ich stehe an Deck der Fähre, alles schwankt, und die Maschinen dröhnen in meinen Ohren. Ich genieße den frischen Wind und atme tief ein ... und dann sehe ich sie. Dort drüben an der Reling steht eine wunderschöne

Frau. Sie schaut auf den See hinaus, und der Wind durchweht ihre langen dunkelbraunen Haare. Dann dreht sie sich zu mir und lächelt, so dass meine Hände zittrig werden und mein Magen Purzelbäume schlägt.

Ich weiß, jetzt kommt es drauf an. Einmal im Leben darf ich es nicht versemmeln. Ich werde sie ansprechen, diese umwerfende Frau, hier und jetzt. Ich gehe auf sie zu. Ich habe mir genau überlegt, was ich sage. In meinem Kopf formen sich schon die magischen Worte. Ich hole tief Luft und öffne meinen Mund.

„Hicks.“

Sie schaut mich an und legt ihre Stirn in Falten.

Ich versuche es noch mal.

„Hicks.“

Ich wende mich ab und trotte zurück. Zu dem brennenden Schamgefühl und dem Schluckauf gesellt sich die Erkenntnis: Sobald ich eine attraktive Frau anspreche, scheitere ich. Irgendwas geht immer schief, und das ist ein Naturgesetz.

Dieses Horrorszenario war, wenn ich richtig gezählt habe, Nummer 47 meiner missglückten Flirts, und es wird wohl nicht der letzte sein. Das mit dem Schluckauf verfolgt mich, nachts träume ich davon, und immer wenn ich eine Frau anspreche, quält mich die Angst. Ich habe eine regelrechte Phobie vor Schluckauf entwickelt, eine Singultuphobie. Und das ist nur eine von dutzenden. Es ist nicht zu glauben, wie viele Ängste man entwickeln kann, wenn man dafür anfällig ist. Aber das Schlimmste ist, dass ich jetzt dreißig bin und immer noch nicht die Frau gefunden habe, die für mich bestimmt ist. Wenn es

überhaupt so eine gibt, denn langsam kommen mir
Zweifel.

Das muss ich unbedingt nachher mit den Jungs
besprechen, wenn wir uns im Biergarten vom Loretta am
Wannsee treffen, um Steffens Geburtstag zu feiern. Ich
weiß, meine Freunde reden nicht gerne über schwierige
Themen, aber ich will unbedingt herausfinden, ob es „die
eine" überhaupt gibt. Ach, und erschwerend kommt
hinzu: „die eine" − für mich!

Denn, wann immer mir eine Frau gefällt, vermassele
ich es. Entweder rede ich, um sie zu beeindrucken, meist
erzähle ich irgendwelche Horrorgeschichten aus meinem
Arbeitsalltag. Komischerweise verlieren sie daran immer
schnell das Interesse. Die andere Strategie ist, sie zum
Lachen zu bringen. Dafür habe ich eine Auswahl an
Witzen gesammelt, aber immer, wenn ich den Witz zu
Ende habe, sehen mich die Frauen so an, als wollten sie
sagen „Was hat der denn für Probleme?" Das klappt also
auch nicht.

Als ich das Loretta betrete und den Tisch ansteuere, an
dem Steffen und unsere Freunde sitzen, recken sich mir
zehn Halblitergläser entgegen.

„Tom, da bist du ja!"

Alle johlen, Steffen springt auf, fällt mir um den Hals
und verschüttet dabei sein halbes Bier. Die Jungs
scheinen schon ganz schön getankt zu haben. Das war's
dann also für heute mit den ehrlichen Gesprächen über
die wahre Liebe.

· · ·

CATHERINE

Was für ein hektischer Tag, obwohl er so schön angefangen hat.

Papa war schon früh wach, und Peter stand in der Tür, noch bevor der Kaffee durchgelaufen war. Als ich ihnen von Fionnahs Kalb erzählt habe, hat Papa sich gefreut. Peter hat gar nicht reagiert, manchmal denke ich, das Schicksal der einzelnen Kühe interessiert ihn nicht besonders. Das muss ich ihm unbedingt noch beibringen ...

Heute war ich bis 21 Uhr im Stall, und danach noch im Büro, Rechnungen bezahlen.

Ich will nicht jammern, Papa und Peter arbeiten wie verrückt, und auch Eoin und Padraig tun, was sie können. Aber sie sind halt nicht mehr die Jüngsten. Und selbst wenn, eine 150-Rinder-Farm ist mit fünf Leuten einfach nicht zu schaffen. Es wird höchste Zeit, dass wir Unterstützung bekommen.

Anfang Mai soll ja der Neue kommen. Hoffentlich ist er nicht so 'ne Niete wie der Letzte ... und vor allem nicht so'n Großmaul.

Aber was mache ich bloß mit Peter? Manchmal sehe ich ihm heimlich zu, wie er arbeitet. Seine breiten Schultern ... Wie es sich wohl anfühlt, von ihm im Arm gehalten zu werden? Ob er gut küssen kann?

KAPITEL 2

CATHERINE

22. April

*Arghhh, ich hasse diesen Wecker! Aber es hilft ja nichts.
Raus aus den Federn, gleich kommt die Tierärztin zum Impfen.
Und draußen regnet es in Strömen ...*

TOM

Am nächsten Morgen reißt mich ein schrilles Fiepen aus
dem Schlaf, das mir einen stechenden Kopfschmerz
verursacht. Ich öffne die Augen und sehe meinen nackten
Fuß, der dekorativ zwischen zwei leeren Weingläsern auf
dem Couchtisch platziert ist. Auf dem Teppich darunter
liegt eine umgekippte Flasche neben einem großen

Rotweinfleck. Mein Wohnzimmer scheint noch schlimmer zu schwanken als die Wannsee-Fähre, und jetzt fiept es schon wieder. Ungefähr beim fünften Versuch schaffe ich es, den richtigen Knopf auf meinem Handy zu drücken, damit der Wecker aufhört.

Endlich ist es still, und auch das Schwanken wird jetzt ein bisschen weniger. Aber mein Kopf schmerzt höllisch. Vielleicht hat das was mit dem Tequila zu tun, den wir gestern zum Schluss noch getrunken haben.

„Schlenderschluck!", hatte Steffen am Tresen gebrüllt und gleich eine ganze Flasche gekauft, aber als wir sie geleert hatten, konnte von Schlendern keine Rede mehr sein. Wir können von Glück sagen, dass wir nicht von der Glienicker Brücke ins Wasser gefallen sind, so sehr hat sie unter unseren Füßen geschwankt. Es ist wohl auch nicht nur bei er einen Flasche Tequila geblieben. Ich erinnere mich zwar nur noch dunkel, aber so, wie ich mich fühle, müssen wir danach noch zahlreiche Flaschen geleert haben.

Man sagt ja, echte Kerle vertragen einiges an Alkohol. Dann bin ich vermutlich kein echter Kerl, denn in diesem Moment verfluche ich das Gesaufe. Und mal ehrlich, Frauen lernt man so auch nicht kennen. Jedenfalls keine, die man auch am nächsten Morgen noch kennen möchte.

Nach Aufstehen ist mir noch nicht zumute, aber mein Magen rebelliert, vielleicht sollte ich mich mal in Richtung Bad bewegen. Ich wuchte mein rechtes Bein von der Sofalehne. Komisch, dass dieses Bein in meiner Jeans steckt, das linke Bein tut das nämlich nicht. Dafür ist auf meinem Oberschenkel ein lila Frosch abgebildet, und obwohl ich heute Morgen nicht ganz fit bin, kann ich doch mit Sicherheit sagen, dass der gestern noch nicht da war. Ich schicke kurz ein Stoßgebet an die Zimmerdecke, dass das kein echtes Tattoo sein möge.

Ich schaffe es in eine aufrechte Sitzposition und stelle meine Füße auf den Boden. So weit, so gut. Dass ich nur eine Socke anhabe, wundert mich inzwischen schon nicht mehr. Allerdings, was macht der rot-weiße Rettungsring da auf dem Fußboden?

In diesem Moment kommt ein Stöhnen aus meinem Schlafzimmer. Ich halte die Luft an und lausche. Ein Räuspern, dann das Schnaufen eines Walrosses. Walross? Das ist doch äußerst unwahrscheinlich. Also muss es etwas anderes sein. Na, dann ist ja gut ... Erleichtert lasse ich mich auf dem Sofa zurücksinken, aber dann fällt der Groschen, und ich bin hellwach. Da ist jemand in meinem Schlafzimmer! Mein Herz rast. Ich hole tief Luft.

„Ähm. Ist da wer?"

„Ich."

Eine Frauenstimme. Eine Frau in meinem Schlafzimmer! Das gab's schon lange nicht mehr. Jetzt unbedingt was Intelligentes sagen.

„Aha."

Na klar. Eine Frau in der Nähe, mein Verstand setzt aus. Das Naturgesetz. Ich probiere was Besseres.

„Hallo?"

„Hallo."

So kommen wir nicht weiter. Ich wage einen extrem mutigen Vorstoß, für meine Verhältnisse.

„Wer bist du?"

Sie stöhnt. „Bin gerade nicht ganz sicher."

Ich ziehe mich an der Sofalehne hoch und überrede meine Beine, mich in Richtung Schlafzimmer zu bringen. Ich stolpere über meine Hose, in der immer noch mein rechtes Bein steckt. Außerdem schwankt wieder alles, und ich muss eine Pause einlegen, um mich an der Wand abzustützen. Unter allerlei Verrenkungen schaffe ich es, meine Hose wieder vollständig anzuziehen.

An der Tür zum Schlafzimmer bleibe ich stehen und erkenne eine Frau mit kurzen blonden Haaren in meinem Bett. Sie liegt ausgestreckt auf dem Rücken, die Decke unters Kinn gezogen, ihr Make-up um die Augen ist ein wenig verlaufen. Ziemlich hübsch. „Eins-A-Sahneschnittchen" würde Steffen sagen. Aber wer ist sie? Mein Gehirn rattert alle Frauenbekanntschaften meines dreißigjährigen Lebens durch, aber ich schwöre, ich kann mich nicht erinnern.

Sie schaut mich an wie einen Außerirdischen, und ich versuche ein Lächeln.

„Ähm, sind Sie ... bist du angezogen?"

Vorsichtig hebt sie die Bettdecke etwas an und sieht darunter. Dann bewegt sie ihren Kopf hin und her, so langsam, als könne er jeden Moment zerbrechen. Also nein.

„Aha. Weißt du, was heute Nacht passiert ist?"

„Keine Ahnung. Aber ich glaube, ich würde mich jetzt gerne anziehen. Gibst du mir meine Sachen?"

„Oh, ähm, na klar."

Ich sehe mich um. Weit und breit keine Frauenklamotten.

„Ich guck' mal im Wohnzimmer."

Aber im Wohnzimmer finde ich nichts, und auch nicht im Bad oder in der Küche. Ich gehe wieder zurück.

„Ich weiß nicht, wo deine Sachen sein könnten, tut mir leid. Soll ich dir was von mir leihen?"

Sie sieht mich an, vermutlich wundert sie sich ebenso wie ich, wo ihre Klamotten geblieben sind.

„Na gut."

Ich nehme Jeans und ein kariertes Hemd aus dem Schrank und zeige ihr die Auswahl. Sie nickt.

Ich wühle in meiner Boxershorts-Schublade und finde etliche einzelne Socken, die da gar nicht hingehören, aber ausgerechnet jetzt sind nur zwei saubere Boxershorts da. Eine mit den Simpsons drauf, die andere trägt den Aufdruck „schadstoffstark und leistungsarm". Ursprünglich war das der Text für einen Autoaufkleber, aber die Jungs haben ihn auf die Hose drucken lassen, um sie mir unter minutenlangem Gejohle zum dreißigsten Geburtstag zu schenken. Ich bin mir nicht sicher, was peinlicher ist, schließlich entscheide ich, ihr die Simpsons zu zeigen.

Sie nickt, und ich atme auf.

„Möchtest du Kaffee?"

„Unbedingt. Und irgendwas gegen Kopfschmerzen."

In der Küche stoße ich mit dem Fuß gegen den Turm aus leeren Pizzakartons, was ihn bedrohlich zum Schwanken bringt. Ich verfluche unsere Faulheit und den weiten Weg zur Altpapiertonne. In der Küchenschublade ist noch eine Packung Kopfschmerztabletten, und ich löse eine Handvoll davon in zwei Gläsern auf. Dann stelle ich die Kaffeemaschine an.

Wenig später erscheint die Frau aus meinem Bett im Türrahmen. Ich riskiere einen Blick und bin elektrisiert. Mein Hemd und meine Jeans sind ihr zwar zu groß, aber sie sieht sehr süß aus. Ich muss jetzt unbedingt cool bleiben.

„Steht dir gut."

Ich stelle Kaffeebecher und Gläser hin und setze mich an den Küchentisch. Sie lächelt, kommt näher und nimmt mir gegenüber Platz.

„Ich bin Tina."

„Tom. War 'ne wilde Nacht, oder?"

Sie fasst sich an den Kopf und verzieht das Gesicht. „Zu viele Cocktails. In der Bar."

„Wir waren in einer Bar?"

Sie lächelt. „Ja. Du hast von Irland und deiner Tante Betti erzählt. Klang sehr romantisch."

„Ah, jetzt dämmert's mir."

Das läuft ja super. Ich bin schon mindestens zehn Minuten wach und habe noch nichts Peinliches verbrochen. Und noch besser: Sie findet etwas, das ich gesagt habe, romantisch! So was kommt in meinem Leben nur einmal in fünf Jahren vor, allerhöchstens.

Allerdings hat der Alkohol meine Feinmotorik beeinträchtigt, und als ich nach der Kaffeetasse greife, stoße ich mein Glas mit dem Kopfschmerz-Drink um. Er ergießt sich über den Tisch und landet auf ihrer Hose. Tina springt auf, ich ebenfalls, und ich schnappe das Geschirrtuch von der Spüle. Ich ignoriere, dass es fleckig aussieht, um damit hektisch an ihrem Schoß herumzutupfen. Es dauert einige Sekunden, bis mir klar wird, was ich da tue.

Sie schaut auf meine Hand mit dem Geschirrtuch zwischen ihren Beinen.

„Na, na, so gut kennen wir uns ja nun auch wieder nicht.“

Sie hat Humor.

Ich höre mit dem Getupfe auf und setze meinen Entschuldigungshundeblick auf, den ich zwar schon oft vor dem Spiegel geübt habe, der aber trotzdem nicht bei allen Frauen wirkt.

„Tut mir leid, echt. Ich ... sorry, wirklich.“

Ich setze mich wieder. Verdammt, wie bescheuert kann man sein?

Gut, dass Tina offenbar genauso angeschlagen ist wie ich, denn sie stöhnt, sinkt wieder auf ihren Stuhl und trinkt einen Schluck Kaffee.

Vielleicht hat der Tequila, der an sich entschieden zu verurteilen ist, doch etwas Gutes. Denn offenbar hat er den Fluchtinstinkt von Tina deutlich herabgesetzt – vielleicht ist das der Anfang einer wunderbaren Beziehung.

Doch dann höre ich die Tür zu Steffens Schlafzimmer klappen. Seine Gummilatschen schlurfen über den Flur, und mich beschleicht das Gefühl, dass ich mich zu früh gefreut habe. Er räuspert sich, was ungefähr so klingt wie ein lungenkranker Büffel, der in eine Blechbüchse hustet.

Tina, die gerade ihren Kaffeebecher absetzen will, hält inne und zieht die Augenbrauen hoch. Ich verspüre den Impuls, sie auf das vorzubereiten, was da kommt, aber ich weiß nicht, wo ich anfangen soll. Und schon steht Steffen in der Küchentür und lässt einen Rülpser los. Er klopft sich mit der Faust in die Magengegend.

„Mann! Boah, Alter ey, was 'ne Nacht ... Scheiß Tequila."

Ich sehe Tina an. Sie starrt Steffen an, wie er dasteht, in seiner Leopardenmuster-Unterhose und einem ausgeleierten Feinripphemd. Ich fürchte, dass eine ganze LKW-Ladung Tequila nicht ausreichen würde, um Tinas Flucht jetzt noch zu verhindern.

„Ähm, Tina, das ist Steffen. Mein Mitbewohner. Und Kollege, bei der Arbeit. Steffen, das ist Tina."

„Moin."

Steffen steht neben dem Küchentisch und versucht offenbar, sich zu orientieren. Er reibt sich die Augen, dann hält er inne. Er steckt Daumen und Zeigefinger in den Mund und tastet darin herum. Aus einem hinteren Winkel zieht er umständlich ein Kaugummi hervor und sieht es an.

„Alter! Wo kommst du denn her?!"

Er denkt einen Moment nach und schüttelt den Kopf.

„Na ja, egal." Er steckt das Kaugummi wieder in den Mund und kaut darauf herum.

Tina guckt angeekelt, aber sie bleibt sitzen. Steffen fläzt sich auf einen freien Stuhl, runzelt die Stirn und zieht etwas unter seinem Hintern hervor – meine zweite Socke. Er sieht sie an, riecht daran und verzieht das Gesicht. Er schaut sich um, beschließt offenbar, dass es zur Waschmaschine zu weit ist, und hockt sich einfach wieder drauf.

„Ist das deine, Tom? Riecht zwar wie'n alter Fisch, aber kannste noch mal anziehen."

Ich halte den Atem an.

Nach einem Moment Schockstarre springt Tina auf und ist mit einem gemurmelten „Muss dann mal los, tschüss, bis irgendwann mal" im Nullkommanichts aus der Küche verschwunden. Gleich darauf fällt die Wohnungstür hinter ihr ins Schloss.

Steffen nimmt Tinas Kaffeebecher und trinkt einen großen Schluck.

„Süß, die Kleine. Seht ihr euch wieder?"

Ich schwöre, wäre ich nicht der Sohn einer Psychotherapeutin und eines Professors für klinische Psychiatrie, die meine ganze Kindheit hindurch hart daran gearbeitet haben, dass ich lerne, meine Impulse zu kontrollieren, ich hätte Steffen jetzt etwas angetan. Und ich denke, ich hätte es später nicht einmal bereut.

Also atme ich tief durch, nehme einen Schluck Kaffee und beschließe, dass sich in meinem Leben dringend etwas ändern muss.

CATHERINE

Ich versuche ja, es allen recht zu machen. Ich organisiere das Marketing, kümmere mich um die Website, hole Angebote für die neue Melkanlage ein. Ich mache die Buchhaltung und sorge für die Kühe. Und das ist auch alles überhaupt kein Thema.

Was mich wirklich nervt, ist die Küche. Warum kocht Papa

denn nicht mal, oder Peter, wenn das doch angeblich „ganz einfach“ ist?

Die Männer meinen offenbar, dass Frauen schon mit dem Kochlöffel in der Hand geboren werden, und das im 21. Jahrhundert.

Vielleicht ist Mama ja auch deshalb abgehauen. Ach, manchmal vermisse ich sie doch.

TOM

Als wir später auf dem Parkplatz des Restaurants „Heubergers“ ankommen, fällt mir das Einparken mit meinem verkaterten Kopf gar nicht so leicht. Aber wir sind spät dran, also beeile ich mich. Ein scharfes Kratzgeräusch verrät mir, dass ich zu dicht an dem neuen SUV vom Chef eingeparkt habe. Ich werfe einen Seitenblick auf Steffen, aber der ist auf dem Beifahrersitz eingepennt und hat seinen Kopf auf der offenen Klappe meines Handschuhfachs abgelegt. Schnell parke ich wieder aus und stelle den Peugeot woanders ab. Er hat sowieso schon tausend Schrammen, da fällt die eine mehr gar nicht auf.

Ich rüttele Steffen wach, nehme zwei Tontöpfe mit Bärwurz und Basilikum vom Rücksitz und klemme sie mir unter den Arm. Auf dem Weg zum Hintereingang muss ich noch mal auf heute Morgen zurückkommen.

„Und dann dieses Leopardenmuster! Warum musst du auch immer so rumlaufen.“

„Ach, jetzt ist also meine Unterhose schuld, dass dir das Date wegrennt?“

„Das war kein Date!“

„Sie hat in deinem Bett geschlafen. Wie nennst du das sonst?“

Und natürlich hat Sous-Chef Erik das mitgehört, denn inzwischen sind wir in der Küche angekommen.

„Echt, Tom?“, fragt Erik. „Die Kleine von gestern aus der Bar? Du hast sie flachgelegt? Hammer!“

Er hebt die Hand zum High Five, aber ich gehe an ihm vorbei.

„Ich sag’ doch, da war nichts.“

„Ach, komm schon. Her mit den Details!“

Ich schüttele den Kopf.

„Es war nichts. Und solange Steffen bei mir wohnt, wird das sowieso nichts mit ’ner längeren Beziehung.“

„Dann mach halt ’ne kürzere draus!“

Steffen schlägt die Hand an die Stirn und klingt, als wolle er einem Sechsjährigen zum zehntausendsten Mal erklären, die Schnürsenkel zuzubinden, damit er nicht so oft drüber stolpert.

Ich ziehe die Augenbrauen hoch, um die beiden in ihre Grenzen zu weisen, aber Erik und Steffen grinsen nur. Ich stöhne und stelle den Kräutertopf an meinem Arbeitsplatz ab.

„Haltet einfach die Klappe!“

„Guten Tag, die Herren, na, ist alles fertig vorbereitet?“

Das ist der Chef, sein Tonfall deutlich genervt.

„Hochzeitsgesellschaft, der Laden wird voll. An die Arbeit, aber flockig!“

Und schon ist er wieder weg. Wir stöhnen auf. Auf Hochzeiten zu kochen ist stressig, und es darf absolut nichts schiefgehen, das wird also ein Höllentag. Die

Jungs murren, und Erik zündet sich demonstrativ eine Zigarette an, was in der Küche streng verboten ist.

Wir grinsen und genießen die kleine Genugtuung, aber es nützt nichts, das Unvermeidliche aufzuschieben. Also gehen wir widerwillig an die Vorbereitungen.

Während ich die Zutaten für den Braten und die Sauce aus dem Kühlraum hole und die Porzellanschalen mit den Gewürzen vor mir aufreihe, denke ich nach. Vielleicht hätte ich mein Psychologiestudium doch abschließen sollen. Spannend war es ja. Und ich bin vorbelastet, denn meine Psychologen-Eltern haben ihre Fälle oft beim Abendessen besprochen; im Grunde bin ich in einem Umfeld voller Irrer aufgewachsen.

Und das Studium lief erst auch ganz ordentlich. Dann allerdings, im fünften Semester, kam die Vorlesung über Phobien. Die Angst vor engen Fahrstühlen, großen Plätzen oder Spinnen kennt man ja, die haben mich nicht weiter beunruhigt. Doch dann, eines Tages, ging es um die Anatidaephobie: die Angst, von einer Ente angestarrt zu werden. Klingt albern, ich weiß, aber diese Phobie haben allein in Deutschland über tausend Leute. Da haben die Enten viel zu tun, all diese Menschen anzustarren – ich wette, sie starren im Schichtbetrieb.

Erst hatten wir über diese bescheuerte Entenangst gelacht. Aber noch in der gleichen Nacht träumte ich von einer Ente, die mich aus ihren riesigen gelben Augen anglotzte, ich schreckte auf und bekam meine erste Panikattacke.

Und am nächsten Tag auf dem Weg zur Uni ertappte ich mich dabei, wie ich nach Enten Ausschau hielt. Auf der Berliner Friedrichstraße eine eigenartige Idee, aber diese Phobien kümmern sich um die Logik leider überhaupt nicht.

Nach einer Weile wurde das mit den Enten besser, aber vor allem deshalb, weil sich andere Ängste hinzugesellten und ich nicht mehr so viel Zeit hatte, mich um die Enten zu kümmern. Mit der Entenphobie hätte ich ja sogar noch leben können, aber an einem anderen Vorlesungstag ging es um die Angst vor Zügen.

Das nächste Mal an einem beschrankten Bahnübergang überfielen mich Herzrasen und Schweißausbrüche, sodass ich nicht weiterfahren konnte. Während des darauf folgenden ohrenbetäubenden Hupkonzerts bekam ich auch noch Angst vor Hupen, obwohl die im Studium niemals besprochen wurden. Ach, und Angst vorm Berufsverkehr bekam ich auch, aber damit komme ich klar, indem ich ihn meide.

Ich beschloss damals, vorsorglich einen Blick in das zweitausend Seiten dicke Lehrbuch der Phobien zu werfen, und mir wurde klar, dass ich so nicht weitermachen konnte. Denn dann hätte ich neben Enten, Zügen, Hupen und Berufsverkehr auch Nadelbäume, öffentliche Toiletten, chinesische Restaurants, enge Straßen, viele Arten von Gemüse, große oder kleine Wohnungen, Messer, Pflanzen mit roten Blüten, Uniformen, Insekten, Supermärkte, fremde Menschen und auch sonst alles Mögliche dauerhaft meiden müssen. Unterm Strich hätte das mein Leben ziemlich kompliziert gemacht.

Also brach ich das Studium ab. Das Lehrbuch der

Phobien wollte ich unbedingt loswerden. Aber aus der Mülltonne hätte es mich zwei lange Wochen bis zur nächsten Leerung anklagend angestarrt, und ich wollte nicht auch noch eine Mülltonnen-Phobie entwickeln. Also fuhr ich – unter sorgfältiger Vermeidung beschrankter Bahnübergänge – raus an den Müggelsee, nahm ordentlich Anlauf und schleuderte das Buch in hohem Bogen ins Wasser. Was ich gleich darauf bereuen sollte, denn im Schilf hatte eine Entenfamilie gesessen, die jetzt aufflog und mich mit infernalischem Gequake verfolgte, während ich zu meinem Auto rannte.

Nach diesem Erlebnis hat sich Trolli besonders laut zu Wort gemeldet. Trolli ist so etwas wie mein innerer Schweinehund, für mich sieht er aus wie ein kleiner zotteliger Troll mit grünem Fell. Er ist ein putziges Kerlchen, aber er hat es sich zur Aufgabe gemacht, mir Knüppel zwischen die Beine zu schmeißen. Wir kennen uns schon seit meiner Kindheit, und meistens hat er auf dem Sofa rumgelümmelt und genölt, dass er zu Hausaufgaben oder Aufräumen überhaupt keine Lust hat.

Damals am Müggelsee saß ich zitternd, schweißüberströmt und hyperventilierend in meinem Auto und konnte nicht losfahren, weil die Enten sich um den Wagen herum niedergelassen hatten. Trolli grunzte, ich solle einfach hupen, dann würden sie schon verschwinden. Aber leider war die Hupe meines alten Autos kaputt, also blieb mir nichts anderes übrig, als abzuwarten, bis sie irgendwann von selbst davon watschelten. Was sind schon vier oder fünf Stunden Warten, auf die Dauer meines Lebens gesehen?

Aber seitdem quatscht mir Trolli immer öfter rein, vermutlich denkt er, ich kriege mein Leben allein nicht auf die Reihe. Und er ist schuld, dass ich den ersten Job nach dem Studium in einer Kneipe angenommen habe. Denn Essen ist eine von Trollis Leidenschaften.

Während meine Mutter mich schon als Kind erst von der vegetarischen, dann von der veganen und schließlich von der fruktanen Ernährung zu überzeugen versucht hatte, liebt Trolli alles, was ungesund ist, je fettiger, desto besser. Ich gebe ihm ein, zwei Mal im Monat nach; dann haue ich mir Currywurst und Pommes Schranke rein und habe ein schlechtes Gewissen. Aber Trolli ist zufrieden und lässt mich eine Weile in Ruhe.

Mein erster Job als Koch war in der Schleusenkate, ein Biergarten am Wasser im idyllischen Tiergarten, deftige Küche mit Käsespätzle und Schweinebraten. Ich war für die kalten Speisen zuständig, das heißt Salat schnippeln, Marinaden und Dressings anmischen, das meiste aus der Tüte. Meine Kochkünste erstreckten sich damals auf Miracoli oder Pellkartoffeln mit Quark. Aber der Job machte mir Spaß, und ich hatte Zeit, dem Chefkoch über die Schulter zu schauen. Außerdem ließ er mich oft probieren, weil sein Geschmackssinn beeinträchtigt war – vermutlich von all den Suchtmitteln, die er in rauen Mengen zu sich nahm, um in dem ganzen Stress nicht durchzudrehen.

Eines Abends, als der Laden besonders voll war, warf der Chefkoch seine Schürze in den Topf mit der

Bratensauce und schrie durch die Küche, alle könnten ihn mal – um gleich darauf mit der Frau des Wirts durchzubrennen, mit der er seit Wochen eine heimliche Affäre in der Vorratskammer gepflegt hatte.

Also musste ich von jetzt auf gleich für ihn einspringen. Ich zog die Schürze aus dem Topf, rührte noch einmal um und verteilte die Sauce auf die wartenden Teller.

Nachdem ich etwa zweihundert Gäste mit Essen versorgt hatte, saß ich morgens um drei auf dem Küchenboden und versuchte, meine Stirn an der Edelstahlspüle zu kühlen. Für eine Panikattacke war ich zu erschöpft, obwohl die jetzt zum ersten Mal verständlich gewesen wäre. Dann hörte ich den Wirt meinen Namen brüllen und schleppte mich in den Gastraum.

Der Wirt war hin- und hergerissen zwischen Fluchen auf seine untreue Frau und Heulkrämpfen vor Liebeskummer. Er trank eine halbe Flasche Whisky auf ex, stützte sich am Tresen ab, schlug mir mit seiner freien Hand auf die Schulter und sprach die Worte, die mein weiteres Leben bestimmen sollten:

„Du bis' jetz' Koch.“

Mangels Alternativen habe ich mich seitdem als Koch verdingt und mir nebenbei die nötigen Kenntnisse angeeignet. Über die Zeit bin ich immer besser geworden, und glücklicherweise habe ich nur eine Phobie entwickelt, die mir in der Küche zu schaffen macht, und das ist die Lachanophobie. Das ist die Angst vor Gemüse, also eigentlich das Aus für den Beruf als Koch. In meinem Fall ist es glücklicherweise nur Broccoli, der sie auslöst, und den kann man gut umgehen.

Jetzt arbeite ich seit zwei Jahren in dem noblen Heubergers. Kulinarisch ist das Heubergers ausgezeichnet, aber es hat eine Schattenseite, und die heißt Chefkoch.

Und da kommt er auch schon wieder reingerauscht.

„Was ist mit dem Braten?“

Ich hasse diese Hetzerei und den herrischen Tonfall. Aber ich schaffe es, ruhig zu bleiben.

„Gleich fertig, Chef.“

Ich nehme den Braten aus dem Ofen und schmecke die Rotweinsauce ab. Noch einen Hauch Zimt, dann ist sie perfekt.

Aber schon steht der Chef hinter mir.

„Los, los, los!“

Wie auf einer Sklavengaleere.

Jetzt versammeln sich die anderen Köche um uns und bereiten die Teller vor: Gemüse, Kartoffeln, Dekoration. Aber alle warten auf das Wichtigste: meinen Braten und meine Sauce.

Der Chef trommelt mit den Fingern auf die Edelstahl-Arbeitsplatte.

„Raus damit! Sonst ist das Paar noch geschieden, bevor sie was im Magen haben.“

„Einen Moment!“ Ich zupfe von meinen Kräutertöpfen. „Er braucht noch ein paar Blättchen.“

Der Chef verdreht die Augen.

„Blättchen, Blättchen! Das ist 'ne Küche und kein Gewächshaus!"

Jetzt reicht es mir. Ich höre mir den Scheiß schon zu lange an. Ich halte inne und drehe mich zu ihm um. Sehe ihn an.

„Dieses 'Gewächshaus' hat dir schon mehr als einmal den Arsch gerettet."

Meine Worte wirken auf die anderen Köche wie das Riesenposter mit der nackten Frau an der Marienkirche – sie bleiben stehen und starren. Absolute Stille. Nur das leise Brodeln der Saucen auf dem Gasherd ist zu hören.

Die Miene des Chefs ist eisig.

Demonstrativ zupfe ich einige Rosmarinblätter ab, hacke sie und streue sie auf den Braten. Das wäre zwar nicht nötig gewesen, aber es ist dekorativ und schadet dem Geschmack nicht. Aber vor allem stellt es klar, dass ich in dieser Küche der Herr über die Kräutertöpfe bin. Okay, wenn ich mich selbst so höre, gebe ich zu, dass das bescheuert klingt, aber der Chef muss endlich akzeptieren, dass es ohne mich nicht geht.

„So. Jetzt kann er raus."

Ich lächele siegesgewiss. In diesem Moment kocht Steffens Panna Cotta über, und der Gasherd verbrennt sie in einer hübschen Stichflamme. Danach dauert es gefühlte dreißig Minuten, bis der Chef aufhört zu brüllen.

Vier Stunden später haben wir diesen Horrortag endlich hinter uns. Ich sitze auf der Bank in der Umkleide und knöpfe meine Kochjacke auf, als Steffen reinkommt, in der Hand eine aufgerollte Zeitschrift. Er lässt sich neben mich fallen, und ich wette, er ist genauso geschafft wie ich, aber er macht ein Gesicht, als ob er etwas auf dem Herzen hätte.

Er sieht mich an.

„Du weißt doch, dass du ihn mit solchen Aktionen auf die Palme bringst, oder?"

„Und wenn schon. Soll er mich doch feuern."

„Das wird er. Spätestens, wenn er das hier sieht."

Steffen entrollt das Magazin. Ich werfe einen Blick auf das Titelblatt, es ist das neue „Kochen modern" – mit mir auf der Titelseite!

Steffen schlägt die Zeitschrift auf und tippt auf den Leitartikel: „Rinderbraten in Kräuterkruste – vom Kräuterkünstler aus dem Heubergers".

„Kräuterkünstler! Das ist ja fantastisch."

Ein Foto zeigt mich in einer blitzsauberen Kochuniform, wie ich einen Rinderbraten mit dem Messer tranchiere, auf dem zweiten halte ich einen meiner Kräutertöpfe in die Kamera. Ein Drittes zeigt mich mit den vegetarischen Süßkartoffel-Rösti, auf die ich besonders stolz bin. Denn sie sind meine Eigenkreation, und die Gäste bestellen sie wie verrückt.

„Ich seh' gar nicht mal schlecht aus, auf den Fotos."

Steffen sieht mich an, als zweifele er an meinem Verstand.

Ich zucke die Schultern.

„Was hast du denn? So ein Artikel ist gute Werbung, auch für den Laden hier."

„Dem Chef wird es trotzdem nicht schmecken. Mensch, Tom, du kriegst Probleme."

„Ach, Quatsch. Das Heubergers ist ausdrücklich genannt, das gibt endlich mal gute Publicity. Mit guten

Kritiken sind wir ja nicht gerade überhäuft worden, seit der neue Chef da ist."

„Tom!"

Steffen flüstert und stößt mich mit dem Ellenbogen in die Seite, aber ich bin gerade dabei, meine Schnürsenkel zuzubinden.

„Kein Wunder, dass sie den Artikel mit mir machen wollten, und nicht mit dem Chef."

Während ich das sage, räuspert sich Steffen mehrfach und scharrt mit den Füßen auf dem Boden herum.

„Ohne meine Saucen würden wir hier sowieso alt aussehen", sage ich. „Der Chef will nur nicht zugeben, dass ich besser koche als er."

In diesem Moment tauchen zwei braune Budapesterschuhe in meinem Blickfeld auf, und ich ahne, warum Steffen sich so merkwürdig benommen hat. Ich sehe an dem Mann hoch, zu dem die Schuhe gehören.

Mit gefährlich ruhiger Miene nimmt der Chef Steffen das Magazin aus der Hand und sieht auf den Artikel. Er zieht die Augenbrauen hoch.

„So, so. Du kochst also besser als ich."

Ich sitze in der Falle. Was immer ich jetzt sage, er wird es gegen mich verwenden. Ich habe den Impuls, mich zu entschuldigen, aber so müde ich auch bin, Trolli ist hellwach. Ehe ich es verhindern kann, legt er los.

„Allerdings."

Der Chef zieht die Augenbrauen hoch.

„Ach so? Dann wird es ja auch kein Problem für dich sein, einen neuen Job zu finden."

Ich atme einmal tief durch. „Du willst mir kündigen?"

Der Chef nickt.

Ich stehe auf. So leicht gebe ich mich nicht

geschlagen. Wir sehen uns in die Augen. Eine gefühlte Ewigkeit. Ich warte auf einen Satz von Trolli, aber ausgerechnet jetzt lässt er mich im Stich.

Dann habe ich eine Idee.

„Kündigungen gelten nur schriftlich.“

Ohne den Blick auch nur eine Sekunde von mir abzuwenden, greift der Chef nach einem Paket Papierservietten im Regal, zieht eine heraus und schreibt mit einem Stift aus seiner Brusttasche groß das Wort KÜNDIGUNG darauf. Er hält mir die Serviette vors Gesicht.

„Schriftlich.“

CATHERINE

Manchmal verstehe ich Peter einfach nicht. So wie heute, als wir in der Scheune die Heuballen kontrolliert haben. Was will er mir denn sagen, wenn er mich so von oben herab ansieht und dann so einen Spruch loslässt. „Catherine, Catherine, du bist ja ganz schön selbstbewusst.“

Ja gut, für das von oben herab kann er nichts, weil er nun mal einen Kopf größer ist als ich. Aber der Tonfall war auch ein bisschen eigenartig. So, wie er das gesagt hat ... es fühlt sich einfach nicht gut an.

Und was heißt denn „selbstbewusst“? Nur weil ich gesagt habe, das pelletierte Kraftfutter vom Futtermittelwerk ist nicht so gut wie unser Wiesenheu? Es ist ja nicht so, dass er der Experte ist und ich von Landwirtschaft gar nichts verstehe. Schließlich bin ich hier auf dem Hof aufgewachsen.

· · ·

Aber dann wieder, zwei Stunden später, kommt er zu mir ins Büro, lächelt und sagt, wie toll alles läuft, seit ich das Marketing mache. Dabei beugt er sich über meinen Schreibtisch und sieht mich an, als wolle er mir gleich die Klamotten vom Leib reißen. Aber dann steht er auf und geht er einfach wieder raus, und ich sitze da, völlig geplättet.

Ja, wie denn nun? Ist er sich selbst nicht sicher, was er von mir will, oder ist das etwa eine Strategie? Vielleicht denkt er, so eine Achterbahn der Gefühle macht es intensiver?

Aus den Männern soll mal einer schlau werden.

TOM

Dieses Desaster müssen Steffen und ich erst einmal verarbeiten, und so beschließen wir, auf dem Weg nach Hause kurz im Irish Pub vorbeizuschauen. Das machen wir fast immer, aber heute haben wir ja wirklich einen Grund. „The Irish" liegt in einer verträumten Seitenstraße im Hansaviertel und hat einen offenen Kamin, weshalb man hier besonders gut entspannen kann. An den Wänden hängen irische Kultgegenstände wie Harfen und Bierkrüge, aber vor allem Bilder der grandiosen irischen Landschaften. Das erinnert mich an meine Kindheit, als ich jeden Sommer traumhafte Ferien bei meiner Tante Betti im irischen Donegal verbringen durfte. Das ist mit ein Grund, warum „The Irish" zu meiner Lieblingskneipe geworden ist. Nur der „Tonnenboys"-Kalender der Berliner Stadtreinigung, in dem muskulöse Müllmänner posieren, passt nicht so ganz zwischen die Fotos von grünen irischen Hügeln.

· · ·

Wir setzen uns an unseren Lieblingstisch am Kamin, gleich unter den Kalender. Heute hat die blonde Kellnerin Dienst, und da es um diese Zeit schon relativ leer ist, nickt sie uns auch gleich zu. Nach Steffens Geburtstag mit dem Tequila-Filmriss hatte ich mir vorgenommen, weniger zu trinken, und war entschlossen, heute damit anzufangen. Aber in diesem Moment ordert Steffen schon zwei große Guinness, indem er zwei Finger hochhält. Und ich bin zu müde, um diese Diskussion jetzt mit ihm zu führen.

Als die Kellnerin zwei Halbliter-Gläser vor uns hinstellt, beobachtet Steffen sie genau. Nachdem sie weg ist, grinst er.

„Hey, Tom, die Kleine steht auf dich."

„Ach ja? Woher willst du das wissen?"

Als Antwort tippt Steffen an seine Nase.

Ich schüttele den Kopf.

„Na, wenn ich diesbezüglich deinem Riecher traue, bleibe ich Single für den Rest meines Lebens."

„Ach, Quatsch, du traust dich nur nicht, sie anzusprechen."

Ich werfe einen Blick zu der Kellnerin, und sie ist wirklich hübsch. Also gut. Ich winke, und sie kommt sofort an unseren Tisch.

„Bei Ihnen alles in Ordnung?"

Ich nicke.

„Ja, alles super. Wir haben uns, ähm, gefragt, ob Sie das hier als Nebenjob machen, weil Sie, ... so aussehen, als könnten Sie auch als Model arbeiten."

Sie schenkt mir ein Lächeln, das meine Hände zum Zittern bringt.

„Ach, vielen Dank. Es stimmt, der Job hier finanziert mir die Schauspielschule.“

Zu den Gästen setzen darf sie sich als Kellnerin nicht, aber sie stellt das runde Tablett mit dem Bestellblock auf den Tisch, als Zeichen, dass sie sich gerne mit uns unterhalten möchte.

Steffen grinst mich an mit einer „Hab-ich's-doch-gesagt“- Mimik, aber ich ignoriere ihn und sehe in die Augen der Kellnerin.

„Ist bestimmt ganz schön hart, nachts zu arbeiten, und tagsüber auf die Schule ...“

Ich schlage mich nicht schlecht.

Jetzt lächelt sie noch mehr, und ihr Blick sagt so etwas wie „Endlich versteht mich mal jemand“.

Sie sieht zur Theke hinüber, ob der Kollege schon mault, aber der poliert Gläser und schenkt uns keine Beachtung.

Also sieht sie mich wieder an.

„Was macht ihr denn so beruflich? Auch was Kreatives?“

Steffen kichert.

„Ja, und wie.“

Er verdreht die Augen.

Ich hole Luft.

„Naja, schon, im übertragenen Sinne. Manchmal müssen wir auch kreativ sein. Wir sind Köche. Im Heubergers.“

„Oh ... wie schön.“

Noch bevor sie fertig gelächelt hat, ist ihr Interesse an uns verflogen. Sie nimmt ihr Tablett vom Tisch und macht sich auf den Weg zur Theke. Eigentlich müsste das der versemmelte Flirt Nummer 105 sein, aber der kommt nicht auf die Liste, weil nicht ich ihn angezettelt habe, sondern Steffen.

Steffen guckt mich an.

„Alter, was war das denn eben?“

Ich zucke die Schultern.

„Ich kann's ihr nicht verdenken. Wir sind Köche.“

„Hä?!“

„Naja. Nadelstreifentypen mit Porsche finden sie gut. So sportliche Abenteuer-Outdoor-Heinis, auch okay.“ Ich deute auf den Tonnenboys-Kalender, in dem die Jungs von der Stadtreinigung so dekorativ herumschwitzen. „Die da sind vielleicht auch noch sexy. Aber hast du schon mal einen Pin-up-Kalender gesehen, mit Köchen?“

Steffen sitzt, guckt vor sich hin und denkt. Nach ein paar Minuten hat er offenbar eine Erkenntnis, denn er dreht mir den Kopf zu.

„Mensch, Tom!“

Ich trinke einen großen Schluck Guinness und seufze. Steffen seufzt ebenfalls.

„Aber das heißt ja, wir können total einpacken, frauenmäßig.“

Ich nicke.

„Oder umschulen.“

„Red keinen Scheiß. Das war schwer genug, so weit zu kommen.“

Wir sitzen da und denken. Dann winke ich der hübschen Kellnerin und halte zwei Finger in die Luft.

Später, als wir uns nach weiteren Gläsern Guinness auf

den Weg nach Hause machen, torkeln wir ein bisschen. Kein Vergleich mit dem Tequila-Abend gestern, aber das Guinness hat unsere Zunge gelockert, und so können wir endlich mal ehrlich und offen reden.

„Tom, was is' bloß los, dass die Mädels uns so kacke finden?"

Steffen bleibt abrupt stehen.

„Ich meine, wir sehen doch halt, naja, ganz okay aus, und wir sind doch auch nich' völlig gaga."

Er macht eine Pause.

Dann dreht er sich zu mir und packt mich am Arm. Das tut er sonst nie. Das, was jetzt kommt, ist also etwas sehr Bedeutsames:

„Oder? Tom! Sag was!"

Es ist ihm ernst. Soweit die diversen Guinness das zulassen, wähle ich meine Worte sorgfältig.

„Steffen, das is' so. Die Mädels woll'n was Scharfes. Was männlich aussieht, Kohle verdient, n' bisschen geil Gangster-Image hat, aber dann trotzdem den Garten macht, zu Hause. Vastehste?"

Steffen starrt mich an, als hätte ich soeben die String-Theorie bewiesen und den Hunger in der Welt besiegt, und zwar beides gleichzeitig.

„Meinste?"

Ich nicke.

Er starrt mich an.

„Oh, Kacke."

So eine ehrliche Diskussion hatten wir schon lange nicht mehr.

· · ·

Kaum haben wir die Wohnung betreten, ist Steffen wieder putzmunter.

„Da is' noch Bier im Kühlschrank. Glaub' ich. Hol ma'."

Steffen lässt sich auf das Sofa fallen. Ich bin todmüde, aber ich weiß, dass er so lange nerven wird, bis ich uns ein Bier hole.

Als ich die Kühlschranktür öffne, fällt mir ein Knäuel Stoff entgegen: eine Damenstrumpfhose, ein kurzer schwarzer Rock und ein pinkfarbenes Top mit Rotweinflecken drauf. Tinas Klamotten, in unserem Kühlschrank?

Und als ich nach den Bierdosen greife, dämmert mir, dass das lilafarbene Zeug in der Plastikkugel daneben wohl doch nicht einer dieser neumodischen Puddings ist, sondern eine Waschkugel mit Flüssigwaschmittel – die ich jetzt mit dem Bier umstoße. Während das Waschmittel zielstrebig aus dem Kühlschrank auf den Boden fließt, fällt es mir schlagartig wieder ein: Tina hatte ihr Glas umgestoßen und sich den Rotwein über ihre Klamotten gegossen. Daraufhin hatte ich ihr meinen Bademantel geholt und vorgeschlagen, ihre Sachen in die Waschmaschine zu stecken. Tja, und die steht eben direkt neben unserem Kühlschrank.

Jetzt sehe ich auch die Szene vor mir, in der Tina mir diesen lila Frosch mit einem Filzschreiber auf den Oberschenkel malt, während sie lallend einen Vortrag über Statik und Lastenverteilung beim Dachausbau rezitiert, den sie am nächsten Morgen in ihrer Architektur-Prüfung halten sollte.

Jetzt, während ich spektakuläre Bilder von einstürzenden Dachkonstruktionen aus meinem Kopf verdränge, fällt mir auch wieder ein, wie wir auf dem Heimweg unter hysterischem Gelächter den Rettungsring von der Oberbaumbrücke abgebaut haben. Steffen bestand darauf zu beweisen, wie nüchtern er ist, und balancierte auf der Mauer. Während Tina und ich ihn zurück auf die Brücke zerrten, beschwerte er sich, dass da ja überhaupt kein Rettungsring sei, während er selbst damit herumfuchtelte. Dann kündigte er an, einen Beschwerdebrief an die Brücke zu schreiben und wollte unbedingt von uns wissen, ob es denn nun „Sehr geehrter Herr Oberbaumbrücke" oder „Sehr geehrte Frau Oberbaumbrücke" heißen müsse.

Ein nasses und klebriges Gefühl an meinen Zehen reißt mich aus den Erinnerungen. Das lila Waschgel ist inzwischen über meinen Fuß gelaufen und fast vollständig zwischen den Holzdielen verschwunden. Ich klappe die Kühlschranktür wieder zu.

Vielleicht hat das Ganze auch sein Gutes. Ich könnte Tinas Sachen waschen und damit einen Vorwand haben, sie wiederzusehen. Aber da fällt mir ein, ich habe ja nicht mal ihre Telefonnummer, geschweige denn ihre Adresse.

„Alles kommt immer genau so, wie es kommen soll", hätte Tante Betti jetzt gesagt, und ich ahne, dass sie recht hat. Auch wenn es sich gerade nicht besonders gut anfühlt. Also nehme ich das Bier aus dem Kühlschrank und trotte wieder rüber zu Steffen ins Wohnzimmer.

• • •

Ich war gerade schon im Bett, da hat Amy angerufen, und wir haben noch fast zwei Stunden telefoniert. Kaum zu glauben, sie hat schon wieder einen neuen Freund, nicht mal zwei Wochen, nachdem sie den Vorgänger abserviert hat. Und auf dem Foto, das sie mir gleich geschickt hat, sieht er echt attraktiv aus.

Wie macht sie das bloß immer? Ja, sie ist hübsch, aber das bin ich doch wohl auch? Okay, zumindest wenn ich nicht gerade in Arbeitsklamotten und Gummistiefeln herumlaufe …

Und natürlich lernt sie in ihrem Job mehr Leute kennen, als ich hier auf dem Hof. Andererseits sind es ja eher Frauen, die zu ihr in den Salon kommen. Ihren hübschen Neuen hat sie „auf'ner Party" kennen gelernt, sagt sie.

Hmmm. Vielleicht sollte ich auch öfter mal ausgehen.

KAPITEL 3

CATHERINE

23. April

Gerade hat mich die Sonne geweckt ... viel schöner, als wenn es der Wecker tut. Von meinem Bett aus kann ich durchs Fenster den Muckish Mountain sehen und muss dafür nicht mal aufstehen. Wow.

Die Nacht war allerdings nicht so toll. Ich habe stundenlang wachgelegen und über mein Leben nachgedacht. Es kommt mir so vor, als ob ich feststecke. Jeden Tag die gleichen Abläufe auf dem Hof. Auch wenn mir die Arbeit Spaß macht, es muss doch noch was anderes geben.

Und warum kommt das mit Peter bloß nicht voran? Ich meine, es passt doch alles. Oder etwa nicht?

Mein Ex Brian hat sich ja immer beschwert, dass ich nie frei habe, nicht am Geburtstag und nicht an Weihnachten.

Dass die Kühe auch Heiligabend gemolken werden wollen, war ihm einfach nicht beizubringen. Na gut, ich habe inzwischen verstanden, dass es nur mit jemandem klappen kann, der auch mit Kühen zu tun hat.

Eben, deshalb ja Peter. Aber auch das klappt nicht. Was ist denn bloß das Problem? Vielleicht stimmt am Ende mit mir etwas nicht?

TOM

Ich sitze jetzt schon seit dem frühen Morgen am Computer und quäle mich durch etliche wenig inspirierende Stellenanzeigen. Die meisten Restaurants suchen Köche als Aushilfe, und das ist so ziemlich der undankbarste Job, den man haben kann. Die einzigen Festanstellungen gibt es in der Betriebskantine eines großen Versicherungskonzerns und bei einem Anbieter von Tiefkühlgerichten, die dann mit Lieferwagen durch die Republik gekarrt werden.

Doch dann fällt mir die Rubrik „Ausland" ins Auge. Nicht, dass ich unbedingt aus Deutschland weg will, aber ich kann ja mal schauen … Österreich, Portugal, Spanien, alles Saisongeschäft, und das bedeutet noch mehr Stress als im Heubergers. Aber dann sehe ich diese Anzeige:

„Irland, County Donegal: Sterne-Restaurant ‚Clouds' am Meer sucht erfahrenen Koch mit kreativen Ideen."

Ich bin elektrisiert.

Meine Finger zittern ein wenig, als ich das Online-

Bewerbungsformular ausfülle. Irland wäre einfach zu schön, um wahr zu sein.

Dann fällt mir ein, dass ich selbst zwar nicht mehr ins Heubergers muss, aber Steffen. Ich sollte ihn mal wecken.

Ich gehe in sein Schlafzimmer und zerre und rüttele so heftig an ihm, dass er ein Schleudertrauma kriegen müsste, aber auch nach Minuten ist alles, was er von sich gibt, ein undefinierbares Gegrunze.

Aber dann höre ich ein Ping aus meinem Computer. Eine Mail? Ich gehe sofort nachsehen – und halte den Atem an. Ich habe tatsächlich ein Vorstellungsgespräch im Clouds, und zwar schon in zwei Wochen!

Ich bestätige den Termin schnell, und noch bevor Steffen es geschafft hat, sich ins Bad zu schleppen, rufe ich Tante Betti an und sage ihr, dass ich sie besuchen werde. Ihren Freudenschrei am anderen Ende der Leitung habe ich noch minutenlang im Ohr.

CATHERINE

Herrgottverdammtnochmal! Was für ein Scheißtag. Heute wollte ich Milchreis kochen. Milchreis! Das ist doch keine Raketenwissenschaft! Ich habe alles, und zwar wirklich alles, genau nach Anleitung gemacht ... und dann mit dem Scheißdampfdruckkochtopf die halbe Küche in die Luft gejagt. Oma konnte kochen, Mama konnte kochen. Warum kriege ich das nicht hin? Ich bin doch sonst nicht so bescheuert!

. . .

Und Milchreis klebt wie Sau. Zwei Stunden habe ich gebraucht, ihn wieder von den Wänden zu kratzen. Sogar im Schlüsselloch von unserem alten Küchenschrank war welcher.

Gekocht habe ich dann wieder mal Kartoffeln mit Kräuterquark und Salat, und die Männer waren natürlich nicht begeistert. Wenn Peter mir irgendwann einen Antrag macht, dann sicher nicht wegen meiner Kochkünste.

Hahaha.

KAPITEL 4

CATHERINE

25. April

So, heute muss etwas passieren. Vielleicht fahre ich nach Letterkenny und kaufe mir ein Kochbuch? Boah, wenn ich nur daran denke, habe ich schon keine Lust.

Kann sich nicht mal was Erfreuliches ereignen? Vielleicht sollte ich heute Abend mit Amy was trinken gehen. Das bringt mich auf andere Gedanken.

TOM

„Das kannst du nicht machen. Wer soll mich denn dann zur Arbeit fahren?"

Steffen steht mit verschränkten Armen im Türrahmen. Ich ziehe den Reißverschluss meiner Tasche zu.

„Frag mal Erik, der wohnt doch ganz in der Nähe."

Steffen zieht ein Gesicht.

„Mensch, Tom."

Ich sehe mich um.

„Alles klar. Wenn ich was vergessen hab' oder Post für mich kommt, schickst du es mir, ja? Hier ist der Zettel mit Bettis Adresse. Verlier ihn nicht."

Steffen grunzt.

„Es ist doch noch gar nicht klar, ob du den Job da überhaupt kriegst."

„Gut, dass du mich daran erinnerst."

Ich nehme das „Kochen modern" vom Tisch und verstaue es in meiner Tasche.

„Eine bessere Referenz gibt es gar nicht."

Ich trage meine Taschen in den Flur, wo schon einige Kräutertöpfe warten. Für den Transport habe ich sie in einer alten Obstkiste verstaut. Ich drehe mich nach Steffen um.

„Hilfst du mir, die Sachen runterzubringen?"

„Willst du echt dieses Grünzeug nach Irland mitschleppen?"

„Würdest du es denn gießen, bis ich wieder da bin?"

Steffen verdreht die Augen.

„Eben. Außerdem sind das besonders aromatische Sorten; die habe ich mühsam gezüchtet. Also hilfst du mir jetzt?"

„Ich denk' ja gar nicht dran."

Ich zucke die Schultern und mache mich daran, die Reisetaschen in Richtung Wohnungstür zu schleppen.

Steffen murrt noch ein bisschen, packt dann aber doch die Kiste mit den Kräutern. Im Treppenhaus sprechen wir kein Wort miteinander.

Unten angekommen, verstaue ich die Taschen im Kofferraum und Steffen stellt die Kiste mit den Kräutern auf den Rücksitz.

„Mit der Karre kommst du sowieso nur bis Potsdam. Allerhöchstens."

Ich war in den vergangenen Jahren oft wütend auf Steffen, aber ich gebe zu, jetzt fällt es mir schwer, ihn hier zurückzulassen. Ich will etwas sagen, aber ich habe einen Kloß im Hals. Ich umarme ihn und klopfe ihm auf den Rücken.

Steffen drückt mich sogar, das hat er noch nie gemacht.

„Mensch, Alter. Krass, echt."

Ich nicke und steige schnell ein. Beim Losfahren kurbele ich die Scheibe runter und winke.

Steffen ruft mir nach.

„Und außerdem, in Irland fahren sie alle auf der falschen Seite!"

Ich muss schlucken, dann winke ich noch mal und gebe ordentlich Gas.

Mein alter Peugeot hält bis Potsdam, und auch bis Hannover. Und sogar bis Köln. Da stehe ich zwar drei Stunden im Stau, aber irgendwann bin ich in Belgien und mein Auto fährt immer noch.

Nach fünfzehn Stunden und zweiundvierzig Minuten

sehe ich das Schild „Cherbourg 5 km". Ich bin zwar total erledigt von der Fahrerei, aber schlafen kann ich auf der Fähre. Also gebe ich Gas. Der Kai, von dem die Schiffe ablegen, ist schon in Sicht, jetzt muss ich nur noch durch den Zoll.

Ich fahre an die Kontrollstelle und halte. Der Zollbeamte wirft nur einen einzigen Blick in mein Auto und winkt mich sofort an die Seite. Er lässt mich aussteigen und spricht etwas in sein Funkgerät. Gleich darauf erscheinen weitere zwei uniformierte Beamte, ein kleiner Dicker und ein großer Blonder. Sie machen sich daran, mein Auto bis auf den letzten Winkel zu durchsuchen.

Währenddessen werde ich von ihnen abwechselnd ignoriert und mit skeptischen Blicken bedacht. Als sie alles untersucht haben, wendet sich der Zollbeamte an mich.

„Monsieur, sind das Drogen, da auf Ihrer Rückbank?"

Endlich verstehe ich, warum er mich rausgewunken hat.

„Um Himmels Willen, nein, das sind Kräuter. Zum Kochen! Hier, probieren Sie!"

Ich zupfe schnell ein paar Büschel und halte sie ihnen unter die Nasen. Die drei sehen mich an, als wäre ich aus der Klapse entflohen, und das hektische Reiben der Kräuter zwischen meinen Fingern, um die Zöllner mit dem Kräuterduft zu überzeugen, macht es nicht besser.

Im Hintergrund rollen schon die letzten Autos auf die Fähre; ich brauche also dringend eine Idee. Ich hole das „Kochen modern" aus der Tasche und schlage den Artikel auf.

„Hier, sehen Sie, das bin ich. Ich bin Koch, und diese Kräuter sind besondere Sorten.“

Die drei sehen in das Magazin.

„Ah, mon Dieu, das sieht ja sehr lecker aus.“

Der kleine Dicke tippt auf das Foto mit dem Kräuterbraten.

„Sagen Sie, wie machen Sie denn die Sauce?“

Ich starre ihn an. Im Hintergrund tutet meine Fähre nach Dublin, und der Mann fragt mich nach einem Saucenrezept!

Der große Blonde mischt sich ein.

„Kräuterkruste, sehr gut. Meine Mutter macht auch immer Rind in Kräuterkruste, mit Rosmarin.“

Jetzt guckt der Dicke alarmiert.

„Nein, Rosmarin geht überhaupt nicht zu Rind. Nur zu Lamm!“

Augenblicklich geraten die beiden in einen lautstarken Streit darüber, welche Mengen an Kräutern in die ideale Kräuterkruste für Rind, Lamm und Fisch gehören.

„Dill, Dill, Dill zu Fisch!“

Der kleine Dicke schnappt nach Luft und ist im Gesicht rot angelaufen.

Der große Blonde schüttelt den Kopf so energisch, dass seine Haare wie bei einem Wischmopp in alle Himmelsrichtungen abstehen.

„Salbei, sag ich, Salbei!“

Die Franzosen verstehen keinen Spaß, wenn es ums Essen geht.

Der erste Zöllner beteiligt sich nicht an dem Disput, sondern vertieft sich in den Artikel im „Kochen modern“.

Ich nehme allen Mut zusammen und zupfe den ersten Zöllner am Ärmel.

„Verzeihung, Monsieur, meine Fähre."

Der wendet den Blick nicht vom Artikel, aber er nickt.

„Ach, stimmt ja. D'accord, Sie können fahren."

Ich reiße ihm das Magazin aus der Hand, springe ins Auto, lasse es an und rase auf die Fähre zu. Die Motoren heulen schon auf, und ich erreiche die Rampe in letzter Sekunde. Nachdem ich den Peugeot in James-Bond-Manier heftig abgebremst und dabei vermutlich ein paar Hundert Gramm Reifengummi auf dem Metallboden der Fähre hinterlassen habe, parke ich artig ein und atme erstmal tief durch.

Ich drehe mich noch einmal zurück zum Ufer. Die Zöllner diskutieren offenbar noch immer über Rezepte, denn ich sehe den kleinen Dicken mit den Armen fuchteln.

Dann wird die große eiserne Klappe geschlossen, und die Fähre legt ab.

Ich gehe an Deck, um den frischen Seewind zu genießen. Aber es ist stürmisch, und so ist hier nur ein Mann in einem grauen Flanellanzug, der über die Reling auf seine flatternde Krawatte kotzt. Gut, dass ich nicht so schnell seekrank werde.

Ich wende mich dem Meer zu und freue mich auf Irland. Nach ein paar tiefen Atemzügen hole ich mein Handy heraus und wähle Bettis Nummer.

„Ich bin schon auf der Fähre!"

„Wie schön. Morgen arbeite ich in Glenties, aber am Abend bin ich zurück. Falls du vor mir da bist, du weißt doch noch, wo der Schlüssel liegt?"

CATHERINE

Ich weiß auch nicht, was mit mir los ist. Ich meine, ich müsste doch glücklich sein. Wir sind gesund, unsere Farm ist vermutlich eine der schönsten in Irland, unsere Kühe sind schon so oft mit Preisen ausgezeichnet worden.

Mit Papa verstehe ich mich super, und seit er mir die Verantwortung für Marketing und PR übertragen hat, läuft der Hof besser als jemals zuvor.

Aber mit Peter ist es eigenartig. Es gibt immer mal Momente, wo wir uns näher kommen. So wie heute in der Scheune, als die Dichtung im Traktor kaputt war. Er hätte das locker allein reparieren können, aber er hat mich gebeten, ihm zu helfen. Als wir uns über den Motor gebeugt haben, sind wir uns so nahe gekommen wie noch nie. Ich dachte schon, gleich küsst er mich. Aber dann ist Eoin dazu gekommen und vorbei war's mit der Romantik.

Und danach ist Peter wieder so distanziert gewesen wie sonst. Bilde ich mir das alles nur ein? Oder sieht er die Chefin in mir und traut sich nicht?

Aber Papa meint ja auch, Peter ist der Richtige. Ein anständiger Kerl, und er managt die Farm sehr professionell – er ist also der perfekte Mann für mich.

· · ·

Aber kann er nicht irgendwann mal einen Schritt nach vorne machen? Sich endlich mal äußern, vielleicht einen Blumenstrauß anschleppen, irgendsowas? Ich würde mich einfach über eine Geste von ihm freuen. Naja, vielleicht bin ich einfach zu ungeduldig.

KAPITEL 5

CATHERINE

26. April

Ach, herrliches Wetter heute Morgen, und was freue ich mich aufs Roadbowling. Ich werde die anderen mal ordentlich auf Trab bringen, Peter kann sich warm anziehen! Gegen mich hat er keine Chance.

Apropos Peter: Vielleicht schaffe ich es heute endlich mal, irgend etwas aus ihm herauszulocken. Irgendein Statement, ein Zeichen. Vielleicht ein Date ... oder sogar einen Kuss?

TOM

Als ich in Dublin von der Fähre rolle, fällt mir Steffens Ermahnung wieder ein: Linksverkehr. Kurz bevor es auf die Straße hinter dem Landungskai geht, erinnert ein Schild alle Neuankömmlinge daran, die linke Straßenseite zu benutzen.

Gerade denke ich darüber nach, dass ich seit Jahren kein Vorstellungsgespräch mehr hatte, und welches Rezept ich am besten für das Probekochen im Clouds vorbereiten soll, als mich ein grelles Hupen aus meinen Gedanken reißt.

Mir gegenüber steht ein Volvo, hinter dem Steuer eine rothaarige Frau, die wild gestikuliert und sich mit der Handfläche an die Stirn schlägt. Was sie wohl hat, frage ich mich, als mir auffällt, dass wir auf der rechten Straßenseite stehen, und zwar direkt unter dem Schild, das auf den Linksverkehr hinweist.

Ich schlucke die Demütigung herunter, dass ich soeben von einer Frau auf einen eklatanten Fahrfehler hingewiesen wurde. Hastig weiche ich auf die linke Fahrbahnseite aus, während Trolli eine Reihe von äußerst männlichen Flüchen ausstößt.

Als der Volvo mit der Frau weg ist, muss ich erst mal anhalten und tief durchatmen. Der Vorfall hat meine Hupen-Phobie aktiviert und meinen Blutdruck in Höhen getrieben, die vermutlich kein Messgerät jemals zuvor gesehen hat.

Von hier aus kann ich beobachten, wie sich die anderen Autos schwungvoll in den nahen Kreisverkehr einfädeln, und ich spüre eine Panikattacke kommen. Ich beeile mich, wieder loszufahren, bevor ich noch eine Phobie vor Kreisverkehren mit Linksverkehr entwickele. Denn davon gibt es in Irland sehr, sehr viele.

In den kommenden Stunden muss ich mich immer wieder zwingen, auf der linken Seite zu bleiben. Trolli ist auch nicht an den Linksverkehr gewöhnt, und ich muss ihm dauernd erklären, dass genau diese Straßenseite hier eben ausnahmsweise doch die richtige ist. Aber er bleibt dabei: „Hier stimmt was nicht."

Nach einer Weile stehe ich auf der Autobahn im Stau und beschließe, auf Nebenstrecken auszuweichen. Also nehme ich die nächste Abfahrt. Die Straßen sind kurvig, und ich muss mich sehr konzentrieren. Dennoch fällt mir nach einer Weile ein dezentes Quietschen auf, das der Motor in Linkskurven von sich gibt. Vermutlich protestiert auch er gegen den Linksverkehr. Ich beschließe, dem Auto, Trolli und mir mal eine Pause zu gönnen.

Auf einem Hügel halte ich an und steige aus, um mich zu strecken. Die Landschaft ist genauso spektakulär, wie ich sie in Erinnerung hatte. Am Himmel wechseln sich Wolken und Sonne ab, im Tal grasen Schafe und Kühe, die Luft riecht nach Gras und Kräutern.

Am liebsten würde ich hier stehen bleiben und die Aussicht genießen, aber ich habe noch ein paar hundert Kilometer vor mir. Als ich wieder starte, quietscht der Motor schon beim Anlassen, aber ich ignoriere Trollis schadenfrohes Gekicher.

Es quietscht weiter, doch der Tacho zeigt muntere siebzig, also muss ich mir keine Sorgen machen. Wenn es weiter so läuft, bin ich am Mittag bei Betti.

Bald erreiche ich das County Longford, das ist schon die halbe Strecke. Leider sind die Straßen hier sehr eng, und ich muss die Geschwindigkeit reduzieren.

Wenig später habe ich einen Trecker vor mir, und den kann ich wegen der engen Kurven zwanzig Minuten lang nicht überholen. Wenn ich in dieser Geschwindigkeit nach Inyshmore fahre, brauche ich allerdings noch Tage.

Endlich biegt der Traktor in einen Feldweg ein, und ich gebe Gas, aber nur, um in der nächsten Kurve hinter einer Kuhherde zu landen, die von einem Bauern und seinem Hund die Straße entlang getrieben wird.

Mein Tacho geht runter auf fünf Stundenkilometer. Das lauter werdende Quietschen meines Motors scheint die Kühe zu beunruhigen, so dass sie einen Schritt zulegen. Sieben Stundenkilometer, und sie geben weiter Gas. Bei neun bedenkt mich der Bauer mit einem wütenden Blick über die Schulter. Ich fühle mich schuldig und bleibe etwas zurück, bis wir alle wieder bei fünf sind.

Irgendwann biegen die Kühe auf eine Wiese ein, und ich kann endlich wieder aufs Gaspedal drücken. Doch da tut sich nicht viel, und jetzt gesellt sich zu dem Quietschen ein Knirschen aus dem Motorraum. Dann leuchten jede Menge Kontrolllampen an meinem Armaturenbrett auf, sogar welche, von denen ich überhaupt nicht wusste, dass es sie gibt.

Die gute Nachricht ist, mein Auto fährt noch. Das könnte allerdings auch damit zu tun haben, dass es gerade bergab rollt. Und als ich unten in der Senke ankomme, bleibt mein alter Peugeot stehen. Einfach so, mitten auf der Straße. Auf der linken Straßenseite immerhin, aber Trolli, dem ich seit Stunden beharrlich entgegne, dass er falsch liegt mit seinem ewigen „Hier stimmt was nicht!“, meldet sich ab mit den Worten:

„Hab ich doch gesagt.“

Wie ich es hasse, wenn er recht hat.

Ich krame mein Handy heraus und drücke darauf herum, aber natürlich habe ich im Tal keinen Empfang. Der Weg auf die nächste Hügelkuppe ist zu weit, also werde ich warten müssen, bis jemand vorbeikommt und mich mitnimmt. Die Iren sind nämlich sehr hilfsbereit. Andererseits ist auf den Straßen hier auch nicht viel los und wer weiß, ob hier auf der Nebenstrecke überhaupt jemand vorbei kommt.

Aber vielleicht kriege ich doch eine Verbindung. Ich klettere auf das Autodach und recke den Arm Richtung Himmel, und tatsächlich – ein kleiner Punkt erscheint auf dem Display. Das ist nur einer von fünf Möglichen, aber ich hoffe, es reicht. Ich schalte den Lautsprecher ein, wähle die Nummer des irischen Pannendienstes – und lande in einer Warteschleife mit Computerstimme. Hoffentlich hält mein Akku durch, bis jemand rangeht.

Dann knackt es in der Leitung.

„Pannendienst, hallo, wie kann ich helfen?“

Eine freundliche Frauenstimme.

„Ich bin mit dem Auto liegen geblieben“, rufe ich gen Himmel.

„Wie bitte, ich verstehe Sie nicht.“

„Liegen geblieben. Eine Panne.“

„Wie bitte?“

Da es so nicht klappt, nehme ich das Handy herunter an mein Ohr, aber sofort ist die Verbindung weg. Meinen Wutschrei hört die Dame also nicht mehr. Ich wähle erneut und halte das Handy wieder in den Himmel.

„Pannendienst, hallo, wie kann ich helfen?"

„Ich bin liegen geblieben! Auf der Landstraße."

Ich schreie so laut ich kann, und bemerke zu spät, dass ein Auto vorbeikommt. Anstatt anzuhalten und zu fragen, ob er mich mitnehmen kann, gibt der Fahrer Gas und verschwindet eilig um die nächste Kurve. Hilfsbereit oder nicht, vermutlich würde auch ich niemanden mitnehmen, der auf dem Dach seines Autos steht, die eine Hand in der Luft wie die amerikanische Freiheitsstatue, und etwas in den Himmel brüllt.

Die Stimme am anderen Ende meiner Leitung scheint so langsam die Geduld zu verlieren.

„Ich verstehe Sie nicht. Sprechen Sie doch bitte direkt in das Telefon!"

„Das würde ich ja gerne!"

„Wie bitte? Ich verstehe Sie nicht."

In diesem Moment kommt der Bauer mit seiner Kuhherde um die Ecke. Ich brülle in Richtung Handy.

„Ich ha-be ei-ne Au-to-pan-ne!"

Die Kühe sehen mich auf dem Autodach das Handy und den Himmel anschreien, erschrecken und rennen in wildem Galopp davon. Der Bauer wirft mir einen hasserfüllten Blick zu, bevor er fluchend der Herde und seinem bellenden Hund hinterher jagt.

Schlappe zwei Stunden später hängt mein Auto am Haken eines rostigen Abschleppwagens, und wir fahren nach Norden – immerhin in die Richtung, in die ich sowieso will.

Wir erreichen eine Werkstatt, mein Auto wird wieder heruntergelassen und ich fühle mich um zwanzig Jahre zurückversetzt. Auf dem Hof stehen lauter Autowracks aus der Zeit vor der Jahrtausendwende. Nicht gerade die beste Referenz für die Werkstatt, denke ich erst, aber bei näherer Betrachtung stelle ich fest, dass mein Peugeot ja auch nicht besser aussieht. Und außerdem habe ich keine Wahl.

Der Kfz-Meister, der jetzt aus der Halle kommt, hat in alle Richtungen abstehende Haare wie Doc Brown aus „Zurück in die Zukunft" und einen Blick, der mindestens genauso irre ist. Er schüttelt mir die Hand.

„Was kann ich für dich tun?"

Ich beschreibe, was passiert ist. Der Meister klappt die Motorhaube hoch und sieht sich das Innenleben an. Er kratzt sich am Kopf.

„Oha."

„Ähm, woran könnte das denn liegen?"

„Er hat geknirscht?"

„Ja. Wie wenn Metall auf Metall reibt, also vielleicht wie so ein Zahnrad, bei dem die Zähne bröseln ..."

„Oha."

„Und? Was könnte das bedeuten? Das kann man doch hoffentlich reparieren?"

„Wird teuer."

„Verdammt. Das ist jetzt aber blöd, weil ich gerade aus Deutschland komme, und, na ja, momentan keinen Job habe und deswegen auch nicht so viel Geld ..."

Der Meister sieht mich von der Seite an.

„Und dauert."

„Hm.“

Jetzt verlässt auch mich die Lust zu reden. Dann fällt mir auf, dass ich noch ein anderes Problem habe.

„Wie komme ich denn jetzt nach Inyshmore? Ich meine, ein Bus fährt hier ja wohl nicht!?“

Der Meister schüttelt den Kopf.

„Nur’n Taxi.“

Ich checke den Restbestand Bargeld in meiner Brieftasche, das sind um die siebzig Euro, das reicht niemals für ein Taxi nach Inyshmore. Ich muss also Betti anrufen und sie bitten, mich abzuholen.

Aber als ich ihre Nummer wähle, springt nur die Mailbox an. Stimmt, sie hatte ja gesagt, dass sie heute erst am Abend zurück ist. Ich zucke die Schultern und sehe mich hilfesuchend nach dem Meister um. Der deutet stumm auf ein ältliches Damenfahrrad, das an der Wand der Werkstatt lehnt.

„Oh. Kann ich mir das ausleihen? Das ist aber nett.“

Ich nehme das Fahrrad unter die Lupe. Besonders stabil sieht es nicht aus, und die Spinnweben am Lenker lassen vermuten, dass es hier schon eine ganze Weile steht. Ich drehe mich nach dem Meister um.

„Wie viele Meilen sind es denn bis Inyshmore?“

„Zwanzig.“

Ich rechne kurz nach.

„Das sind ja über dreißig Kilometer!“

Der Meister sieht mich an.

„Egal, wie du misst. Is’ immer gleich weit.“

Dieser Logik kann ich mich leider nicht entziehen. Ich wuchte meine kleine Reisetasche auf den klapprigen Gepäckträger, der schon jetzt bedenklich schwankt. Die große Tasche muss ich also erstmal hier lassen, genau wie die Kräutertöpfe.

„Also dann, vielen Dank."

Ich schwinge mich in den Sattel und wackele los. Für einen Moment fühlt es sich an, als hätte ich wieder zu viel Tequila getrunken, aber ich schwöre, dieses Mal bin ich stocknüchtern. Als ich mich noch einmal umdrehe, um zu winken, starren der Meister und seine Mitarbeiter mir nach, als sei ich die Wiederauferstehung einer längst ausgestorbenen Spezies aus „Jurassic Park".

Irlands Hügel sind traumhaft schön, aber wenn man mit einem alten Damenfahrrad unterwegs ist, das keine Gangschaltung hat und mal eine Portion Öl auf der Kette vertragen könnte, sind sie vor allem eins: unzumutbar steil.

Auf einem Hügel mache ich halt. Ich rede mir ein, dass ich nur die Aussicht genießen will, aber mein Keuchen und Schwitzen ruft Trolli auf den Plan mit dem Kommentar, dass ich ja wohl eindeutig k.o. bin vom vielen Strampeln.

Wie praktisch, dass vor mir ein Tal liegt. Auf dem Weg nach unten werde ich ordentlich Fahrt aufnehmen. Bevor ich losrolle, sehe ich in der Ferne einige Menschen auf der Straße, vermutlich Straßenarbeiter. Müssten sie nicht eigentlich diese orangefarbenen Warnwesten tragen? Trolli meldet sich zu Wort mit dem Einwand, dass keine Straßenarbeiter auf der Welt jemals solche Verrenkungen machen und ob ich denn eigentlich von nichts einen Schimmer habe. Ich ignoriere ihn, atme tief durch, trete in die Pedale und lasse das Rad bergab rollen.

Das Fahrrad wird bald so schnell, dass ich Angst habe, es könnte auseinanderbrechen, aber ich will unbedingt den Schwung über den Hügel mitnehmen. Und tatsächlich, das Rad erklimmt die Steigung ohne allzu viel Treten. Kurz vor der Hügelkuppe höre ich ein rumpelndes Geräusch, begleitet von Anfeuerungsrufen.

Wieso um alles in der Welt feiern diese Straßenarbeiter ihre Arbeit so begeistert? Ach, die Iren sind ein fröhliches Volk, denke ich. Und bevor Trolli zu einer höhnischen Bemerkung ansetzen kann, kommt mir etwas entgegen geschossen, das wie eine eiserne Kanonenkugel aussieht. Ich versuche auszuweichen, aber die Kugel trifft mich in der Herzgegend, reißt mich vom Fahrradsattel, und ich fliege in hohem Bogen in einen Straßengraben. Für einen Moment ist alles um mich herum still und sehr, sehr nass.

Ich spüre, wie Hände mich aus dem Wassergraben zerren und mich ins Gras legen. Sekunden später drängeln sich freundliche Gesichter über mir. Einige Menschen applaudieren, aber ich bin nicht sicher, ob das meinem fulminanten Abflug in den Graben gilt oder einem besonders gelungenen Wurf. Denn etwa zwanzig Leute sind damit beschäftigt, unter allerlei Verrenkungen und frenetischem Geschrei, Eisenkugeln die Landstraße entlang zu schleudern.

Ein Mann mit unzähligen Lachfältchen im sonnengebräunten Gesicht, tätschelt mir die Wange.

„Hallo! Ich heiße Eoin.“

Er hilft mir, mich aufzusetzen und mich an einen Baum zu lehnen. Er tupft mir mit einem Stofftaschentuch etwas Wasser vom Gesicht.

„Wir spielen Road Bowling."

Ein anderer Mann beugt sich zu mir runter, klopft mir auf die Schulter und spricht betont langsam:

„Das macht man so, hier oben im Norden."

Na schön, er hätte sich vielleicht entschuldigen können, dass ich von dieser Eisenkugel getroffen wurde, in den Straßengraben geflogen und jetzt klatschnass bin. Oder er hätte mich fragen können, wie es mir geht, wohin ich unterwegs bin und was ich mit dem alten Fahrrad hier mache. Aber na ja, das hier ist auch ein interessanter Dialog.

Mein Blick irrt zwischen den Männern hin und her.

„Aha."

Inzwischen ziehen zwei Männer das Fahrrad aus dem Graben, dann meine Reisetasche, aus der an den Nähten kleine Fontänen Wasser heraussprudeln.

Dann kommt eine Frau mit schnellen Schritten auf uns zu. Ihre langen dunklen Haare umrahmen ihre glühenden Wangen. Ihre Augen funkeln vor Energie, und sie bewegt ihren schlanken Körper so kraftvoll und gleichzeitig so anmutig, als wäre der Boden unter ihr elastisch.

Eoin deutet auf sie.

„Das war Catherines Kugel, die dich getroffen hat. Sie war Herbstmeisterin letztes Jahr."

Es klingt, als ob er stolz wäre.

Catherine geht vor mir in die Hocke. Sie hebt ihre

Hand und berührt vorsichtig meine Stirn, an der mir erst jetzt ein stechender Schmerz bewusst wird.

„Tut mir so leid. Ist alles in Ordnung?"

Ich schaue sie an und erblicke das Lächeln der wunderschönsten Frau, die ich je gesehen habe. Das ist meine Traumfrau.

Dann wird mir schwarz vor Augen.

CATHERINE

Katastrophe! Ich hab' einen Mann vom Fahrrad geholt mit meiner Kugel. Der Arme!

Lustig war's schon, wie er in hohem Bogen in den Graben geflogen ist. Oh nee, was bin ich gemein. Schäm dich, Catherine!

Jetzt haben wir ihn erstmal auf die Küchenbank gelegt. Hoffentlich wacht er bald wieder auf, sonst müssen wir ihn womöglich doch noch ins Krankenhaus bringen.

TOM

Um mich herum ist alles still, nur das Ticken einer Uhr ist zu hören, und in der Ferne muht eine Kuh. Mir ist angenehm warm, und ich habe keine nassen Klamotten mehr an.

Ich sehe mich um und stelle fest, dass ich auf einer gepolsterten Bank liege, inmitten einer alten, liebevoll restaurierten irischen Küche. In die Wand eingelassen ist ein gemauerter Küchenherd mit offener Feuerstelle, daneben steht ein antiker Küchenschrank. Zugedeckt bin ich mit einer Patchwork-Decke, mein Kopf liegt auf einem Kissen mit gehäkelter Spitze.

Meine Schuhe stehen auf dem Fußboden neben der Reisetasche, die nassen Klamotten sind vor dem Feuer auf einem Stuhl zum Trocknen ausgebreitet. Ich habe zwar keine Ahnung, wo ich bin, aber ich fühle mich wohl. Das Einzige, was stört, ist ein äußerst merkwürdiger Geschmack in meinem Mund. Es schmeckt nach Alkohol, aber nach einem von der übelsten Sorte. Mit einem fischigen Nachgeschmack, als wenn man Tequila mit Heringssalat mischen würde. Mir wird schwindelig, und ich schließe schnell meine Augen. Dann höre ich Schritte, öffne sie wieder und sehe in das Gesicht von Eoin, den ich schon vom Road Bowling kenne. Er lächelt und sieht über seine Schulter.

„Padraig, sieh mal. Es hat funktioniert.“

Er hält eine kleine Flasche hoch, die nach Medizin aussieht.

„Das reinste Teufelszeug.“

„Sag' ich doch.“

Der andere Mann, offenbar Padraig, beugt sich jetzt ebenfalls über mich. Eoin nickt.

„Das hab ich Fionnah auch gegeben, in den Wehen. Fünf Minuten später war ihr Kalb da.“

Beide grinsen mich höchst zufrieden an.

Jetzt sehe ich die Kuh auf dem Etikett der Medizinflasche. Für einen Moment denke ich, es wäre besser, gleich wieder bewusstlos zu werden, doch dann höre ich die Stimme von Catherine.

„So, lasst mich mal durch.“

Sie erscheint zwischen den beiden Männern, beugt

sich über mich und legt mir ein gefaltetes Handtuch auf die Stirn, das sich angenehm kühl anfühlt.

„Hier, ein bisschen Eis gegen die Schwellung. Wie geht es dir, alles okay?"

„Super."

„Wir wollten dich zum Arzt bringen, aber der impft gerade eine Herde Schafe."

„Zu einem Tierarzt?!"

Eoin öffnet die Flasche mit dem Kuh-Etikett.

„Für einen Menschenarzt gibt es hier zu wenig Patienten. Das macht die gute Luft hier, und das Wasser. Da wird man nicht krank."

„Na, dann bin ich ja beruhigt."

Eoin gießt etwas von der Medizin in ein kleines Glas.

„Hier, nimm vorsichtshalber noch einen Schluck. Viel hilft viel."

Er kichert.

Ich trinke das Glas in einem Zug leer und ignoriere den Würgereflex angesichts des Geschmacks.

Dann setze ich mich auf und schaue Catherine an. Sie erscheint mir jetzt noch schöner als vorhin, aber vielleicht liegt das an der Wirkung dieser ominösen Kuh-Medizin.

Catherine nimmt mir das Glas ab.

„Ach, wo bleiben meine Manieren. Ich bin Catherine. Das ist Eoin und das Padraig."

Sie lächelt so, dass mir schon wieder schwindelig wird.

„Tom. Freut mich."

„Hallo Tom. Ich mache dir erst mal einen Irish Coffee, der bringt dich wieder auf die Beine."

Sie steht auf und macht sich an der Kaffeemaschine

zu schaffen, verschüttet dabei etwas Kaffeepulver und flucht leise. Eoin und Padraig tauschen einen skeptischen Blick, stehen auf und bewegen sich in Richtung Tür. Catherine bemerkt das.

„Wollt ihr denn keinen Kaffee?"

Sie schütteln die Köpfe, murmeln etwas von „och nö", „viel Arbeit", „dringend", und verlassen schnell die Küche. Aber das alles ist mir egal. Ich habe nur noch Augen für Catherine.

Als Eoin und Padraig draußen am Küchenfenster vorbeikommen, bemerken sie nicht, dass es offen steht. So werde ich Zeuge des folgenden Dialogs.

„Der bleibt 'ne Weile. Wetten?"

„Denk ich nicht."

„Hundert Euro!"

„Dreißig! Und die gewinne ich."

„Vierzig."

„Sechzig."

„Fünfzig."

„Gilt."

Ich recke mich und sehe, dass die beiden die Wette mit Handschlag besiegeln. Aber es gibt Dringenderes zu klären. Ich setze mich auf.

„Catherine, darf ich dich etwas fragen?"

Sie dreht sich zu mir um, während sie einen großen Schluck Whiskey in die Irish Coffee-Tassen füllt und dabei etwas verschüttet.

„Na klar."

Sie macht sich daran, den Whiskey mit einem Lappen aufzuwischen. Ich fühle mich an mein

Küchendesaster mit Tina erinnert, wage aber nicht zu hoffen, dass Catherine meinetwegen nervös ist.

„Ich kann mich noch erinnern, was auf der Straße passiert ist."

Ich ziehe die Decke etwas fester um meinen Oberkörper.

Catherine wendet sich mir zu.

„Oh ja, tut mir leid, dass ich dich getroffen habe. Mit der Kugel, meine ich."

„Das ist schon okay. Was ich mich frage, naja, wer hat mich denn eigentlich ... ausgezogen?"

Sie gibt mir einen der Becher und setzt sich neben mich auf einen Stuhl.

„Das waren Eoin und Padraig."

Sie grinst.

„Ich habe weggeschaut."

„Ah, gut."

Ich beiße mir auf die Zunge und glaube kaum, dass man sich noch bescheuerter vorkommen kann. Wir trinken einen Schluck.

Dann höre ich Schritte auf dem Kiesweg, und am Fenster kommt ein hoch gewachsener blonder Mann vorbei. Na klar, wahrscheinlich Catherines Mann, bei meinem Glück.

Gleich darauf erscheint er in der Küchentür, bleibt stehen und zieht die Stirn in Falten. Vermutlich gebe ich einen merkwürdigen Anblick ab, in meiner Patchworkdecke.

Aber Catherine wirft ihm einen kurzen Blick zu und wendet sich wieder mir zu.

„Woher kommst du denn eigentlich?", fragt sie.

„Aus Deutschland."

Der blonde Mann, der gerade auf dem Weg zur Kaffeemaschine war, hält inne.

„Ah, aus Deutschland. Dann bist du Tobias?"

„Ähm ... eigentlich werde ich Tom genannt."

Er kommt zu mir und gibt mir die Hand.

„Peter O'Brien. Ich bin hier der Farm Quality Manager."

Farm Quality Manager? Was um alles in der Welt ist das denn für ein Beruf? Klingt eher nach Profilneurose, so wie „Facility Manager", was aber auch nichts anderes ist als ein Putzjob.

Ich schüttele seine Hand.

„Freut mich."

Er sieht auf mich herab.

„Aber wir haben dich erst in vier Wochen erwartet."

„Erwartet ...?"

Catherine schlägt sich symbolisch mit der Hand an die Stirn.

„Oh, du bist das? Na klar, hätte ich auch eher drauf kommen können. Sonst verirrt sich ja auch niemand in unsere Gegend."

Peter runzelt die Stirn.

„Aber wir haben doch erst April."

Diese Diskussion läuft insgesamt völlig an mir vorbei. Ich sehe in meinen Irish Coffee, der lecker ist, aber so viel Whiskey hat Catherine nun auch wieder nicht reingetan. Handelt es sich hier um eine irische Ausgabe der versteckten Kamera, oder habe ich mir bei dem Sturz ein Schädel-Hirn-Trauma zugezogen, das jetzt akustische Halluzinationen verursacht?

Peter guckt mich an, als wäre ich ein wenig schwer von Begriff. Er beugt sich zu mir und spricht betont langsam, und auch ein bisschen lauter. So wie man mit alten Leuten redet, die nicht mehr gut hören.

„Wir dachten, du kommst direkt zur Show nach Enniskillen, Ende Mai.“

Das hilft nicht weiter.

„Ähm ... ich ... also ...“

Die beiden sehen sich irritiert an. Peter schaut auf die Verletzung an meiner Stirn.

„Hast du dich etwa geprügelt?“

„Nein ... ein Fahrradunfall.“

Peter macht ein Gesicht, als zweifele er an meinem Geisteszustand.

„Du solltest lieber Auto fahren, das ist sicherer. Naja, Hauptsache, du bist da.“

Catherine zieht eine Augenbraue hoch und lächelt dann. Hoffentlich heißt das, sie ist von meiner Entscheidung beeindruckt, nichts von dem Zusammenstoß mit ihrer Kugel zu erzählen. Als ich ihren Blick erwidere, wendet sie sich ab, um die Eiswürfel in meiner Handtuch-Kühlbandage zu erneuern. Dann kommt sie mit der neuen Bandage wieder.

„Schön, dass du uns unterstützen willst. Paul hat dich empfohlen, er hält große Stücke auf deine Arbeit.“

Ich habe keine Ahnung, wer Paul ist, aber ich lächele Catherine an.

Peter runzelt die Stirn und wendet sich zum Gehen.

„Gut, dann hole ich schon mal deinen Arbeitsvertrag.“

Okay, ich bin angeschlagen von dem Sturz, der Kuh-Medizin und dem Irish Coffee, aber ich verstehe immerhin soviel, dass hier eine Verwechslung vorliegt.

. . .

Nachdem Peter weg ist, atme ich auf. Catherine trinkt ihren Becher leer.

„Prima, dann zeige ich dir gleich mal den Hof.“

Sie deutet auf meine Stirn. „Natürlich nur, wenn du wieder okay bist.“

„Ja, ja, geht schon.“

Sie steht auf, geht zum Feuer und fühlt meine Sachen.

„Die sind leider noch nicht ganz trocken. Ich hol' dir was zum Überziehen.“

Sie geht und kommt kurz darauf mit einem roten Bademantel wieder.

Ich zögere ein wenig, will aber nicht noch gehemmter rüberkommen. Ich muss mich verrenken bei dem Versuch, mich aus der Decke zu schälen, ohne vor Catherine nackt dazustehen. Sie grinst und dreht sich zur Kaffeemaschine, um genau die Stelle der Arbeitsplatte abzuwischen, wo sie eben schon gewischt hat.

Endlich habe ich den Bademantel an, aber er ist offenbar für eine Frau, denn er ist nicht nur rot, sondern auch tailliert und ziemlich kurz. Die Vorstellung, dass es Catherines Bademantel ist, den ich jetzt auf der nackten Haut trage, versetzt mein limbisches System so in Aufregung, dass ich den Gedanken lieber schnell verdränge.

Ich stehe auf, gehe zum Feuer und schlüpfe in meine Sneakers. Die sind leider auch noch nicht trocken, aber ich widerstehe dem Impuls, sie sofort wieder auszuziehen. Für einen Rundgang mit Catherine nehme ich das feuchtkalte Gefühl an meinen Füßen und die leise quatschenden Geräusche beim Gehen in Kauf.

Catherines Mundwinkel zucken leicht, als sie mich in dem Bademantel sieht.

„Können wir?“

Ich nicke.

„Alles klar.“

Sie geht voraus durch die Küchentür nach draußen. Während ich neben Catherine über den Kiesweg laufe, beschleicht mich das Gefühl, dass ich mich hier gerade komplett zum Affen mache. Denn ich sehe aus dem Augenwinkel, dass Eoin und Padraig, die dabei sind, den Hof zu fegen, innehalten, mir nachstarren und anschließend entweder spontan heftige Magenkrämpfe bekommen oder sich vor Lachen biegen.

Andererseits gibt Catherine mir das Gefühl, dass es für sie völlig selbstverständlich ist, dass ich in einem roten Frauenbademantel, ohne Hosen und mit quatschnassen Sneakers an den nackten Füßen über ihre Kuhfarm laufe.

Der Hof ist umgeben von sanften Hügeln und einem See. Die Gebäude sind aus alten Steinen gebaut, die Fenster sind grün gestrichen, ebenso wie die Fensterläden. Catherine zeigt mir verschiedene Gruppen von Kühen: kleine Kälber, größere Kälber, große Kälber, kleinere Kühe, große Kühe und sehr große Kühe. Dazu nennt sie Begriffe wie Färsen, Queene, Starke oder Fresser. Mir schwirrt der Kopf.

Ich sehe sie immer wieder heimlich von der Seite an, während ich so tue, als sei ich höchst interessiert. Gelegentlich streue ich ein „ah“, oder ein „sehr schön“ ein.

Catherine bleibt stehen und lässt ihren Blick über die Wiesen schweifen.

„Wie kommt es denn, dass du schon hier bist?"

„Ich will meine Tante besuchen. Sie wohnt in Inyshmore."

„Inyshmore? Das ist ja gar nicht weit von hier. Aber sag' mal, du bist doch nicht den ganzen Weg aus Deutschland gekommen, mit diesem Fahrrad?"

Ich erzähle ihr von der Panne und der Werkstatt. Ich versuche zu verhindern, dass sie mir Fragen zu Kühen stellt, denn dann würde sofort auffallen, dass ich keine Ahnung habe. Ich weiß zwar, wie man einen Sterne-Rinderbraten macht, und Steaks kann ich auch ziemlich gut. Aber wenn ich mit Kühen zu tun habe, laufen sie normalerweise nicht mehr auf der Wiese herum.

Glücklicherweise stellt Catherine keine Kuhfachfragen, aber na klar, sie denkt, ich bin Experte. Man fragt ja auch nicht seinen Kfz-Mechaniker, ob er Ahnung von Autos hat – man geht einfach davon aus.

Während wir über die Farm gehen, arbeitet mein Gehirn auf Hochtouren. Wie komme ich aus der Sache wieder raus, ohne Catherine zu brüskieren? Denn wenn ich ihr jetzt sage, dass ich nicht der bin, für den sie mich hält, wird sie mich vermutlich rauswerfen, und ich werde sie nie wiedersehen. Ich beschließe spontan, das Spiel eine Weile mitzuspielen. So lernen wir uns näher kennen, bevor ich ihr die Wahrheit sage. Denn eins weiß ich: Dieses Mal will ich es auf gar keinen Fall versemmeln.

Eine Stunde später sind meine Sachen getrocknet und Catherine fährt mich mit ihrem Geländewagen nach Inyshmore. Die Coyle Farm liegt nur ein paar Meilen von Bettis Haus entfernt, aber ich bin doch froh, nicht wieder auf das schwankende Fahrrad zu müssen. Aber vor allem habe ich ein paar Minuten mit Catherine allein. Schon dafür würde ich mich jederzeit wieder in jeden erdenklichen Wassergraben stürzen.

Als wir bei Betti ankommen, steht ihr alter Range Rover vor dem Haus. Vor ihrem alten Steinhaus stehen Unmengen von Blumentöpfen, und in einem Quergebäude, das ursprünglich mal ein Pferdestall war, hat Betti sich einen kleinen Laden eingerichtet, in dem sie selbstgekochte Marmeladen, Honig vom Imker um die Ecke, sowie eingelegtes Obst und Gemüse verkauft. Betti und ich teilen diese Leidenschaft für leckere Spezialitäten, und vielleicht habe ich auch daher so viel Spaß an außergewöhnlichen Rezepten.

Der Anblick dieser kleinen Idylle erinnert mich an unbeschwerte Ferienwochen in meiner Kindheit: auf Bäume klettern, in Bächen baden, Unmengen von Bettis phänomenalem Blaubeerkuchen essen.

Warmes Licht scheint durch die Fenster des Wohnzimmers und ich freue mich auf einen gemütlichen Abend am Kamin.

Catherine stellt den Motor ab. Es ist Zeit, sich zu

verabschieden, aber ich kann es schon jetzt kaum erwarten, sie wiederzusehen.

Ich versuche, so beiläufig zu klingen wie möglich.

„Ich komme am Montag mal vorbei.“

Catherine lächelt.

„Dein Job fängt erst in vier Wochen an.“

„Ich weiß. Aber ich möchte mich ein wenig umsehen. Alles kennenlernen.“

„Gute Idee. Dann mache ich dich mit den Kühen bekannt.“

„Mit den Kühen bekannt ... Na klar. Schön. Ich freue mich schon.“

„Ich mich auch.“

Wir sehen uns einen Moment lang in die Augen, aber dann unterbricht Catherine unsere zarte Annäherung und steigt aus.

Während ich das Fahrrad aus dem Kofferraum hole, fliegt die Tür zu Bettis Haus auf, und sie kommt freudestrahlend auf uns zu. Ihre Umarmung ist so herzlich, dass mir fast die Luft wegbleibt.

„Tom! Endlich. Wo um Himmels Willen hast du gesteckt? Und warum hast du nicht angerufen?“

„Lange Geschichte. Und mein Handy ist einem Wassergraben zum Opfer gefallen.“

Aus dem Augenwinkel sehe ich Catherine, die uns zuwinkt, bevor sie ins Auto steigt und losfährt. Ich winke zurück, und dann umarme ich meine Betti, hebe sie ein paar Zentimeter vom Boden hoch und merke in diesem Moment, wie sehr ich sie vermisst habe. Sie lacht ihr unvergleichlich herzliches Lachen. Nachdem ich sie wieder abgesetzt habe, streichelt sie meine Wange.

„Was ist denn mit deiner Stirn passiert?!"

„Nur ein kleines Malheur. Erzähle ich dir in Ruhe."

„Ach, Tom, mein Junge, ich freu mich so, dass du da bist."

„Ich mich auch."

„Sag, hast du Hunger?"

„Und wie!"

Während Betti in der Küche werkelt, beziehe ich das Gästezimmer mit den Blümchentapeten. Nicht ganz mein Geschmack, aber nach ein paar Jahren mit Pizzakarton-Türmen, verstreuten Socken und Leoparden-Unterhosen empfindet man jede Abwechslung als wohltuend. Mein Handy gibt seit meinem Sturz in den Wassergraben keinen Ton mehr von sich. Ich lege es auf die Heizung, vielleicht erwacht es wieder zum Leben, wenn es trocken ist. Denn ein Neues kann ich mir zurzeit nicht leisten.

Als ich ins Wohnzimmer komme, hat Betti den Tisch schon gedeckt. Gerade kommt sie mit einem dampfenden Topf aus der Küche, aus dem es nach ihren einzigartigen Schmorgurken duftet. Ich habe etliche Rezepte ausprobiert, aber so gut habe ich es niemals hingekriegt.

„Ach, Betti, du bist einfach die Beste. Das riecht fantastisch."

Ich gebe ihr einen Kuss auf die Wange und genieße, wie sie sich freut.

Betti setzt sich.

„Sag mal, Tom, wieso hat dich eigentlich die Tochter von Gary Coyle hergefahren? Das war sie doch, oder?"

„Ja, das war Catherine Coyle. Kennst du sie?"

„Nur vom Sehen."

„Aber ihren Vater?"

Betti füllt uns Schmorgurken auf, und es scheint mir, als ob sie das nicht beantworten möchte.

„Betti? Erzähl doch mal."

„Ach, naja ... wie man sich hier halt kennt."

Ich habe Betti in den vergangenen Jahren nur selten gesehen, aber ich merke immer noch sofort, wenn sie flunkert.

„Komm, nun sag schon."

Aber Betti schüttelt den Kopf.

„Erstmal musst du erzählen. Wie hast du Catherine denn kennengelernt?"

Ich erzähle ihr die Geschichte.

Und später, als wir am Kamin bei einem erstklassigen irischen Whiskey sitzen, zeige ich ihr den Arbeitsvertrag, den ich von Peter bekommen habe. Betti pfeift durch die Zähne.

„Donnerwetter, das ist ja kein schlechtes Gehalt."

„Allerdings. Das ist deutlich mehr, als ich als Koch verdient habe."

„Erstaunlich. Aber was um alles in der Welt macht so ein Cowfitter?"

„Keine Ahnung. Ich hatte gehofft, du wüsstest das."

Betti schüttelt den Kopf.

„Aber du hast nie in der Landwirtschaft gearbeitet. Die merken doch, dass du dich nicht auskennst.“

„Das stimmt. Naja, ich muss halt recherchieren. So schwer kann das ja nicht sein.“

„Und was machst du, wenn der echte Cowfitter auftaucht?“

„Der kommt erst in vier Wochen. Und bis dahin habe ich längst alles aufgeklärt.“

Bettis Gesichtsausdruck lässt keinen Zweifel, dass sie das für eine Schnapsidee hält.

Ich seufze.

„Ich weiß, das ist irre. Aber Catherine ist wundervoll. Ich würde mir nie verzeihen, wenn ich es nicht wenigstens versuche.“

Betti lächelt und streichelt meinen Arm. Wir trinken einen Schluck von diesem unvergleichlich rauchigen fünfundzwanzigjährigen Single Malt, der nach Torf und Kräutern duftet, und sehen ins Feuer. Mich beschleicht das Gefühl, dass mir in diesem Moment etwas fehlt. Dann fällt es mir ein. Steffen hätte jetzt gerülpst und gesagt „Boah, Alter, echt, nun schenk mal ordentlich nach“.

Ich muss zugeben, dass mir Steffen, so schräg er auch ist, doch ein bisschen fehlt. Ich sehe ins Feuer und beschließe, ihn anzurufen, sobald mein Handy wieder funktioniert.

CATHERINE

· · ·

Oh nee, unser neuer Cowfitter ist da – und es ist ausgerechnet der, den ich mit der Kugel vom Rad geholt habe! Der muss ja denken, ich hab' einen an der Waffel. Warum um alles in der Welt passiert immer mir so ein Mist?

Aber er macht einen echt netten Eindruck. Und er ist ziemlich ansehnlich. Als Eoin und Padraig ihm die nassen Klamotten ausgezogen haben, konnte ich da so den einen oder anderen Blick werfen ...

Ich hätte ihm ja was zum Anziehen von Papa geben können ... Aber ich wollte mal sehen, wie er sich in meinem engen roten Morgenmantel macht :D

Mensch, Catherine, sei doch nicht immer so fies!

Aber er hat nicht mit der Wimper gezuckt. Völlig unbeeindruckt ist er in dem knappen Teilchen über den Hof gestiefelt. Alle Achtung, ich kenne keinen anderen Mann, der das so lässig gebracht hätte.

Darüber habe ich fast vergessen, was mir heute mit Peter passiert ist. Beim Roadbowling, als ich Anlauf genommen habe, bin ich gestolpert. Er hat mich aufgefangen, und einen Moment kamen sich unsere Münder ganz nah. Ich dachte schon, jetzt passiert's ...

Und dann hat er gelächelt und gesagt: „Du, Catherine, kannst du dir vorstellen, deine Haare auch mal blond zu färben?"

Blond?! Das passt doch überhaupt nicht zu mir. Was hat der denn bloß für Ideen?

Vielleicht steht er ja auf Blondinen ... Wenn ich mich richtig erinnere, war seine erste Freundin blond. Aber das ist etliche Jahre her, und außerdem will er mich ja wohl nicht mit ihr vergleichen!

KAPITEL 6

CATHERINE

27. April

Heute Morgen bin ich lange vor dem Wecker aufgewacht. Die Sonne war noch gar nicht aufgegangen, aber ich konnte nicht wieder einschlafen. Ich bin einfach schon mal ins Büro gegangen und habe E-Mails beantwortet.

Da lag auch der Arbeitsvertrag von Tom. Merkwürdig, dass er sich Tom nennt, eigentlich heißt er ja Tobias. Naja, Tom klingt netter. Ist ja auch egal, Hauptsache, er kann uns entlasten. Schön, dass er eher angekommen ist als geplant.

Und wenn ich daran denke, dass er bald hier mit uns arbeitet, bin ich ein kleines bisschen aufgeregt. Vielleicht bringt er endlich etwas frischen Wind hier auf den Hof. Jedenfalls kann ich mir vorstellen, dass er gut in unser Team passt.

. . .

TOM

Am Morgen reißt mich wieder so ein schrilles Fiepen aus dem Schlaf. Erst denke ich, ich bin in Berlin, der Wecker klingelt, und ich muss gleich zur Arbeit. Aber die Sonne, die in mein Zimmer scheint, ist zu hell für meinen Hinterhof in Berlin Friedrichshain, außerdem fehlt Steffens Schnarchen aus dem Nebenzimmer.

Und es war auch nicht der Wecker, sondern eine SMS von Steffen, offenbar hat die Nacht auf der Heizung mein Handy wiederbelebt. Ich lese seine Nachricht: „Alter, wie isses unter all den Irren, äh, Iren?"

Ich schreibe schnell zurück, dass das eine lange Geschichte ist, und ich mich später melde. Dann sehe ich hinaus auf die spektakuläre Landschaft. Ich öffne das Fenster, die Morgenluft ist frisch und das Rauschen des Atlantiks ist in der Ferne zu hören. Einmal tief durchatmen, und es ist wie Urlaub.

Als ich in die Küche komme, pfeift der Wasserkessel. Betti steht am Herd und empfängt mich mit einem Duft von Kaffee, gebratenen Eiern und Speck. Ich schaue auf die Uhr – gerade mal neun – um diese Zeit schlafe ich sonst noch. Auf dem Herd hat Betti alle vier Platten in Betrieb und brutzelt ein echtes irisches Frühstück: Würstchen, gegrillte Tomaten, Eier, Speck, Porridge ...

Betti sieht meinen Blick. „Keine Widerrede!"

„Betti, das duftet ja lecker, aber um diese Zeit ..."

„Die irische Luft macht hungrig, wirst schon sehen. Schenk uns schon mal Kaffee ein."

Sie häuft mir eine Portion auf, die so riesig ist, dass selbst Trolli kurz die Luft anhält. Betti setzt sich, und ich probiere.

„Wow, lecker."

Betti grinst.

„Sag ich doch."

Betti schiebt mir ein Glas selbstgemachte Marmelade rüber. Jetzt sehe ich, dass sie einige Toastbrotscheiben schon mit Erdnussbutter bestrichen hat ... Ich zögere. Ich bin ja vielleicht nicht so der Super-Macho, aber ich will auch nicht als total verschroben rüberkommen. Dass ich unter einer Rachibutyrophobie leide, der Angst, dass Erdnussbutter am Gaumen kleben bleibt, klingt so ohne Zusammenhang mehr als merkwürdig. Also schiebe ich den Toast dezent beiseite. Betti quittiert das mit einem Blick.

„Magst du keine Erdnussbutter mehr? Als kleiner Junge hast du sie geliebt."

„Ich weiß. Aber ich bin allergisch."

Ich hasse es zu lügen. Und Betti sieht es mir offenbar sofort an.

„Papperlapapp. Du wirst schon nicht zu dick."

Sie schüttelt den Kopf und toastet mir zwei neue Scheiben.

„Hast du eigentlich mal was von deinen Eltern gehört? Wie geht es meiner Schwester?"

„Sie sind gerade auf Bali. Zu irgend so einem Workshop."

Betti lächelt.

„Sie können nie genug kriegen, von dem Psycho-Zeug, oder?"

Ich nicke.

„Ein Wunder, dass sie dabei einigermaßen normal geblieben sind.“

Betti sieht mich an, als ziehe sie das „normal“ deutlich in Zweifel. Sie beißt in ein Erdnussbutter-Toast.

„Hast du schon Pläne für heute?“

„Ich will diese Kuhsachen recherchieren. Hast du Internet?“

Betti schüttelt den Kopf.

„Ich lese lieber ein Buch am Kamin. Oder gehe mal ins Kino, wenn was Schönes läuft.“

Ich lächele. Tante Betti hat sich schon früher gerne den „neumodischen“ Dingen verweigert. Ich nicke.

„Dachte ich mir. Dann muss ich wohl die klassische Methode verwenden.“

„Klassische Methode?“

„Den Pub. Da erfährt man alles, was wichtig ist.“

„Na, dafür brauchst du erst recht eine gute Grundlage.“

Bevor Trolli oder ich protestieren können, häuft Betti mir noch eine Riesenportion Rührei mit Speck auf den Teller.

Nach diesem opulenten Frühstück befürchte ich, dass das alte Fahrrad gleich unter mir zusammenbrechen wird. Ich eiere ein paar Kilometer in das Städtchen Dunfanaghy und stelle fest, dass es noch genau so charmant aussieht wie früher. Die alten Häuser sind mit Bedacht restauriert worden, und es gibt viele kleine Läden. Auch der Pub „Black Swan“ sieht genau so aus, wie ich ihn in Erinnerung habe.

Ich halte an und steige vom Rad. Einen

Fahrradständer suche ich vergeblich, wahrscheinlich bin ich der Einzige, der hier Fahrrad fährt. Ich lehne das Rad an die Wand neben dem Eingang und gehe rein.

Drinnen ist es schummrig, und meine Augen brauchen einen Moment, um sich an das Dämmerlicht zu gewöhnen. Der Pub ist auch zur Mittagszeit schon gut besucht. An der Theke sitzt ein Mann, der einen Arbeitsoverall trägt – typisch für einen Farmarbeiter. Hinter der Bar steht der Wirt, zapft Bier und nickt zur Begrüßung.

Ich gehe an den Tresen und setze mich neben den Mann im Overall. Der Wirt stellt ihm ein Kilkenny hin und sieht mich an.

„Für mich auch so eins, bitte.“

Es ist deutlich zu früh für Alkohol, aber ich kann in einem irischen Pub ja keinen Kamillentee bestellen. Und da ich mit dem Farmarbeiter ins Gespräch kommen will, ist es hilfreich, wenn ich mich den Sitten und Gebräuchen der Einheimischen annähere. Das fördert das gegenseitige Vertrauen, das weiß ich aus der Vorlesung über Kommunikation.

Während ich auf das Bier warte, sehe ich mich unauffällig um. Eine Kellnerin faltet Servietten für das Abendgeschäft. Sie ist sehr attraktiv – eigentlich genau die Richtige für Flirt Nummer 105. Aber ich stelle fest, dass sie mir völlig egal ist: In meinem Kopf ist nur noch Catherine. Und, wie sollte es anders sein, die Kellnerin sieht mich und lächelt so hinreißend, dass ich zu der Zeit vor Catherine kommentarlos von meinem Barhocker gekippt wäre. Na super. Erfolg habe ich eben nur, wenn ich an einer Frau *nicht* interessiert bin.

Bevor ich zu lange darüber nachdenke, was das im umgekehrten Fall für meine Beziehung zu Catherine bedeutet, spricht mich der Farmarbeiter an.

„Ziemlich regnerisch heute."

Ich sehe aus dem Fenster – strahlender Sonnenschein. Ich nicke.

„Soll nass werden, hab ich auch gehört."

Wenn man ins Gespräch kommen will, ist es immer gut, dem anderen erst einmal zuzustimmen.

Der Wirt stellt mir mein Kilkenny hin.

„Und stürmisch", sagt er.

Die Iren diskutieren über das Wetter in jeder erdenklichen Situation, und vor allem völlig unabhängig von der tatsächlichen Wetterlage. Aber da das Wetter in Irland ständig wechselt, haben sie am Ende irgendwann doch immer recht. Ich lenke das Gespräch mit dem Farmarbeiter auf mein Anliegen.

„Ähm ... Arbeiten Sie zufällig in der Landwirtschaft?"
Er nickt.

„Melmore Hills Farm."

„Ah, wie interessant!"

Kaum ist das raus, wird mir klar, dass hier so gut wie jeder auf einer Farm arbeitet. Denn hier im Norden gibt es eigentlich nichts außer Landschaft und Farmen.

Und so sieht der Farmarbeiter mich dann auch an, als ob ich nicht alle Nadeln auf der Tanne habe. Als Antwort grunzt er undefinierbar. Ich nehme das mal als Ermutigung, weiterzumachen.

„Dann haben Sie auf der Farm wahrscheinlich auch ... Kühe?"

Er nickt. „Milchkühe. Holstein-Friesische.“

„Gut, gut ...“

Ich trinke einen Schluck und überlege, wie ich weiter vorgehe. Was soll's, ich packe den Stier direkt bei den Hörnern.

„Und haben Sie dort dann auch ... Cowfitter?“

Der Farmarbeiter guckt jetzt, als hätte ich ihn nach der Farbe seiner Unterwäsche gefragt.

„Na, logisch.“

Ich muss es unbedingt schaffen, die entscheidende Frage zu stellen, bevor sie mich für komplett irre halten und aus dem Pub werfen. Ich trinke einen großen Schluck Kilkenny und sehe aus dem Augenwinkel, dass die süße Kellnerin mich wieder ansieht. Egal.

Der Farmarbeiter trinkt auch einen Schluck.

Ich beuge mich etwas zu ihm rüber, gerade so weit, dass er das hoffentlich nicht als Annäherungsversuch begreift. Ich spreche so leise wie möglich.

„Sagen Sie, was tun ... Cowfitter denn eigentlich?“

Der Farmarbeiter scheint sich inzwischen über gar nichts mehr zu wundern.

„Na, sie clippen Kühe.“

Ich zucke zusammen, weil er so laut spricht, dass der ganze Pub mithört. Die Kellnerin wirft uns einen amüsierten Blick rüber. Was um alles in der Welt meint er mit „clippen“?

Ich flüstere.

„Clippen ... aha. Gut, aber ich meine, was tun sie ... genau?“

Dem Farmarbeiter entgleisen die Gesichtszüge, und er starrt mich von der Seite an.

Im Hintergrund geht die Tür auf, aber ich habe keine

Zeit, darauf zu achten. Ich will gerade einen neuen Anlauf nehmen, als mir jemand die Hand auf die Schulter legt. Als ich mich umdrehe, sehe ich in ein Gesicht, das mir bekannt vorkommt. Der große Blonde von der Coyle Farm, Peter O'Brien, der Farm Quality Manager. Er grinst.

„Ah, Tobias, äh Tom, wie schön. Barney, mach mir ein Guinness, und schenk noch zwei Potcheen ein, für mich und unseren neuen Cowfitter!"

Er klopft mir kräftig auf die Schulter und ich halte die Luft an.

Jetzt dreht sich der Farmarbeiter zu mir.

„Sag mal, du willst mich wohl für dumm verkaufen!"

Peter sieht mich misstrauisch an. Der Wirt stellt den Potcheen-Schnaps vor uns hin und guckt mich ebenfalls an.

Trolli kichert, ich schwitze.

„Naja ... das meinte ich ... mehr generell, also was tun wir im Leben, als Cowfitter ... als Menschen. Mehr so ... philosophisch."

Peter und der Farmarbeiter sind, wie alle Iren, sofort Feuer und Flamme bei philosophischen Themen.

„Ach so, ja, gute Frage! Ich sag immer, hast du 'nen guten Whiskey, was zu arbeiten und 'ne gute Frau, dann hast du alles, was man braucht ..."

„Ja, über solche Fragen muss man unbedingt nachdenken ... Ich für meinen Teil sehe das so ..."

Ich wende mich ab, um mich von dem Schock zu erholen. Peters Monolog verschwimmt im allgemeinen Gemurmel des Pubs. Ich nehme einen sehr großen Schluck Bier und schütte den Potcheen, den Peter mir spendiert hat, gleich hinterher. Er brennt wie die Hölle.

Der Wirt beugt sich zu mir.

„Sowas darfst du einen Iren doch nicht fragen. Die philosophieren jetzt bis in die Nacht, und ich darf wieder Überstunden machen."

„Ja, dumm von mir. Mach ich nie wieder."

In Wahrheit bin ich gerade äußerst froh über die philosophische Ader der Iren. Aber für heute habe ich genug Aufregung und winke der Kellnerin, um zu bezahlen. Sie kommt sofort und lächelt ganz bezaubernd.

„Drei siebzig bitte."

Ich krame nach Kleingeld in meiner Brieftasche. Offenbar habe ich ihr Lächeln richtig interpretiert, und sie hat wirklich Interesse an mir. Denn sie beugt sich zu mir und flüstert in mein Ohr.

„Ein Kuhfriseur."

„Wie bitte?"

„Ein Cowfitter ist ein Kuhfriseur."

Ich starre sie an und sehe dabei offenbar so entgeistert aus, dass sie ihren Lachanfall nur schwer unterdrücken kann.

„Er frisiert sie. Wirklich!"

Ich drücke ihr fünf Euro in die Hand und mache, dass ich Land gewinne. Diese Nachricht muss ich erst einmal in Ruhe verarbeiten.

Kühe und Frisuren? In meinem Kopf kriege ich das einfach nicht zusammen. Ich hoffe immer noch, dass die Kellnerin sich einen Scherz erlaubt hat, aber ich kann ja schlecht durch Dunfanaghy laufen und die Leute auf der Straße fragen, was sie über den Zusammenhang von Kühen und Frisuren wissen. Dann kann ich mich auch gleich in die nächste Psychiatrie einweisen lassen.

Vielleicht hilft die örtliche Bibliothek, um ein bisschen Licht ins Dunkel zu bringen.

Von innen wirkt die Bücherei wie aus einem anderen Jahrhundert. Es riecht nach Staub, und die meisten Bücher in den Regalen sehen schon ziemlich zerfleddert aus.

Aber immerhin gibt es hier einen alten Windows Computer mit Internetanschluss. Er ist so langsam wie eine Schnecke und lädt keine Bilder, aber als ich den Suchbegriff „Cowfitter" eingebe, kann ich wenigstens ein paar Texte lesen, die beweisen, dass die Kellnerin mich nicht veräppelt hat.

Cowfitter frisieren also tatsächlich Kühe, aber wozu um alles in der Welt müssen die frisiert werden? Damit sie hübscher sind, und die Melker nicht angesichts der unmenschlich frühmorgendlichen Arbeitszeiten das Handtuch werfen und kollektiv zum Webdesigner umschulen?

Oder leiden die Bullen heutzutage unter Erektionsstörungen, weil die moderne Kuh so emanzipiert ist, und man versucht, die Bullen mit den reizvollen Frisuren wieder ein bisschen scharf zu machen?

Während ich das denke, hat die aktuelle Internetseite endlich den Text fertig geladen, und es erscheint der Slogan „Wir machen Milch, und das machen wir gut". Leider steht da nichts über Frisuren.

Auf der Internetseite der Fachzeitschrift „Holstein

International" erfahre ich, dass ich hier eine „unabhängige Berichterstattung" erwarten darf, und zwar „über Bullen und Kuhfamilien weltweit".

Ich bin nicht sicher, worüber ich mich mehr wundern soll: Dass eine solche Berichterstattung von irgendwem oder irgendwas abhängig sein könnte, oder dass es Kuhfamilien gibt, die weltweit verstreut sind?

Ich fühle mich an meine eigene Familie erinnert, die ebenfalls in alle Welt verstreut ist. Ob diese Kuhfamilien wohl auch zu Familienfesten zusammenkommen, bei denen so lange zu viel getrunken wird, bis enthemmte Schwager, Tanten, Onkel und Cousinen sich gegenseitig haarsträubende Beleidigungen an den Kopf werfen, die dann zu mehrjähriger Funkstille zwischen den Verwandten führen? In meiner Familie artet das regelmäßig so aus, dass meine Psychologen-Eltern nach jedem großen Fest als Mediatoren auf eine mehrwöchige Reise gehen, um unter Einsatz all ihrer Erfahrung die Wogen zwischen Tante Tilli aus Alaska, Onkel Paolo aus Südspanien und Tante Tutti aus Kuddewörde wieder zu glätten. Vermutlich gibt es in den Kuhfamilien solche Mediatoren nicht, aber wer weiß? Seit ich weiß, dass es Kuhfriseure gibt, möchte ich auch ansonsten keine Merkwürdigkeiten mehr ausschließen.

Endlich stoße ich auf einen Artikel über Cowfitting, und ich erfahre, dass es Aufgabe der Kuhfriseure ist, die Kühe so zu stylen, dass sie sich auf der Zuchtschau von ihrer besten Seite präsentieren. Also sowas wie Germanys Next Topmodel für Kühe? Das ist doch Irrsinn.

Bilder gibt es immer noch nicht, dafür aber einen Bericht über die Weltmeisterschaft im Kühe-Frisieren. Weltmeisterschaft?!

Und diese Cowfitter sind offenbar begehrte Spezialisten, denn sie werden zum Teil aus anderen Kontinenten eingeflogen. Daher also das hohe Gehalt in meinem Arbeitsvertrag.

Hochbezahlte Spezialisten, und ich ahnungslos mitten unter ihnen. Worauf habe ich mich da eingelassen? Aber jetzt zu Catherine zu gehen und zu gestehen, dass ich sie belogen habe, kommt überhaupt nicht in Frage.

Nun gehört das Frisieren nicht unbedingt zu meinem Repertoire an Fähigkeiten, weder von Kühen, noch von Menschen, aber wie heißt es so schön: Man kann alles lernen. Ich muss also recherchieren und heimlich Kühefrisieren üben. Die anderen Cowfitter haben ja auch irgendwann mal angefangen.

Während ich mir auf diese Weise selbst Mut zuspreche, wird der Bildschirm blau, und es taucht eine Mitteilung auf: „Windows update – kann länger dauern." Na toll, das war's erstmal mit den Errungenschaften der modernen Technik.

Ich stehe auf und stöbere noch durch die Bücherregale. Nach einigem Suchen stoße ich auf ein Buch über die Haltung und Fütterung von Kühen. Das kann ja schon mal nicht schaden, also leihe ich es aus.

Als ich wieder auf der Straße bin, sehe ich mich um. In Sichtweite gibt es gleich drei Friseurläden, und ich gehe rüber zu dem Salon „Cut & Go". Das klingt preisgünstig, außerdem liegt der Laden gleich neben dem Pub, nur für den Fall, dass ich anschließend dringend noch einen Schnaps brauche. Normalerweise gehe ich nur zum Friseur, wenn es unbedingt notwendig ist.

Vor dem „Cut & Go" bleibe ich stehen. Mein Spiegelbild in der Schaufensterscheibe sagt mir, dass ich selbst auch mal wieder einen Haarschnitt gebrauchen könnte. Ich checke den Restbestand Bargeld und stelle fest, dass ich mit knapp siebzig Euro nicht allzu liquide bin. Meine einzige EC-Karte lacht sich schon seit geraumer Zeit im Duett mit Trolli schlapp, wenn ich etwas aus dem Geldautomaten ziehen will, also muss ich mit dem Bargeld auskommen. Für einen Friseurbesuch in Berlin würde das locker reichen, da kostet ein Herrenhaarschnitt ohne Föhnen zehn oder fünfzehn Euro, aber wie das Preisniveau hier ist, kann ich auf der Preistafel im Laden nicht erkennen.

Und ich muss ja anschließend noch Haarpflegeprodukte kaufen. Keine Ahnung, was sowas kostet. Ich könnte Betti anpumpen, aber sie gleich am zweiten Tag um Geld zu bitten, kratzt dann doch zu sehr an meiner Selbstachtung.

Vielleicht kann ich stattdessen durch das Fenster beobachten, was in dem Salon vor sich geht. Ich halte mein Gesicht nahe an die Scheibe, um besser sehen zu können. Wie blöd, dass ich Friseurbesuche immer nur als notwendiges Übel gesehen und so schnell wie möglich hinter mich gebracht habe. Ich hätte nie gedacht, dass ich das jemals bereuen sollte.

Drinnen arbeiten zwei junge Friseurinnen an zwei älteren

Kundinnen. Im Salon ist nicht ein einziger Mann zu sehen, und sofort komme ich mir vor wie ein Eindringling. Gerade beschließe ich, mal nachzusehen, ob es in den anderen Salons männliche Kunden gibt, als mich eine schrille Türglocke aus den Gedanken reißt.

In der Tür steht eine junge Friseurin.

„Kommen Sie ruhig rein, wir haben geöffnet."

„Ähm ... Ich will eigentlich gar nicht."

Sie lächelt. „Ich weiß, viele Männer gehen nicht gerne zum Friseur. Aber keine Sorge, wir beißen nicht."

Ehe ich etwas entgegnen kann, zieht sie mich am Ärmel in den Laden und deutet auf einen Friseurstuhl.

„Nehmen Sie doch Platz, bitte."

Die zweite Friseurin kommt mit einem Umhang und will ihn mir umlegen. Ich fühle mich überrumpelt und stehe schnell wieder auf. Nun sehen mich alle an, und ich setze mich, aber zu spät, ich bin im Mittelpunkt der Aufmerksamkeit. Ich schlucke.

„Ich wollte eigentlich ... sagen Sie ... also, könnte ich vielleicht nur ... zusehen?"

Jetzt herrscht absolute Stille. Alle starren mich an, die Kundinnen und die Friseurinnen, als wäre ich ein Perverser. Ich begreife, wie krank das geklungen haben muss.

„Ähm, ich ... also, ich wollte eigentlich nur wissen, was es alles für Methoden gibt, so schneiden und ... waschen ..."

Eine lahme Ausrede. Ich gucke hilflos zwischen den Frauen hin und her. Mein Blick fällt dabei auf die Preisliste, die über der Kasse aufgehängt ist.

Die Friseurin sieht das und lächelt.

„Ah, keine Sorge. Wir haben heute ein spezielles Sonderangebot für Herren.“

Ich möchte in den Boden versinken, aber ich habe jetzt die Wahl, entweder als pervers oder als pleite eingestuft zu werden. Ich entscheide mich für das Letztere, ignoriere Trollis hämisches Kichern und lehne mich im Friseurstuhl zurück.

Die Friseurin hat ein Namensschild an ihrem Kittel, das sie als Amy ausweist. Sie platziert meinen Kopf sanft in einem Waschbecken, in dem man rückwärts liegt; ein merkwürdiges Gefühl. Während sie meine Haare wäscht, beobachte ich die anderen Kundinnen. Offenbar verdrehe ich den Kopf beim Beobachten zu sehr, denn ich kriege Shampoo ins Ohr. Amy entschuldigt sich wortreich, aber ihre Mimik sagt so etwas wie „Was für ein merkwürdiger Typ“.

Nachdem sie das Shampoo ausgewaschen hat, beginnt Amy, mit sanften Bewegungen ihrer Fingerspitzen meine Kopfhaut zu massieren. Ich bin geplättet, als wie angenehm und entspannend ich diese Kopfmassage empfinde – das ist der absolute Hit.

Währenddessen versucht Amy, mich in einen Smalltalk zu verwickeln.

„Was für ein schöner Tag heute, und so sonnig. Finden Sie nicht auch?“

Draußen hat ein leichter Nieselregen eingesetzt, aber diese Art Wetterdiskussionen kenne ich ja schon.

„Ja. Wirklich herrlich draußen.“

Amy nickt.

„Aber es ist viel zu warm für diese Jahreszeit. Sagt

mein Onkel Padraig auch. Der arbeitet auf einer Kuhfarm und ist den ganzen Tag draußen."

„Ah, ja. Da kennt er sich sicherlich aus."

Amy nickt und macht sich daran, meine Haare zu schneiden.

Amy ist vermutlich die Nichte von Padraig von der Coyle Farm und wahrscheinlich ist hier jeder mit jedem verwandt. Wenn ich ein falsches Wort sage, spricht sich das rum, und ich bin geliefert, weil ich schon enttarnt werde, bevor ich den Cowfitter-Job überhaupt angetreten habe. Also halte ich den Mund und lasse Amy reden. Und das tut sie äußerst routiniert.

„Und was machen Sie von Beruf? Arbeiten Sie auch draußen?"

Ich muss improvisieren.

„Ich bin sozusagen gerade auf der Suche. Ich orientiere mich um, beruflich."

„Ah, dann sind Sie so eine Art Aussteiger? Interessant! Dann haben Sie sicher viel Zeit, das Leben zu genießen."

Vermutlich denkt sie, ich hänge den ganzen Tag nur im Pub rum.

Während Amy sich an meinen Haaren zu schaffen macht, beobachte ich unauffällig die Arbeit der anderen Friseurinnen. Einer Frau werden bunte Lockenwickler in die Haare gedreht, einer anderen einzelne Haarsträhnen in Alufolie eingewickelt – als ob sie anschließend mit dem Kopf in den Backofen müsste, wie eine Regenbogenforelle in Wildkräuter-Knoblauchpanade. Wozu um alles in der Welt das mit der Alufolie im Haar gut sein soll, erschließt sich mir nicht. Wieso weiß man sowas nicht, wenn man ein Mann ist?

Meine Haare sind inzwischen trockengeföhnt, und Amy ist dabei, die letzten Spitzen zu schneiden. Aus dem Augenwinkel sehe ich einen Geländewagen, der direkt vor dem Friseurgeschäft parkt. Es gibt sicherlich viele davon hier in der Gegend, aber ich weiß sofort, es ist Catherines. Und dann steigt sie auch schon aus.

Amy nimmt mir den Umhang ab.

„So, fertig.“

Sie zeigt mir das Ergebnis mit Hilfe eines Handspiegels, den sie um meinen Kopf herum führt, damit ich die neue Frisur von allen Seiten bewundere. Ich aber halte die Luft an und beobachte Catherine, wie sie vor der Tür auf mein Fahrrad aufmerksam wird.

Ich springe auf und gehe an die Kasse. Ein Blick auf die Preisliste macht mir klar, dass ich tatsächlich mein letztes Bargeld für den Haarschnitt hinblättern muss, und dann nicht mehr genug Geld für die Pflegeprodukte habe. Die Friseurin interpretiert meinen verzweifelten Blick und winkt ab.

„Schon gut. Das Sonderangebot. Macht achtzehn Euro.“

Ich krame schnell einen Zwanzig-Euro-Schein heraus, lege ihn auf den Tresen und schäme mich eine ordentliche Portion.

„Stimmt so. Vielen Dank.“

Währenddessen sehe ich durch das Fenster Catherine, die direkt auf die Eingangstür zusteuert. Ich bete, dass sie vielleicht doch vorbeigeht, aber schon schrillt die Türglocke, und dann steht sie mitten im

Salon. Ich fühle mich ertappt. Catherine erkennt mich, lächelt und sieht auf meine neue Frisur.

„Wow! Du hast Geschmack. Ich sehe schon, wir haben den richtigen Mann für den Job."

„Na ja, die Kühe sollen ja auch was fürs Auge haben", sage ich.

Catherine lacht, aber als Einzige. Die anderen Frauen sehen mich an wie einen Außerirdischen.

Ich grüße eilig in die Runde und mache, dass ich davonkomme.

Als ich draußen um die nächste Ecke bin, muss ich erst einmal tief durchatmen.

Beim Zusehen im Salon habe ich mir gemerkt, welche Produkte die Friseurinnen verwendet haben, und gehe jetzt in die nächst gelegene Drogerie.

Ich bin nicht unbedingt ein Fan von chemischen Duftstoffen, vor allem nicht, wenn sie in Wolken über einem hereinbrechen, sobald man durch die Tür kommt. Daher habe ich in Drogerien bisher immer die Luft angehalten, schnell Rasierzeug, Männer-Duschgel und Shampoo gegriffen, und gemacht, dass ich wieder rauskam.

Jetzt, vor dem Regal mit den Haarpflegeprodukten, fühle ich mich deutlich fehl am Platz. Denn erstens sind fast alle Flaschen rosa oder orange, sie sind also dazu da, um Frauen anzusprechen. Und ich bin der einzige Mann zwischen den Regalen. Ansonsten sind nur einige Teenie-Mädchen dabei, unter Gekicher verschiedene Lippenstifte auszuprobieren, und eine alte Dame, die versucht, die Schrift auf einer Katzenfutterpackung mit Hilfe einer Lupe zu entziffern.

Aber ich mühe mich durch den Dschungel der Fläschchen und Döschen, und schließlich habe ich verschiedene Sorten Shampoo, Flaschen mit Haarpflege- und Färbeprodukten, Scheren, einen Kamm und eine Bürste, einen Handspiegel sowie einen Föhn in meinem Einkaufswagen. Aber es fehlt noch etwas: Alufolie. Für die Strähnchen. Auch wenn ich noch keine Ahnung habe, wie ich die anwenden soll.

Ich rechne schnell nach, ob meine restlichen fünfzig Euro ausreichen, und schiebe den Wagen an die Kasse. Die Kassiererin sieht ein paar Sekunden auf meine Auswahl an Produkten und schaut dann mich an, bevor sie beginnt, die Beträge einzuscannen. Sie lächelt.

„Wie schön. Es gibt ja nur wenige Männer, die sich für Frisuren interessieren.“

Wieso sie dabei das Wort „Frisuren“ so betont, frage ich mich. Wahrscheinlich hält sie mich für schwul.

„Oder ist das etwa alles für Ihre Frau?“

Ich lächele, als ginge mich das alles gar nichts an und will schon bezahlen, um hier so schnell wie möglich rauszukommen. Aber da fällt mir ein, dass ich etwas vergessen habe – und zwar etwas sehr Unangenehmes. Ich murmele eine Entschuldigung und laufe zurück zu den Regalreihen. Dann stehe ich vor dem Regal, das ich wohl unbewusst gemieden habe, Auge in Auge mit dem Feind – einer Armee von Haarsprayflaschen.

Viele Menschen wissen gar nicht, wie gefährlich die sind. Sie können nämlich explodieren, und es reicht schon, wenn man sie dazu in die Sonne hält. Dann knallt es, und man hat seine rechte Hand nicht mehr. Ich hatte sie verdrängt, aber jetzt ist sie urplötzlich wieder da: meine Haarsprayflaschenphobie. Eine super Voraussetzung für einen Mann, der demnächst Kühe frisieren soll ...

Aber es hilft ja nichts, also greife ich mit spitzen Fingern nach einer der Flaschen. Es fühlt sich an, als sei es reines Dynamit. Trolli jubiliert und ruft mir zu, das sei doch die Gelegenheit; schließlich hätten wir ja noch eine Rechnung mit den scheiß Enten offen.

Ich schließe die Augen, hole tief Luft und nehme mit zitternden Händen noch eine zweite Flasche, obwohl mir unter dem T-Shirt schon die Schweißperlen an der Wirbelsäule hinunterrollen. Als ich die Augen wieder öffne, steht ein Mann mit wirren Haaren und irrem Blick vor mir – der KFZ-Meister. Er sieht auf die Sprayflaschen in meinen Händen, die wahrscheinlich schon deshalb gleich explodieren, weil ich derartig schwitze, dass sie überhitzen müssen.

Der Meister grinst.

„Hallo.“

„Äh. Ah ja, hallo.“

Ich habe keine Zeit, nach meinem Auto zu fragen, denn ich muss die Haarsprayflaschen loswerden. Ich renne an die Kasse und atme erst auf, als ich die Flaschen auf dem Band abgestellt und gut anderthalb Meter Abstand eingenommen habe.

Der Meister folgt mir und legt jetzt eine Packung filterlose Zigaretten auf das Band. Sein Blick wandert über meine Haarpflegeproduktvielfalt, und er sieht mich an. Ich starte besser schnell ein Ablenkungsmanöver.

„Ach, übrigens, was macht denn mein Auto?“

Der Meister kratzt sich am Kopf, das scheint seine

Standardreaktion zu sein, wenn es um Autos geht, oder zumindest, wenn es um mein Auto geht.

„Dauert.“

Naja, soweit wusste ich's ja auch vorher schon.

„Aha.“

Inzwischen sieht mich nicht nur die Kassiererin an, sondern auch die anderen Kunden, die sich hinter uns in einer Schlange angestellt haben.

Ich krame nach dem Fünfzig-Euro-Schein und lege ihn mit einem Seufzer auf das Band. Vermutlich denkt der Meister darüber nach, wieso ich einerseits kein Geld für ein Taxi hatte, jetzt aber für fünfzig Euro Haarpflegezeug kaufe. Ich deute auf die Sachen.

„Beruflich.“

„Aha.“

Die Kassiererin packt alles in eine Tüte und gibt mir ein paar Münzen Wechselgeld zurück. Ich nicke dem Meister zu.

„Vielen Dank noch mal für das Fahrrad.“

Der Meister nickt zurück und hebt die Hand zum Gruß.

„Ich hab' die Blumen gegossen“, sagt er. „Die in deinem Auto, auf dem Rücksitz.“

Ich weiß ehrlich gesagt nicht, warum sowas immer mir passiert. Ich kriege einen erneuten Schweißausbruch, und im Spiegel des Sonnenbrillenständers an der Kasse sehe ich, dass sich meine Gesichtsfarbe in Richtung Rosa entwickelt. Wie dämlich muss ich eigentlich rüberkommen: Ein rosafarbener Mister Piggy mit Frisurentick, der Blumen in seinem Auto züchtet ...

Ich raffe alles zusammen und flüchte aus der Drogerie. Als ich am Schaufenster vorbeikomme, sehe ich, dass mir alle in der Drogerie nachsehen. Der Meister hebt den Arm, und ich denke erst, er will mir noch mal winken. Doch dann sehe ich, dass er meine Brieftasche in der Hand hält, die ich offenbar liegen gelassen habe.

Ich kehre um und trotte in die Drogerie zurück, wo alle wortlos das Geschehen verfolgen, als wären sie in einer Daily Soap.

Am Abend, nach etwa drei Stunden Überredungsversuchen und dem heiligen Versprechen, als Gegenleistung meinen Lammbraten à la Provence zu zaubern, kann ich Betti dazu bringen, dass ich an ihren Haaren üben darf.

Ich lege ihr ein Handtuch um die Schultern und imitiere die professionellen Bewegungen, die ich im Salon gesehen habe. Ihre Haare hat Betti selbst gewaschen, das ist aber kein Problem, denn die Kühe werden sich ja vermutlich nicht auf einen Friseurstuhl setzen wie die Kundinnen im Salon. Die Haarpflegeutensilien habe ich auf dem Küchentisch aufgereiht, damit ich immer alles griffbereit habe, genau wie bei meinen Gewürzen in der Küche. Jetzt nehme ich erstmal die Schere.

Betti guckt skeptisch.

„Aber nicht zu kurz, hörst du?“

„Keine Sorge, ich habe gut aufgepasst. Du wirst phänomenal aussehen!“

Ich stelle mich so hinter sie, wie ich es im Friseursalon gesehen habe, und scheitele Bettis Haare mit dem Kamm. Dann schneide ich die Spitzen. Zwar rutschen mir die Haarsträhnen immer wieder vom

Kamm, aber ich übe ja noch. Und so ein Zickzack-Muster kann auch ganz hübsch aussehen.

„Ich mache dir so einen modernen Look."

„Hmm. Ist das gut oder schlecht?" Betti grinst.

Für diese kleine Spitze drohe ich ihr mit dem Kamm.

„Schöne Haare hast du", sage ich. „Die werden wir gleich noch etwas aufhellen."

„Bist du sicher?"

„Klar, das sieht gut aus. Das haben sie im Salon auch gemacht."

Nach und nach gehen mir die Handgriffe beim Schneiden etwas flüssiger von der Hand, aber ehrlich gesagt bin ich nicht sicher, wie der Schnitt aussehen wird, wenn ihre Haare trocken sind.

Der Text auf der Flasche mit der Tönung verspricht ein „einzigartiges Erlebnis mit dem Nutritive-Öl-Komplex und einem innovativen Conditioner", das hört sich doch überzeugend an. Außerdem „stärkt er die Haarstruktur und lässt die Anwenderin nach dem Aufhellprozess ein samtig weiches Haargefühl erleben". Wie könnte man da widerstehen ... Außerdem war es im Sonderangebot, also habe ich gleich zwei Flaschen mitgenommen.

Wie man das anwendet, lese ich nicht nach. Erstens ist es so klein gedruckt, dass man eine Lupe bräuchte, und außerdem: Männer lesen keine Gebrauchsanweisungen, das ist unsportlich. Also trage ich das Mittel auf und lasse es ordentlich einwirken. Und schon bald beginnen Bettis Haare, ihre Farbe zu verändern. Der leichte Grünstich scheint nur eine

Übergangsfarbe zu sein, so wie bei einer Tonglasur, bei der man eine graue Flüssigkeit auf den ungebrannten Ton aufträgt, die sich beim Brennen dann zum Beispiel in ein leuchtendes Rot verwandelt.

Das weiß ich, weil meine Mutter eine ausgiebige Töpferphase hatte. Die dauerte ungefähr von 1999 bis 2017, also ziemlich lange, und am Ende stand unser Haus so voll mit selbstgetöpferten Aschenbechern, Vasen, Obstschalen und Skulpturen, dass mein Vater eines Tages drohte, auszuziehen, wenn er sein Heim weiterhin mit Gegenständen teilen müsse, die wie er sagte, „an Scheußlichkeit nur noch von den selbstgeknüpften Teppichen seiner Schwiegermutter übertroffen" würden.

Meine Mutter hatte zurückgeschrien, dass sie sich von ihren mit Herzblut getöpferten, wertvollen Kunstgegenständen nur trennen würde, wenn mein Vater seinerseits bereit wäre, sich von der expressionistischen Wildsau zu trennen. Die sei nämlich auch als abstraktes Gemälde nicht weniger spießig als die Ölmalereien seiner Eltern, und sie würde seit Jahrzehnten das Feng Shui des gesamten Hauses stören.

Daraufhin stürmte mein Vater ins Wohnzimmer, riss die kubistische Wildsau von der Wand, schnappte sich eine Packung Grillanzünder und verbrannte das Gemälde im Garten.

Meine Mutter hatte damit offenbar nicht gerechnet, denn ich habe sie weder vorher, noch nachher jemals so fassungslos gesehen. Wie schön, wenn man seine Partnerin auch nach dreißig Jahren Ehe noch überraschen kann.

Ich war wohl einige Momente zu sehr in Gedanken versunken, denn Betti zupft mich am Ärmel.

„Darf ich gucken?"

Gut, dass ich den Handspiegel außerhalb von Bettis Reichweite abgelegt habe. Denn ihre Haare haben inzwischen einen sattgrünen Farbton angenommen und stehen in alle Himmelsrichtungen wirr vom Kopf ab. Ich schnappe nach Luft.

„Erst müssen wir das noch ... auswaschen."

„Soll ich das lieber in der Dusche machen?"

Betti hat einen Spiegel in ihrem Bad ...

„Ach nee, geht schon. Das machen wir gleich hier."

Ich nehme Bettis Hand, sie steht auf und folgt mir zur Küchenspüle. Ich versuche, das Färbemittel auszuwaschen, aber so sehr ich spüle, rubbele und nochmals spüle, Bettis Haare sind und bleiben grün.

„Tom, nun zeig schon! Wie sehe ich aus?"

„Ähm. Sehr modern." Schließlich kann ich nicht mehr verhindern, dass sie den Handspiegel nimmt und ihr Spiegelbild ansieht.

Ihren Schrei kann man vermutlich bis nach Dublin hören.

CATHERINE

Heute war ich mit Amy zum Mittagessen verabredet. Damit sie mich mal wieder auf den Stand bringt, wer gerade mit wem zusammen ist, wer sich verlobt hat und wer bald heiratet. Auf dem Hof erfahre ich sowas ja nicht, aber Amy weiß immer als erste Bescheid. Spätestens, wenn es an die Hochzeitsfrisuren geht, kommt an Amy keiner vorbei, darin ist sie einfach die beste Friseurin weit und breit. Ihre Geschichten höre ich einfach immer zu gerne, vor allem, wie die Paare sich kennengelernt haben. Das ist so romantisch!

Und natürlich hat Amy mal wieder gefragt, wie es mit Peter läuft und wann sie mir denn endlich eine Hochzeitsfrisur machen darf. So langsam gehen mir die Ausreden aus, warum wir nicht vorankommen. Als ich sie nach dem Blondfärben gefragt habe, hat sie gleich die Augen verdreht. Sie meint auch, das passt überhaupt nicht zu mir.

Amy hat mich ganz mitleidig angesehen und mir eine Tüte mit ihren ausgelesenen Liebesromanen mitgegeben. „Damit du zwischen deinen Kühen mal auf andere Gedanken kommst", hat sie gesagt. Sieht man mir inzwischen schon an, dass ich seit Jahren niemanden mehr geküsst habe? Naja, Amy kennt mich gut genug, um zu wissen, dass bei mir in Sachen Männer nicht viel los ist.

Ach, und als ich in den Salon kam, um Amy abzuholen, war Tom gerade da. Mit einem echt feschen Haarschnitt. Wow, ein Mann, der auf sein Äußeres achtet!

Peter könnte übrigens auch mal wieder einen Friseurbesuch vertragen. Aber wenn ich ihm das vorschlage, sagt er nur so etwas wie „Den Kühen ist es egal, wie meine Haare aussehen."

Das mag ja sein. Aber mir nicht.

KAPITEL 7

CATHERINE

28. April

Was war denn eigentlich gestern mit Peter los? Er hat den ganzen Tag so rumgedruckst und versucht, mich „ganz dezent" auszufragen. Als er den Satz mit „Du, Catherine, sag mal," anfing, wusste ich gleich, dass was im Busch war. Ob ich denn schon viele Freunde hatte, und so. „Was heißt denn viele", hab ich zurückgefragt, aber in dem Moment kam der Heulieferant, und ich musste nach draußen.

Klingt ja fast so, als wollte Peter wissen, ob ich schon Sex hatte. Er ist Katholik, die dürfen ja nicht vor der Ehe. Hihihi, als ob die sich daran halten. Aber Peter ist ja so ein Korrekter, am Ende ist er noch Jungfrau!

TOM

Am nächsten Morgen bereite ich in Bettis gemütlicher Küche eine Mischung aus Ei und Milch und füge etwas Zucker und Zimt hinzu. Mit einem spitzen Messer schneide ich eine Vanilleschote der Länge nach auf und schnuppere daran. Ein herrlicher Duft, der mir das Wasser im Mund zusammen laufen lässt. Ich kratze die Vanille aus der Schote und gebe sie zu der Mischung. Dann wälze ich einige Scheiben Toast darin und gebe sie mit etwas Butter in die Pfanne. French Toasts müssen goldbraun und knusprig sein, dann sind sie perfekt. Ich serviere sie mit etwas Puderzucker und Ahornsirup. Vielleicht hilft das, Betti zu versöhnen. Und dann höre ich sie auch schon in die Küche kommen.

„Guten Morgen, Tom. Das duftet ja wunderbar."

Sie legt den Arm um mich. Ich bin erleichtert, dass sie mir nicht böse ist. Ich drücke sie.

„French Toast als kleine Entschuldigung."

„Und wie sind meine Haare?"

„Hmm, naja. Ich fürchte, das Grün ist über Nacht noch grüner geworden."

„Es wird also nicht verschwinden?"

Ich seufze.

„Ich schlage vor, nach dem Frühstück fahren wir gleich zum Friseur."

Betti nickt.

„Naja. Es ist noch kein Meister vom Himmel gefallen.“

Sie lächelt, dann setzt sie sich.

„Her mit dem French Toast, ich hab einen Mordshunger.“

Als wir später aufbrechen, kehrt Betti noch mal um und greift im Flur nach einer Wollmütze, die sie über die grünen Haare zieht. Sie lacht.

„Sonst halten die Leute mich noch für eine Außerirdische.“

Wenig später parken wir vor dem Friseursalon „Cut & Go“. Betti steigt aus und geht in den Salon. Durch das Schaufenster kann ich sehen, wie sie die Mütze abnimmt. Nach einem Moment Schockstarre sinkt Friseurin Amy rückwärts auf den Friseurstuhl. Erst nach einigen Momenten steht sie wieder auf und lässt Betti sich in den Stuhl setzen.

Okay, ich gebe ja zu, meine ersten Frisier-Versuche waren ein Desaster, aber Aufgeben kommt nicht in Frage. Montag arbeite ich meinen ersten Probetag auf der Farm, da kann ich mir ein Schwächeln nicht leisten.

Ich parke den Wagen, steige aus und gehe die Hauptstraße entlang, auf der Suche nach Inspiration. Wenn man mal darauf achtet, begegnen einem auf der Straße eine ganze Reihe merkwürdiger Frisuren.

Ein Teenagermädchen hat pinke hochtoupierte Haare

und ist gekleidet wie ein Punk, ich zücke mein Handy und mache ein Foto. Eine Frau hat lange dunkle Locken mit blonden Strähnchen, ich mache ein Foto. Ein kleiner Hund trägt seinen Stirnschopf mit einer roten Schleife hochgebunden, ich mache ein Foto.

Vor einem Zeitschriftenladen sehe ich einen Zeitschriftenständer mit Modemagazinen. Ich nehme ein Exemplar in die Hand, und mich beschleicht ein merkwürdiges Gefühl. Vorher sind mir solche Zeitschriften nie aufgefallen, und jetzt fühlt es sich fast unanständig an, darin zu blättern. Aber es gibt interessante Frisuren, besonders spannend finde ich eine Kurzhaarfrisur mit ausrasiertem Zick-Zack-Muster.

Als ich den skeptischen Blick des Verkäufers hinter dem Tresen sehe, widerstehe ich der Versuchung, die Seite zu fotografieren. Ich krame mein allerletztes Kleingeld zusammen und gehe rein.

Drinnen im Laden blättert ein Mann in einem Motorrad-Magazin, ein anderer bezahlt gerade eine Zeitschrift zum Thema Kickboxen. Das Titelbild zeigt zwei ölige Muskelpakete, die sich gegenseitig mit verzerrten Gesichtern in verschiedene Weichteile treten.

So, wie die beiden Männer mich ansehen, mit meiner Modezeitschrift in der Hand, fühle ich mich wie ein kleines Mädchen mit Zöpfen und Sommerkleid. Es gilt ja schon als unmännlich, wenn man weiß, wie man ein Zimtparfait macht, das nicht zusammenfällt, aber beim Kauf einer Modezeitschrift potenziert sich dieses Gefühl.

Oh Mann, ich denke zu viel nach. Vielleicht sollte ich, wie andere Männer auch, Fußball gucken und grölen, beim Grillen ein blutiges Steak auf den Rost knallen und nach dem Bier rülpsen wie der Teufel. Vielleicht hören dann die ewigen Selbstzweifel auf, und ich fühle mich endlich wie ein „richtiger" Mann? Aber, na ja, jetzt kaufe ich erstmal ein Modemagazin.

Nach einer Stunde treffen wir uns wieder am Auto. Betti trägt einige Einkaufstüten und hat jetzt eine modische, dunkel gefärbte Kurzhaarfrisur. Ich bin beeindruckt.

„Wow, das sieht sehr schick aus."

„Finde ich auch. Ehrlich gesagt wollte ich sie immer schon mal dunkel färben. Ich hab mich nur nie getraut."

„Also habe ich dir eigentlich einen Gefallen getan."

Betti schmunzelt.

„So weit würde ich nun auch wieder nicht gehen."

„Was hast du denn da gekauft?"

„Das zeige ich dir später."

Als wir wieder zu Hause sind, bereite ich Lamm à la Provence zu, wie versprochen. Während ich einen Mix aus Rosmarin, Thymian und Knoblauch zerkleinere, probiert Betti mit einem kleinen Löffel Sauce aus dem Bräter.

„Wow. Kochen kannst du eindeutig besser als frisieren."

„Aber das muss sich ändern. Montag geht's los. Betti, was mach ich bloß?"

Betti schmunzelt.

„Ich hab' da so eine Idee."

Aus ihren Einkaufstüten fördert Betti drei Perücken und drei Styropor-Köpfe zutage.

„Hier. Daran üben die Friseurinnen.“

„Woher weißt du das?“

Betti zuckt die Schultern.

„Ich hab’ gefragt.“

„Ah. Da hätte ich auch drauf kommen können.“

Betti verdreht die Augen.

„Männer. Nie kommt ihr auf die naheliegenden Ideen.“

Ich nehme sie in den Arm.

„Ach, Betti, du bist einfach Spitze. Vielen Dank!“

Nach dem Essen stelle ich die drei Styroporköpfe auf den Tisch und setze ihnen die Perücken auf. Wieder mache ich alles so, wie ich es im Salon recherchiert habe.

Das Waschen geht ganz ordentlich, vermutlich weil sich die Styropor-Damen nicht beschweren, wenn sie mal etwas Shampoo in die Augen bekommen. Dann kämme ich die Perücken, das funktioniert auch leidlich. Der Blonden reiße ich mit einem zu feinen Kamm einige Haare aus, dafür muss ich offenbar einen gröberen Kamm nehmen. Nach dem Waschen und Kämmen hängen die Haare bei den dreien schlapp herunter. Eine Frisur kann man das nicht nennen.

Ich greife zur Schere, aber dann traue ich mich nicht, etwas abzuschneiden. Ich versuche lieber, mit Föhn und Rundbürste Schwung in die Frisur zu bringen ... Um gleich darauf festzustellen, dass sich die Haare in der Rundbürste gerne verhaken. Ich zottele und zerre, aber sie hängt fest in der blonden Perücke. Am Ende muss ich doch zur Schere greifen, um die Bürste überhaupt wieder aus dem Gewirr zu befreien. Mist!

Wenn ich so weitermache, haben bald alle drei sehr kurze Haare.

Ich übe die halbe Nacht an den Perücken und stoße Flüche aus, die ansonsten eher in Steffens Repertoire zu finden sind. Trolli frage ich gar nicht erst, wie er das findet. Schon seit Tagen verdreht der nur noch die Augen und zeigt mir einen Vogel.

Nach mehrmaligem Waschen und Kämmen sehen die Perücken aus wie das Fell von Hunden, die einem Teich entstiegen sind und sich geschüttelt haben. Ich muss gestehen, dass es auch nach dem Föhnen nicht besser wird, ich muss immer wieder von vorn anfangen.

Ich studiere die Fotos und wälze die Modezeitschrift, wasche die Perücken so oft, dass meine Hände schon ganz schrumpelig werden. Und das geht ebenso den nächsten Tag und fast das ganze Wochenende. Ich bemühe mich, mein Herzrasen beim Sprayen mit dem Dynamit-Haarspray in den Griff zu kriegen, um das Zeug gleich darauf wieder auszuwaschen und von vorne anzufangen.

Ich knalle meinen Kopf vor Verzweiflung auf die Tischplatte und schleudere die widerspenstige dunkelhaarige Perücke vor Wut durch die Küche. Und bin dann echt erstaunt, dass ihre Frisur nach dem Flug etwas besser aussieht als vorher.

Aber am Sonntagabend, nach knapp vierzig Stunden waschen, schneiden, föhnen, sprayen, Locken wickeln und wieder-von-vorne-anfangen, kann ich mit einigem

Stolz sagen: Die drei Styropor-Damen sehen jetzt ganz ansehnlich aus. Für den roten Teppich bei der Oscar-Verleihung reicht es noch nicht, aber immerhin haben sie jetzt etwas, was man eine Frisur nennen kann.

Die Brünette trägt jetzt einen gestuften mittellangen Schnitt mit helleren Strähnchen. Die Blonde hat eine Kurzhaarfrisur mit Zickzack-Muster an der linken Seite, und die Schwarzhaarige hat jetzt einen hochtoupierten Pony und pinke Extensions, damit ihr langweiliger Pagenschnitt mehr Pep hat.

Ich bin todmüde und mache das Licht in der Küche aus. Ich drehe mich noch mal zu den drei Styropor-Köpfen um, die blass im fahlen Mondlicht schimmern.

„Gute Nacht, Mädels.“

In diesem Moment klingelt mein Handy, es ist Steffen.

Ich gehe ran.

„Hallo Steffen.“

„Mensch, Tom, is’ echt voll öde hier. Alleine Party machen fetzt echt sowas von gar nicht.“

Früher hat er mich mit solchen Sprüchen immer genervt, aber jetzt freue ich mich.

„Steffen, altes Haus, wie geht es dir?“

„So ‚al dente‘, naja, ganz passabel.“

Ich gehe schnell aus der Küche, obwohl Steffen die Styroporkopf-Perücken durchs Telefon ja nicht sehen kann. Steffen räuspert sich.

„Du, Tom, ich muss dir was sagen.“

„Was denn?“

„Naja. Äh. Alter ...“

„Steffen? Was hast du angestellt?“

„Nichts, nee, alles okay. Aber das war so ... Naja, eines

Morgens stand Tina vor der Tür. Die Kleine aus der Bar, weißt du noch?"

„Na klar weiß ich noch. Was wollte sie denn?"

„Ihre Klamotten abholen.

„Aha. Und?"

„Ich hab sie ihr gegeben. Die Klamotten."

„Gut. Und?"

„Dann hab ich sie zum Kaffee eingeladen."

„Ah. Und?"

„Sie hat ihn getrunken."

„Ach. Und dann?"

„Hat sie nach dir gefragt."

„Ach ja?"

„Ja."

„Und?!"

„Dann hab ich mich für neulich entschuldigt. Dass ich mich so daneben benommen habe. Und dann haben wir uns ganz gut unterhalten."

„Ihr habt euch u n t e r h a l t e n?"

„Naja. Ja."

„Hattest du deine Leoparden-Unterhose an?"

„Ja."

„Und sie ist trotzdem geblieben?"

„Ich hatte 'ne Jeans drüber."

„Das war eine gute Entscheidung."

„Mensch, Tom, die ist ganz schön heiß."

„Aha."

„Und sie will was von dir. Hat gefragt, wo du bist und so."

„Ja, und?"

„Was meinst du mit ‚und'?!"

„Was willst du mir damit sagen?"

„Dass du zurückkommen musst."

„Wegen Tina?"

„Ja. Naja, auch sonst. Is' ganz schön öde hier ohne dich."

„Steffen?"

„Ja?"

„Was hast du angestellt?"

„Wieso denn? Wie kommst du darauf?"

„Du bist so kleinlaut. Du hast doch irgendwas verbockt."

Steffen räuspert sich.

„Hm, naja. Irgendwie schon."

„Gib's zu."

Steffen schweigt.

„Steffen!"

„Also gut. Ich hab vergessen, sie nach ihrer Nummer zu fragen."

Ich bin erleichtert.

„Ach so. Kein Problem."

„Hä? Was meinst du mit ‚kein Problem'?!"

„Ist schon okay. Ich hab hier 'ne Frau kennengelernt."

„Ach ja?"

„Ja. Und es ist ganz anders als sonst. Es könnte was Ernstes werden."

„Was, echt?"

„Ist das denn so verwunderlich?"

„Naja, äh, nein, nein. Mann, Alter, das ist doch der Hammer. Ich freu mich für dich, wirklich."

„Danke."

Steffen machte eine Pause. „Und bringst du sie mit nach Berlin?"

„Naja, ich weiß noch nicht."

„Wieso, ist sie hässlich oder dick, oder sowas?"

„Nein, sie ist umwerfend. Aber sie kann hier nicht so einfach weg."

„Wieso denn nicht?"

„Sie hat 'ne Kuhfarm."

„Ne was?!"

„Einen Bauernhof. Mit Kühen."

„Aha."

Wieder Stille. Dann holt Steffen tief Luft.

„Aber, sag mal, Tom, ist es denn okay für sie, wenn du ihre Kühe in den Bräter haust und mit Kräuterkruste servierst?"

Ich zucke zusammen.

„Naja, das ist das Problem. Sie weiß das noch nicht."

„Du hast ihr nicht gesagt, dass du Koch bist?"

„Nein."

„Oh, Mann, Alter."

„Ich sag's ihr schon noch."

„Alter, du kriegst Probleme, echt. Glaub mir. Ich kenn mich mit Frauen aus."

CATHERINE

Was für ein Tag, ich bin völlig erledigt. Eoin hat einen Unfall mit dem alten Trecker gebaut und sich den Arm gebrochen. Ich habe ihn ins Krankenhaus gefahren, vier Stunden gewartet bis er endlich einen Gips bekommen hat, und anschließend wieder nach Hause.

Dann mussten wir seine Arbeit mit erledigen. Ich habe den ganzen Tag Heu verteilt und Futtersäcke geschleppt. Jeder einzelne Muskel tut mir weh, und sogar welche, von denen ich gar nicht wusste, dass ich sie habe.

Aber mit Peter stimmt was nicht. Heute hat er mir den ganzen Tag Komplimente gemacht. Er hat gemeint, dass ich heute so hübsch aussehe!

„Echt jetzt," hab ich zurückgefragt, „in diesem ollen Arbeitsoverall und Gummistiefeln?"

Da hat er geguckt, als ob ich ihn ertappt hätte. Ist der auf Droge? Ich meine, er ist doch sonst nicht so charmant. Ich habe den Eindruck, er steuert auf eine Annäherung zu. Nach wie vielen Jahren, die wir uns nun kennen?

Und ehrlich gesagt fühlt es sich nicht so spektakulär an, wie ich es mir ausgemalt hatte. Ich hab ja immer gedacht, wenn er endlich einen Schritt macht, bin ich glücklich. Jetzt, wo es soweit ist, bin ich gar nicht mehr so sicher.

KAPITEL 8

CATHERINE

29. April

*Aua! Ich kann mich kaum noch bewegen vor Muskelkater.
Eoin ist zwar wieder im Dienst, aber mit seinem Gips kann er
kaum etwas machen. Gut, dass unser neuer Cowfitter heute
schon kommt, um sich einzuarbeiten. Da kann er uns etwas
entlasten.*

TOM

Am Montagmorgen bin ich lange vor dem Wecker wach.
Ich ziehe mir das beste Hemd an, das ich eingepackt
habe – ein kariertes mit Druckknöpfen.

Als ich nach dem Frühstück zur Coyle Farm radele,

bin ich so aufgeregt wie schon lange nicht mehr. Ich habe mir genau überlegt, wie ich vorgehe. Ich werde mich zunächst zurückhalten und so tun, als ob ich mir erstmal alles ansehe. Und spätestens nächste Woche, wenn ich mich im „Clouds" vorstelle, muss ich ja sowieso alles aufklären.

In Sichtweite der Farm halte ich an, um mich zu sammeln. Auf den Wiesen stehen viele Kühe, alle schwarz-weiß. Die Wolken ziehen, die Sonne spiegelt sich auf dem Dach der Farm und dem See, der gleich daneben liegt. Es ist ein herrlicher Anblick.

Während ich auf das Farmhaus zugehe, wiederhole ich in Gedanken die genialen Sätze, die ich mir für Catherine zurechtgelegt habe — ich werde cool, aber gleichzeitig verbindlich rüberkommen. Doch dann steht Catherine wie aus dem Nichts vor mir, und schon ist mein Gehirn wie leergefegt.

„Äh, hallo."

„Guten Morgen, Tom."

„Hm, ja. Guten Morgen."

„Na, bist du bereit?"

„Na klar. Voller Tatendrang."

„Dann mal los. Wir gehen zuerst in den Hauptstall."

Auf dem Weg kommt uns ein Mann mit grauen Haaren entgegen. Catherine deutet auf ihn.

„Das ist übrigens mein Vater, Gary. Er ist der Chef hier."

Er bleibt stehen und lächelt.

„Das stimmt überhaupt nicht. In Wirklichkeit hat Catherine hier das Sagen."

Gary hat Lachfältchen im Gesicht und einem freundlichen Blick. Er gibt mir die Hand.

„Herzlich willkommen bei den Coyles."

„Vielen Dank. Ich freue mich."

„Schön, dass du uns unterstützen wirst. Wir können ordentlich Hilfe gebrauchen. Catherine zeigt dir alles."

Er nickt uns zu und geht in Richtung Haus.

Catherine und ich gehen durch den Stall und über weitläufige Paddocks und Wiesen, einiges kenne ich schon von meinem ersten Rundgang im Bademantel.

Überall laufen schwarz-weiße Kühe herum. Die Farm wirkt sehr gepflegt, die Arbeitsgeräte sind offensichtlich hochwertig und modern. Im Stall ist ein Melkstand installiert, der ebenfalls noch sehr neu aussieht. Nur das Haus, die Scheunen und die Weidenbegrenzungen sind aus alten Feldsteinen gemauert und vermitteln einen antiken Eindruck.

Catherine öffnet ein Gatter zu einer Wiese.

„Mein Vater kümmert sich um die Zucht und die Finanzen. Peter ist für die Abläufe auf dem Hof zuständig."

Sie lacht.

„Und ich muss die beiden koordinieren."

„Bestimmt kein leichter Job."

„Allerdings nicht."

Catherine deutet auf eine Kuh. „Das ist Kandy da drüben, ihre Mutter war Champion All Ages in der Irish National Show in Dublin."

„Wow."

Wir sind auf der Wiese angelangt. Jetzt kommen

einige Kühe näher. Catherine krault den Stirnschopf einer Kuh zwischen den Ohren. Ich bin überrascht, dass diese Kühe größer sind, als ich dachte. Ich vermeide erstmal, ihnen zu nahe zu kommen. Aber natürlich sollte ich den Eindruck vermitteln, Erfahrung im Umgang mit Kühen zu haben, und so warte ich auf einen Moment, als Catherine mich ansieht. Ich strecke die Hand aus, um eine Kuh zu kraulen, aber sie erschrickt, springt beiseite und läuft weg.

Catherine lacht.

„Das ist Fionnah. Sie ist sehr wählerisch im Umgang mit Menschen. Es dauert, bis sie einem vertraut."

Ich bin geplättet. Dass Kühe wählerisch sind, was ihre Bekanntschaften angeht, wäre mir nicht in den Sinn gekommen. Ich wechsele das Thema.

„Darf ich fragen, was mit meinem Vorgänger passiert ist?"

„Er ist vor drei Jahren in Rente gegangen. Erst haben wir für jede Show jemanden angeheuert. Aber einige Kühe haben nicht gut auf die wechselnden Cowfitter reagiert."

„Aha."

„Eine feste Bezugsperson ist eben wichtig für ihre Psyche. Aber das weißt du ja selbst."

„Na klar. Logisch."

„Letztes Jahr haben wir dann selbst versucht, sie zu frisieren. Aber naja. Wir hätten besser abschneiden müssen. Man braucht eben doch einen Experten."

Sie lächelt.

„Aber den haben wir ja jetzt wieder."

Ich spüre den Impuls, ihre hohe Erwartungshaltung zu dämpfen.

„Ach na ja, Experte ... Das klingt so hochtrabend.“

Catherine bleibt stehen und sieht mich an. Ich beiße mir auf die Zunge. Was habe ich falsch gemacht? Ihren Blick interpretiere ich als eine Mischung aus verwundert und forschend. Ich halte die Luft an und fühle mich schuldig, wie meistens in Gegenwart von hübschen Frauen. Schnell versuche ich, etwas zu relativieren.

„Ich meine, man lernt ja nie aus ... Wer sagte das noch: ‚Ich weiß, dass ich nichts weiß‘.“

Jetzt lächelt Catherine.

„Sowas hört man selten. Die meisten Cowfitter sind ja nicht gerade für ihre Bescheidenheit bekannt.“

Sie wirft mir noch einen Blick von der Seite zu und geht weiter. In diesem Moment schnaubt mir eine der Kühe voll ins Gesicht. Mit dem Ärmel wische ich mir den Kuhschnodder von der Wange und beeile mich, Catherine zu folgen.

Wir betreten ein Seitengebäude, in der ein Aufenthaltsraum für das Personal untergebracht ist, wie ich ihn aus den Restaurants kenne. Ein Tisch mit vier Stühlen, an den Wänden metallene Schränke mit Namensschildern. Darauf lese ich unter anderem Eoin und Padraig.

Catherine deutet auf eine Vitrine, in der zahlreiche Schleifen und Pokale drapiert sind.

„Deine Hauptaufgabe liegt natürlich in den Shows. Zwischendurch gibt es ganz normale Farmarbeit. Füttern, Pflege, Führtraining.“

In diesem Moment kommt Eoin rein, er trägt jetzt

einen Arbeitsoverall und seinen rechten Arm in einem Gipsverband.

Catherine nickt ihm zu.

„Ach, da ist er ja. Eoin ist dein Assistent. Er kennt die Kühe so gut wie seine Familienmitglieder."

„Nein, besser. Viel besser!"

Eoin gibt mir die linke Hand und grinst.

„Hallo Tom." Er sieht an mir herunter.

„Du siehst viel besser aus als letztes Mal. Als wir dich aus dem Graben gezogen haben."

„Naja. Dieses Mal bin ich wenigstens nicht so nass."

Eoin grinst. In diesem Moment piept Catherines Handy. Sie macht eine entschuldigende Geste und eilt davon. Ich sehe ihr nach, bewundere ihre wehenden Haare und ihre perfekt geformten Hüften und bin verliebter als jemals zuvor.

Eoin räuspert sich und reißt mich damit aus meinen Gedanken.

„Komm, wir fahren zur Außenweide. Die Jungbullen füttern."

Wir gehen nach draußen und steigen auf einen Traktor, der schon ziemlich rostig ist und einige Beulen hat. Nicht unbedingt vertrauenserweckend. Ich setze mich auf den Platz über dem Reifen und bin froh, dass ich als Junge öfter auf einem Traktor gesessen habe, wenn wir im Urlaub im Schwarzwald waren. Daher weiß ich, dass man sich gut festhalten muss, sonst fliegt man vom Sitz. Eoin deutet auf einen anderen, größeren Trecker, der ganz neu aussieht.

„Der Neue da ist viel bequemer. Aber den darf ich

nicht fahren.“

Er grunzt.

„Nur weil ich diesen hier einmal in den Graben gefahren hab.“

Er gibt Gas, und ich wundere mich, dass die alte Karre eine solche Geschwindigkeit entwickeln kann. Eoin schaltet mit seinem linken Arm und muss dazu das Lenkrad loslassen, so dass der Trecker mitten durch die Schlaglöcher auf dem Feldweg rumpelt und wir ordentlich durchgeschüttelt werden. Eoin lacht jedes Mal, und es drängt sich der Verdacht auf, dass ihm diese halsbrecherische Fahrerei ziemlichen Spaß macht.

„Was ist denn mit deinem Arm passiert?“ Ich muss brüllen, so laut ist es.

„Ach, nicht der Rede wert. Nur der Unfall mit dem Trecker.“

Eoin lacht und gibt noch mehr Gas. Ich klammere mich mit beiden Händen an die Metallstange über meinem Kopf.

Nachdem Eoin mir den ganzen Tag etliche Namen von Kühen, ihre Abstammung und ihre Erfolge auf den Zuchtshows um die Ohren gehauen hat, schwirrt mir der Kopf. Glücklicherweise hatte ich mein kleines Notizbuch dabei, in das ich sonst meine Rezeptideen notiere, so konnte ich mir die Namen aufschreiben. Daneben habe ich mir die Nummern notiert, die die Kühe auf ihren Ohrmarken haben, so habe ich wenigstens die Chance, sie zuzuordnen. Denn auch wenn die Fellmuster der Kühe unterschiedlich sind, kann ich sie nicht auseinanderhalten. Ich werde ihre Namen auswendig lernen müssen, und vermutlich wird mich das wieder schlaflose Nächte kosten.

Am Abend bin ich so erledigt, als hätte ich im Heubergers drei Schichten durchgearbeitet. Ob das die frische Luft ist oder das ungewohnte Herumlaufen, ich könnte auf der Stelle einschlafen. Und jetzt muss ich auch noch mit dem Fahrrad wieder zurück nach Inyshmore radeln. Dann allerdings sehe ich Catherine aus dem Haus kommen, und sofort bin ich hellwach. Ich winke ihr zu, und tatsächlich, sie kommt zu mir rüber.

„Na, wie hat es dir gefallen?"

„Ganz toll. Ich fühle mich sehr wohl hier."

„Schön. Woher aus Deutschland stammst du denn eigentlich?"

„Aus dem Norden. Eine Kleinstadt, sie heißt Jever."

„Ah, das liegt in Friesland, oder?"

Ich wundere mich, woher sie Friesland kennt, lasse mir aber nichts anmerken.

Catherine nickt.

„Daher also deine Leidenschaft für die Schwarzbunten. Bist du auf einer Farm aufgewachsen?"

„Leider nicht. Aber ... Kühe haben mich immer schon interessiert."

„Ja, man kann ihnen einfach nicht widerstehen."

Catherine lacht, winkt und geht zurück ins Haus. Über die Schulter ruft sie mir zu: „Bis morgen!"

Beseelt steige ich aufs Fahrrad und fahre los. War ich nicht eben noch müde? Jetzt rausche ich in Rekordzeit zurück nach Inyshmore.

. . .

Betti erwartet mich mit einem Abendessen, und ich erzähle ihr von meinem Tag. Es fühlt sich irgendwie an, als würde ich nach Hause kommen. So ein Gefühl hatte ich seit Jahren nicht mehr. In Berlin war ich gestresst von den ewigen Nachtschichten, hier fühle ich mich entspannt und zufrieden. Aber vielleicht liegt es auch nur daran, dass ich verliebt bin.

Nach dem Essen falle ich ins Bett wie ein Stein, aber ich nehme mir das Buch aus der Bibliothek vor. Ich will auf gar keinen Fall, dass Catherine merkt, dass ich mich nicht auskenne.

CATHERINE

Wow, ein Mann mit Haltung. Und so bescheiden.

Wie schade, dass ich gerade so wenig Zeit habe. Ich würde gerne mehr von Tom erfahren. Wie er arbeitet, was er denkt … Naja, das muss wohl noch ein bisschen warten.

Papa hat mich heute zum ersten Mal darauf angesprochen, dass er sich irgendwann zur Ruhe setzen will. Zur Ruhe, Papa! Als ob er es länger als drei Minuten aushält, ohne irgendwas zu tun. Er meinte, ich solle mal darüber nachdenken, den Hof irgendwann auch ohne ihn zu führen.

„Da brauchst du dann einen Mann an deiner Seite." Ha! Als ob ich das nicht selber könnte. Aber so hat er es sicherlich auch nicht gemeint. Ich weiß ja, dass es zu viel Arbeit für einen allein ist, selbst mit den Angestellten. Wer soll all die Entscheidungen treffen, wenn ich mal krank bin?

Mal davon abgesehen, dass ich ja auch gar nicht allein bleiben will.

KAPITEL 9

CATHERINE

2. Mai

*Gestern Abend bin ich mitten im Satz eingeschlafen, mit
dem Stift in der Hand. Heute Nacht habe ich von Tom
geträumt. Dass er vor der Tür steht, mit einem riesigen
Blumenstrauß. Ob er in Wirklichkeit auch romantisch veranlagt
ist? Naja, kann mir ja egal sein.*

*Aber vielleicht schaffe ich es heute, ihm mal ein wenig auf
den Zahn zu fühlen. Wie er so arbeitet.*

*Mit den Kühen scheint er ja ganz gut klarzukommen, und
mit Eoin und Padraig auch. Und das ist sicherlich schwieriger als
mit den Kühen ;-)*

TOM

. . .

In den vergangenen Tagen habe ich schon einiges auf der Farm gelernt, das Buch durchgearbeitet und bilde mir ein, wenigstens eine Idee von der Fütterung und Haltung von Kühen zu haben. Und ich bin zwar einige Male hin-, aber noch nicht aufgeflogen.

Aber es gibt noch mehr Herausforderungen. Denn heute Morgen steht „Training" auf dem Plan, den Eoin mir vor die Nase hält. Was auch immer das für ein Training sein mag ...

Ich nicke, als wäre das etwas ganz Selbstverständliches, und wir gehen vor das Haus. Dort stehen drei Kühe, mit Halfter und Strick an einem Balken angebunden, und warten.

Ich sehe sie an. Und sie mich. Und Eoin sieht mich ebenfalls an.

„Und?"

Ich glotze zurück.

Eoin grinst, weil ich ihn nicht verstehe. Er deutet auf die Kühe.

„Wer ist das?"

„Ach so. Okay. Ähm. Kandy. Melrose. Fionnah?"

Eoin legt den Kopf schief.

„Naja. Nicht schlecht. Nur andersrum."

Ich stöhne auf.

„Dann ist das Fionnah, das Melrose und das Kandy."

Eoin nickt und klopft mir auf die Schulter.

„Das wird schon noch. Das sind jedenfalls die drei, die wir nach Enniskillen mitnehmen."

„Aha."

„Also los."

Eoin bindet eine der Kühe, Fionnah, los und drückt mir ihren Führstrick in die Hand. Er steht da und sieht mich an. Aber ich habe natürlich keine Ahnung, was er jetzt von mir erwartet.

„Ähm. Vielleicht schaue ich dir erstmal zu. Wie ihr es hier in Irland macht, meine ich."

Eoin runzelt die Stirn, und einen Moment denke ich schon, das war's. Aber dann nickt er, nimmt den Strick und führt die Kuh in einem großen Halbkreis um mich herum, wendet, und geht wieder zurück. Anschließend hält er an, stellt sich neben die Kuh, und hält ihren Kopf ein wenig höher als normal. Dann dreht er sich zu mir um.

„Und? Wie sieht sie aus?"

„Super."

Ich hoffe, dass ich damit einigermaßen richtig liege. Eoin nickt und kommt mit Fionnah wieder zu mir und den anderen beiden Kühen zurück. In diesem Moment sehe Peter auf uns zusteuern und halte die Luft an, wie immer, wenn ich ihn sehe. In seiner Gegenwart habe ich das Gefühl, jeden Moment enttarnt zu werden.

Peter bleibt bei uns stehen.

„Na, hast du dich hier schon eingelebt?"

„Ja, ich glaube ganz gut … nur ihre Namen kann ich mir schlecht merken."

„Namen? Na, wenn's weiter nichts ist. Sie haben ja schließlich auch Nummern."

Eoin zieht seine Augen zu kleinen Schlitzen, aber Peter ignoriert die Missbilligung und wendet sich ab, um zu telefonieren.

Ich nutze meine Chance, mehr über Peter zu erfahren, und wende mich an Eoin.

„Ist er eigentlich Catherines Mann?"

„Nein. Aber er arbeitet dran."

„Und ... hat er Chancen?"

Mein Herz schlägt so laut, dass ich schon fürchte, die Kühe könnten erschrecken.

Eoin zuckt die Schultern.

„Naja, sie kennen sich schon, seit sie Kinder sind. Und er versteht einiges von der Landwirtschaft."

„Aber?"

Eoin grinst.

„Die Kühe mögen ihn nicht besonders."

Ich bin sprachlos. Eoin bindet Melrose los und gibt mir den Halfterstrick. Dankbar, dass ich jetzt eine Ahnung habe, was ich machen muss, führe ich sie erst im Halbkreis und zurück, stelle sie dann auf und hebe ihren Kopf etwas an. Eoin hebt den Daumen, der nicht im Gips steckt, nach oben.

„Schon ganz gut."

Während ich Melrose zu Eoin zurückbringe, habe ich einen Moment Zeit, nachzudenken. Dass die Kühe Peter nicht mögen, sind vermutlich keine allzu schlechten Nachrichten. Allerdings, ob die Kühe mich mögen, ist ja auch noch nicht geklärt. Was, wenn Catherine mich zwar mag, aber ihre Kühe nicht? Und könnte ich die Kühe dann irgendwie überreden, mich doch zu mögen? In meinem Kopf überschlagen sich die Gedanken.

Und in diesem Moment kommt Catherine um die Ecke, mit einem Eimer in der Hand, der bis oben hin mit weißen Tuben gefüllt ist. Sie kommt zu uns und bleibt bei mir stehen. Peter sieht das, beendet sein Telefonat und kommt ebenfalls zurück.

Catherine sieht die Kühe an, dann mich.

„Na, wie läuft das Training?“

„Och, ganz gut, denke ich.“

Sie nickt.

„Erstaunlich. Wie machst du das?“

Ich habe nicht die leiseste Ahnung, was sie meint. Mir wird abwechselnd heiß und kalt. Kalt, weil ich Angst habe, heiß, weil das in Catherines Gegenwart immer passiert.

„Ähm. Wie meinst du das?“

„Fionnah trampelt sonst immer nur herum, wenn sie angebunden stehen muss. Aber jetzt ist sie total gelassen.“

„Hm, das ist wohl meine beruhigende Ausstrahlung.“

Das sollte ein Witz sein, aber niemand lacht. Im Gegenteil, Peter guckt genervt, während Catherine lächelt.

„Super, es scheint gut zu funktionieren zwischen euch“, sagt sie. „Übrigens, die Kälber brauchen ihre Wurmkur. Ich gebe das immer lieber per Hand ins Maul, dann kann ich es besser dosieren. Wie siehst du das, Tom?“

„Ja ... genau. Eine gute Dosierung ist ja die halbe Miete.“

Catherine wirft Peter einen Blick zu, der so etwas sagt wie „Siehst du, Tom stimmt mir zu“.

Peter verdreht die Augen.

„Ja, und irgendwann füttern wir alles komplett per Hand, von morgens früh bis tief in die Nacht. Wie früher, im Mittelalter.“

Er atmet scharf aus und stapft davon. Catherine sieht ihm einen Moment nach, dann lächelt sie mir zu. In ihrem Blick liegt etwas Verschmitztes, als würde sie in mir einen Verbündeten sehen.

„Hilfst du mir? Die Kühe kann Eoin auch allein zurückbringen."

„Na klar. Gerne."

Wir gehen hinter den großen Stall und erreichen eine Wiese, auf der sich an die dreißig Kälber tummeln. Catherine öffnet das Tor, und wir gehen hindurch. Die Kälbchen haben große Augen und flauschiges Fell, und wenn sie sich nicht bewegen würden, könnte man denken, es seien Plüschtiere aus einem riesigen Spielzeugladen. Einige Kälber kommen näher und beschnuppern uns. Mit diesen Kleinen fühle ich mich gleich viel wohler als mit den großen Kühen, und als ich eines kraulen will, hält es bereitwillig still. Gut, dass Catherine sich in diesem Moment zu mir umsieht. Sie lächelt.

„Das ist Fionnahs Tochter. Sie scheint dich zu mögen."

Und tatsächlich, als ich weitergehe, folgt mir das Kälbchen. Catherine bleibt stehen.

„Okay. Du hältst sie fest, ich gebe die Wurmkur. Wir fangen bei den Kleinen da drüben an."

Festhalten? Während Catherine vorgeht, teste ich hinter ihrem Rücken, wie man so ein Kalb festhalten kann. An den Ohren – aber es läuft weg. Am Schwanz, aber es bockt, und ich rutsche aus. Ich kann mich gerade noch fangen, bevor Catherine sich wieder umdreht. Ich stehe mit Unschuldsmiene da, als wäre nichts gewesen, und auch Catherine verzieht keine Miene.

„Kann's losgehen? Such dir eins aus."

Ich suche mir das kleinste Kälbchen aus und habe immer noch keinen Plan. Aber wenn das mit den Ohren und dem Schwanz nicht funktioniert, bleibt nur noch eins. Ich beuge mich hinunter und lege den Arm um den Hals des Kälbchens.

Catherine beobachtet mich, und mir ist unbehaglich zumute. Sie legt den Kopf schief.

„Was meinst du, wieviel wiegt die Kleine? Dreihundert Pfund?"

Ich nicke mechanisch.

Catherine dreht eine Schraube an der Tube, um den Inhalt zu dosieren und gibt dem Kälbchen dann die Tube von der Seite ins Maul. Es schleckt und schmatzt. Catherine streichelt die Stirn des Kälbchens.

„Apfelgeschmack. Das haben sie besonders gerne."
„Hmm."

Ich habe Zweifel, ob diese gelbliche Paste wirklich so lecker ist. Catherine geht zum nächsten Kalb, und ich lasse das Kleine los. Und freue mich, dass es nicht wegrennt, sondern bei mir stehen bleibt. Ich kraule es zwischen den Ohren, wie ich es mir bei Catherine abgeguckt habe. In diesem Moment dreht sie sich zu uns um.

„Super."

Ich gehe zu dem nächsten Kälbchen und lege wieder vorsichtig den Arm um seinen Hals. Catherine beugt sich zu uns herunter, um ihm die Paste ins Maul zu geben. Dabei kommt sie mir sehr nahe, und mir wird ganz warm.

Sie streichelt dem Kalb über die Nase und berührt dabei meinen Arm.

„Du bist sehr einfühlsam."

„Danke. Andere finden mich wahrscheinlich eher zu sanft."

„Du meinst Peter?" Sie lacht. „Ich weiß, er ist eher der ... pragmatische Typ."

„Gehört Peter eigentlich zur Familie?"

„Na ja, er ist bei meinem Vater angestellt. Aber ich kenne ihn schon so lange, da fühlt es sich fast wie Familie an."

Ich überlege, was das bedeutet, aber ich kann ja nicht von meiner Familie auf Catherines schließen.

Ich lege den Arm um eines der größeren Kälber, und sie beugt sich wieder zu mir.

„Auf unsere Farm passt natürlich nur jemand, der die Kühe liebt."

In diesem Moment bockt das Kalb und läuft weg, ich verliere das Gleichgewicht, rutsche aus und lande auf dem Hintern im Matsch.

Catherine unterdrückt ein Lachen und reicht mir eine Hand. Ich rappele mich auf und sehe an mir herunter: Meine Hose ist von oben bis unten voller Schlamm.

Ich nicke. „Na klar. Man kann gar nicht anders, als sie zu lieben."

Catherine lacht.

„Das finde ich auch."

Während wir weiterarbeiten, denke ich nach. Es ist merkwürdig: Wenn ich sonst mit Frauen zu tun habe, versuche ich, alles richtig zu machen, und es geht schief. Hier habe ich überhaupt keinen Plan, erlebe eine Katastrophe nach der anderen, aber Catherine scheint das nicht zu stören. Ich bin verwirrt, aber das fühlt sich fantastisch an.

Nach Feierabend auf dem Weg zu Betti komme ich an der Weide vorbei, wo die älteren Kühe der Coyle Farm grasen. Ich halte an, steige ab und gehe langsam auf Fionnah zu. Wir sehen uns an, Auge in Auge.

„Fionnah? Bist du das?"

Sie schnuppert an meinem Gesicht. Ich hebe langsam die Hand, und sie bleibt stehen. Ich kraule ihre Stirn – eine Kopfmassage, à la Friseur-Recherche. Und tatsächlich, sie hält nicht nur still, sondern sie senkt sogar den Kopf. Es gefällt ihr! Ein unerwartetes Glücksgefühl durchströmt mich. Ich habe Glücksgefühle beim Massieren einer Kuh!

Als ich nach Inyshmore zurückkomme, sitzt Betti schon am Feuer und liest ein Buch. Sie sieht auf meine schlammverschmierten Klamotten und zieht die Augenbrauen hoch.

„Offenbar hattest du einen interessanten Tag."

„Es war ganz toll."

„Du bist also nicht aufgeflogen?"

„Nur hingeflogen. Und ich musste ungefähr fünfzig Kälbchen umarmen."

Betti lacht.

„Und Catherine?"

„Sie ist fantastisch. Für sie würde ich sogar Schweine marmen."

. . .

Wow, das war ein schöner Tag. Immer, wenn ich Zeit habe, mich um die Kälber zu kümmern, bin ich glücklich.

Und Tom scheint echt eine gute Wahl zu sein. Wie gefühlvoll er mit den Kälbchen umgegangen ist!

Ausgewählt haben wir ihn ja eigentlich nicht, sondern ihn auf Empfehlung eingestellt. Eoin meint auch, dass Tom ziemlich okay ist, das klingt ja schon mal ganz beruhigend. Na ja, manchmal muss man einfach auch Glück haben.

Apropos Gefühl, Peter könnte ruhig ein wenig einfühlsamer sein. Manchmal denke ich, in ihm steckt ein weicher Kern. Aber das würde er natürlich nie zugeben. Und er kann schon ganz schön schroff sein ...

Was, wenn ich mich täusche und da gar kein gefühlvoller Kern ist?

KAPITEL 10

CATHERINE

3. Mai

Zum ersten Mal seit langer Zeit habe ich wieder das Gefühl, die Arbeit schaffen zu können. Wie schön, dass wir Tom haben. Heute kommt er zwar erst am Mittag, er muss noch etwas erledigen. Aber er zeigt wirklich Einsatz, denn eigentlich sollte er ja erst nächsten Monat anfangen.

Sollte er die Arbeit mit den Kühen vielleicht genau so leidenschaftlich lieben wie ich?

TOM

Am nächsten Morgen radele ich nach Glenties zum Vorstellungsgespräch im „Clouds". Schon von weitem sehe ich die alte Burg mit Türmen und Erkern, die majestätisch an der Steilküste steht. Die Burg liegt auf einer Anhöhe zwischen der See auf der einen und sanft geschwungenen Hügeln auf der anderen Seite. Sie passt sich so perfekt in die Landschaft ein, als hätten die Erbauer schon damals einen Architekturpreis gewinnen wollen.

Ich lasse mein Rad den Hügel hinunterrollen, stelle es an der Mauer neben dem Eingang ab und betrete den Gastraum.

Das Restaurant ist edel eingerichtet, überall Holz und Naturstein, dezent ausgeleuchtet. Die großen Fenster bieten eine fantastische Aussicht. Wenn hier so hochwertig gekocht wird, wie es den Anschein erweckt, könnte das ein spannender Job werden.

Aber es ist niemand zu sehen.

„Hallo?", rufe ich.

Ein Mann in ausgeblichener Jeans, T-Shirt und Sneakers kommt auf mich zu.

„Hi."

„Guten Tag. Ich bin hier für ein Vorstellungsgespräch. Tom Jensen aus Deutschland."

„Ah, hallo Tom, ich bin Liam."

Er reicht mir die Hand.

Ich bin geplättet. „Der Chefkoch?"

Er lacht.

„Ja, ich weiß, ich seh' nicht danach aus. Ich mag's halt gern leger."

„Ja, ist okay. Find' ich gut. Das bin ich nur nicht gewohnt."

Unwillkürlich muss ich an die Dreihundert-Euro-Lederschuhe und die Markenklamotten des Chefkochs aus dem Heubergers denken.

Liam deutet auf einen der Tische am Fenster.

„Nimm doch schon mal Platz. Möchtest du einen Kaffee?"

„Gerne."

Ich setze mich, während Liam hinter dem Tresen eine edle italienische Kaffeemaschine füllt, die auch gleich anfängt, zu zischen und zu dampfen. Ich sehe mich um.

Liam brüht uns Kaffee, obwohl jetzt im Hintergrund eine Kellnerin die Tische für den Abend deckt. Jeder andere Chefkoch hätte den Kaffee von ihr bringen lassen, aber Liam macht das selbst. Und nicht nur das. Als er auf das Durchlaufen wartet, ruft er zu der Kellnerin rüber.

„Möchtest du auch einen?"

„Ja, danke."

Sie lächelt herüber in unsere Richtung.

Nachdem Liam den Kaffee gebracht hat, setzt er sich mir gegenüber.

„Dann erzähl mal. Was hat dich nach Irland verschlagen?"

Also erzähle ich. Ich zeige ihm das „Kochen modern", und er wirkt sehr interessiert. Hin und wieder fragt er etwas, besonders zu meinen Kräuter-Züchtungen. Und als wir zum Ende des Gesprächs kommen, sind fast eineinhalb Stunden vergangen, ohne dass ich es überhaupt gemerkt habe.

Liam nickt.

„Okay, das klingt alles ziemlich gut. Und ich könnte mir auch vorstellen, dass du in unser Team passt. Aber es gibt bei jedem immer einen Haken. Was ist das bei dir?"

Ich atme einmal tief durch.

„Ich koche keinen Broccoli.“

„Niemals?“

„Unter keinen Umständen.“

Liam denkt nach. Dann nickt er.

„Okay. Damit kann ich leben.“

Er trinkt seinen Kaffee aus.

„Bevor wir uns entscheiden, könntest du noch zum Probekochen kommen?“

„Na klar. Gerne.“

„Gut. Den genauen Tag müsste ich noch durchgeben, ich möchte, dass alle Kollegen dabei sind.“

„Super. Ich freue mich.“

Wir geben uns die Hand, ich winke der Kellnerin und gehe nach draußen.

Als ich auf mein Fahrrad klettere, drehe ich mich noch mal um und erwarte fast, dass das Restaurant und die ganze Burg verschwunden sind, so unwirklich erscheint mir das alles. Deutlich zu schön, um wahr zu sein.

Auf dem Rückweg nutze ich die Gelegenheit, um mal wieder nach meinem Auto zu sehen. Die Strecke zur Werkstatt erscheint mir jetzt nicht mehr ganz so lang, wahrscheinlich hat mich das viele Fahrradfahren schon in Form gebracht.

Als ich in die Halle komme, sehe ich meinen Peugeot mit offener Motorhaube dastehen, zahlreiche Einzelteile des Getriebes sind auf dem Boden verteilt und mitten dazwischen steht eine Gießkanne. Die Kräuter auf meinem Rücksitz scheinen sich tatsächlich sehr wohl zu fühlen, denn sie haben einen ordentlichen Wachstumsschub hingelegt.

Und das Auto genießt in diesem Zustand mehr Aufmerksamkeit, als ich ihm in unserer langjährigen Beziehung jemals habe zuteilwerden lassen. Denn es beugen sich insgesamt sechs Mechaniker über den Motor und starren hinein.

Ich räuspere mich.

„Guten Morgen."

Die Mechaniker wenden sich von dem Motor ab und mir zu. Sie murmeln einen Gruß und sehen mich an, als ob sie erwarten, dass jetzt ich anstelle meines Autos für ihre Unterhaltung sorge. Ich gehe zu ihnen und blicke in die Runde.

„Wie sieht's denn aus?"

„Gibt Regen heute."

Der Meister deutet mit dem Kopf in Richtung Fenster, durch das die Sonne hereinstrahlt.

„Ah, na klar. Mit meinem Auto, meine ich."

Er macht ein Gesicht, als müsse er dem irischen Volk verkünden, dass ab sofort das Guinness rationiert wird.

„Probleme", sagt er.

„Oh. Und?"

Offenbar gewöhne ich mich auch schon an die kurzen Sätze.

„Dauert."

Ein kleiner Mechaniker mit langem grauen Bart tritt vor.

„Ich bin extra aus Ballyshannon gekommen."

„Oh. Vielen Dank."

Er schüttelt den Kopf. „Sowas wie in deinem Motor hab ich noch nie gesehen."

„Aha.“

Dann lächelt er.

„Aber die Blumen auf deinem Rücksitz sind sehr schön.“

Wie nett, dass er mich in dieser ausweglosen Lage zu trösten versucht.

„Ah, danke. Naja, dann wünsche ich ... erstmal viel Glück.“

Ich nehme zwei Kräutertöpfe vom Rücksitz, da ich meine spezielle Kräuterquiche für Betti backen will, und mache, dass ich wegkomme. Wahrscheinlich werde ich große Teile meines Gehaltes, das ich von der Coyle Farm bekomme, für die alte Rostlaube hinblättern müssen. Schlagartig wird mir klar, dass ich, selbst wenn ich Catherine jetzt die Wahrheit sage, es mir gar nicht leisten kann, den Job nicht zu machen.

Was für eine eigenartige Situation. Ich arbeite in einem Beruf, den ich gar nicht gelernt habe, und gebe vor, jemand zu sein, der ich nicht bin.

Ich zurre einen der Kräutertöpfe auf dem Gepäckträger fest und nehme den zweiten auf den Arm. Dann klettere ich auf das ältliche Damenfahrrad und schwanke davon. Da ich auf mein Gleichgewicht achten muss, kann ich mich nicht umdrehen, aber ich wette, dass mir die Mechaniker nachstarren, und zwar sowohl die einheimischen, als auch die aus anderen Städten angereisten. Als ich am Fenster des Wohnhauses vorbeikomme, sehe ich im Spiegelbild der Fensterscheibe, dass es genau so ist. Der kleine Mann mit dem Bart hebt sogar die Hand, um zu winken.

Auf dem Rückweg komme ich an den Wiesen der Coyle Farm vorbei. Schon von weitem höre ich Peter brüllen, einige Kühe kommen aus dem Stall gelaufen, bocken und laufen an das andere Ende der Wiese.

„Ihr Scheißviecher, verdammt noch mal!"

Peter kommt in Gummistiefeln aus dem Stall gerannt. Ich bin nicht sicher, was er versucht, aber es scheint, als ob er hinter den Kühen her ist, um sie in den Stall zu treiben.

Er schreit: „Eoin, Padraig, schwingt gefälligst eure Ärsche hierher und helft mir!"

Von der Anhöhe aus, auf der ich angehalten habe, kann ich sehen, dass Eoin und Padraig, die gerade auf dem Weg in Richtung Wiese waren, nun umdrehen und wieder zurück ins Haus eilen. Ich schmunzle. Offenbar hat Peter nicht so ganz den richtigen Ton getroffen. Jetzt rennt er wieder hinter den Kühen her, aber sie sind erheblich schneller als er. Dann bleibt er stehen, dreht um und verschwindet in der Scheune.

Ich lasse das Fahrrad den Hügel hinunterrollen, halte an und lehne es an den Zaun. Eine der Kühe kommt näher. Ich denke, es könnte Fionnah sein. Sie schnuppert an meinem Rosmarin auf dem Gepäckträger, zupft etwas davon ab und frisst es. Ich schlage in meinem Notizbuch nach und erkenne anhand ihrer Ohrnummer, dass es tatsächlich Fionnah ist. Nachdem sie fertig gekaut hat, reckt sie ihren Kopf, um mehr von den Kräutern zu bekommen.

Das bringt mich auf eine Idee. Ich nehme den Topf mit dem Rosmarin vom Gepäckträger und gehe ein paar

Schritte am Zaun entlang. Und tatsächlich, Fionnah folgt mir. Ich gebe ihr ein Büschel durch den Zaun, und sie frisst. Ich gehe weiter, und sie folgt mir wieder. Inzwischen sind die anderen Kühe auf uns aufmerksam geworden und folgen uns. Ein Glück, dass ich zwei Kräutertöpfe dabei habe, denn der erste ist schon bald abgegrast.

Nach ein paar Minuten Kräuterverteilen habe ich alle Kühe am Stalleingang. Ich rupfe noch ein paar Büschel ab und klettere durch den Zaun. Damit gehe ich voraus in den Stall, und die Kühe folgen mir ohne Zögern. Als alle drinnen sind, schließe ich das Scheunentor, während die Kühe sich in aller Ruhe über das bereitliegende Heu hermachen.

„Verdammt, Eoin, wo warst du denn die ganze Zeit?!"

Man hört Peter schon brüllen, obwohl er noch gar nicht zu sehen ist.

„Ich war die Jungbullen füttern. Hattest du mir doch aufgetragen."

Eoin klingt betont unschuldig.

„Unsinn. Du willst doch immer nur Trecker fahren!"

Peter schnaubt vor Wut. In diesem Moment biegen die beiden um die Ecke und bleiben abrupt stehen. Sie sehen mich an, wie ich gemütlich auf der Mauer neben den Kühen sitze und ihnen beim Fressen zusehe.

Eoin sieht Peter von der Seite an.

„Du hast doch gesagt, die wollten nicht rein."

„Wollten sie auch nicht!"

Peter fuchtelt mit den Händen in meine Richtung.

„Da steckst du doch dahinter!"

Ich zucke die Schultern.

„Sollten sie denn nicht rein?"

„Doch, aber wie hast du das gemacht?“

„Ich hab sie gerufen.“

Peter guckt fassungslos.

„Ich hab sie auch gerufen. Aber das hat sie überhaupt nicht interessiert!“

Ich mache ein unschuldiges Gesicht.

„Vielleicht liegt's am Tonfall.“

Eoin grinst und sieht Peter von der Seite an.

„Na, dann kann ich ja wieder an die Arbeit gehen“, sagt er, und ich meine, einen Hauch Genugtuung in seinem Tonfall zu hören.

Peter starrt zwischen mir und den Kühen hin und her und versucht offenbar, sich einen Reim darauf zu machen. Ich stehe von der Mauer auf, hebe die Hand zum Gruß, nehme meine Kräutertöpfe und lasse den verblüfften Peter stehen.

Ich kann nicht glauben, dass mir soeben ein kleiner Sieg vergönnt wurde. Mit einer Herde Kühe!

Auf dem Rückweg zu meinem Fahrrad komme ich am offenen Küchenfenster des Farmhauses vorbei, aus dem ein Qualm kommt, der mir bekannt vorkommt: So riecht verbranntes Gemüse, ich tippe auf Zucchini, Zwiebeln und Paprika.

„Verdammter Scheiß!“ Catherines Stimme.

Ich bleibe stehen und sehe durch das Fenster. Catherine reißt gerade eine große Pfanne vom Herd, öffnet den Mülleimer und kippt den Inhalt hinein.

„Wieso muss mir das immer wieder passieren!“

Catherine ist sogar hinreißend, wenn sie flucht. Ich klopfe an die Scheibe.

„Alles okay?“

Sie dreht sich zu mir um und knallt die Pfanne in die Spüle.

„Ach, so ein Mist. Das blöde Gemüse meint, immer anbrennen zu müssen. Egal, was ich mache.“

„Vielleicht kann ich helfen.“

„Ich glaube kaum. Es sei denn, du könntest kochen.“ Das war ironisch gemeint.

„Ich komme mal rein.“

Sollte mir das Schicksal wirklich so gnädig sein, dass ich Catherine mit meinen Kochkünsten beeindrucken kann?

Als ich in die Küche komme, sehe ich auf dem Tisch eine Portion Zwiebeln, Zucchini und Paprika, die Catherine offenbar schon vorgeschnitten hat.

Sie sieht meinen Blick.

„Das ist Plan B, falls die erste Portion misslingt. Und ehrlich gesagt, brauche ich Plan B fast immer.“

„Ach, naja, es kann ja immer mal was schiefgehen.“

In Gedanken höre ich die Worte, die der Chefkoch vom Heubergers angesichts des angebrannten Gemüses jetzt gebrüllt hätte, und ich zwinge mich schnell, an etwas anderes zu denken.

„Was für Gewürze hast du denn?“

Catherine sieht mich an.

„Gewürze. Ähm ... Salz. Und Pfeffer, glaube ich.“

„Okay, das ist ja schon mal ein Anfang. Was ist mit Butter?“ Sie nickt und geht an den Kühlschrank.

Ich spüle die Pfanne, trockne sie ab und stelle den Herd auf mittlere Stufe. Dann zerlasse ich etwas Butter in der Pfanne.

„Moment mal. Bin gleich wieder da.“

Ich gehe nach draußen und hole die Kräuter herein, die die Kühe übrig gelassen haben.

Catherine sieht erst die Kräuter an, und dann mich. Und ich schwöre, so hat mich noch nie eine Frau angesehen.

„Heißt das etwa, du kannst wirklich kochen?"

„Naja ... zufällig ist Kochen ein Hobby von mir."

Ich röste die Zwiebeln in Butter mit etwas Rosmarin, Pfeffer und Salz an, dann hacke ich einige Salbeiblätter fein und füge sie hinzu. Catherine sieht mir zu, wie ich das Gemüse andünste. Sie scheint fasziniert zu sein.

„Ich bin sonst gar nicht so ungeschickt, aber wenn es ans Kochen geht, habe ich zwei linke Hände. Keine Ahnung, wieso."

„Ach, man kann ja nicht alles können."

Ich schaue in den Kühlschrank und finde ein Stück Parmesan. Ich hobele Späne davon in die Gemüsepfanne und rühre um. Dann gebe ich Catherine einen Löffel.

„Probier mal."

Catherine probiert und ihr Blick bekommt einen schwärmerischen Ausdruck.

„Wow. Das ist ja ... großartig! Woher kannst du das?"

„Gestatten, du stehst vor dem Koch des Jahres."

Verdammt! Ich beiße mir auf die Zunge.

„Das heißt, meine Freunde nennen mich so. Ein Spitzname."

Catherine nickt.

„Zu Recht. Du hast mich gerettet. Bleibst du zum Essen?"

„Na klar, gerne."

„Ich wollte dich sowieso fragen, ob du mit uns essen willst. Peter, Eoin und Padraig essen auch mittags hier."

"Das mache ich gerne. Ich decke schon mal den Tisch."

Während ich Teller und Besteck verteile, kommen Eoin, Padraig, Peter und Gary in die Küche uns setzen sich an den Küchentisch. Catherine steht am Herd und rührt in der Pfanne, dann stellt sie den Herd aus. Sie dreht sich zu uns um.

„Da seid ihr ja. Ich habe Tom zum Essen eingeladen."

„Prima."

„Okay."

„Aha."

Sie klingen nicht sonderlich begeistert, aber ich habe nicht den Eindruck, dass das meiner Anwesenheit gilt.

Gary sieht mich an.

„Tom, setz dich. Schön, dass du uns Gesellschaft leisten willst."

Eoin atmet tief ein.

„Ich teile gerne meine Portion mit Tom."

Catherine grinst.

„Es ist genug für alle da. Aber ihr habt ja sowieso nie viel Hunger. Eigentlich verwunderlich, bei all der schweren Arbeit."

Sie kommt mit der Pfanne zum Tisch und füllt auf.

„Heute gibt's Ratatouille!"

„Danke, reicht schon."

„Hab gar nicht so'n Hunger heute."

„Für mich nur eine kleine Portion."

„Nicht so viel, ich hab heute gut gefrühstückt."

Catherine füllt den Männern eine kleine, uns beiden aber eine größere Portion auf. Dann stellt sie die Pfanne wieder auf den Herd und setzt sich.

„So, dann lasst es euch schmecken. Es ist noch Nachschub da.“

Alle murmeln „Guten Appetit“ und fangen zögernd an zu essen.

Ich probiere. Die Ratatouille ist äußerst aromatisch und auf den Punkt gegart. Und auch wenn der italienische Käse in einem französischen Gericht eigentlich nichts zu suchen hat, bilden die Kräuter doch eine perfekte Liaison mit dem Parmesan.

Ich beobachte die Gesichter der Männer und freue mich auf die Reaktion. Einer nach dem anderen realisiert den Geschmack. Sie halten inne und sehen sich gegenseitig an. Dann schauen alle zu Catherine, doch die isst ungerührt weiter.

„Was ist denn? Schmeckts euch nicht?“

Gary fängt sich als Erster wieder.

„Das ist ja ... lecker!“

Catherine lächelt und sieht mich an. Ich lächele zurück und nicke.

„Finde ich auch. Sehr gut gewürzt.“

Ich genieße unser kleines Geheimnis.

Catherines Blick bleibt noch einen Moment bei mir, und mir wird schon wieder ganz warm, aber ich lasse mir nichts anmerken und wende mich wieder meinem Teller zu. Aber mir entgeht Peters skeptischer Blick nicht. Offensichtlich versucht er herauszufinden, was hier los ist.

Nach dem Essen nutze ich die Gelegenheit, Catherine noch beim Abräumen und beim Spülen zu helfen. Sie nimmt ein Geschirrtuch und trocknet ab.

„Vielen Dank, dass du nichts gesagt hast."

„Das hat Spaß gemacht. Herrlich, wie verblüfft sie waren."

Catherine grinst.

„Ja, das war toll. Aber ich habe ein Problem. Was koche ich morgen?"

„Ich kann ja in der Pause vorbeikommen und dir assistieren. Wenn du magst."

Als Antwort drückt Catherine meinen Arm und sieht mir tief in die Augen. Zwar nur eine oder zwei Sekunden, aber mich haut das völlig aus den Socken.

Am Abend steht die Sonne tief über den Wiesen und die Feuchtigkeit hat vereinzelte Nebelschwaden gebildet. Während ich zurück zu Bettis Cottage radele, atme ich die frische Abendluft und bin so glücklich wie noch nie in meinem Leben.

CATHERINE

Ich fasse es nicht: ein Mann, der kochen kann? Zu schön, um wahr zu sein.

Und er hat so wunderschöne Augen. Es hat in meinem Bauch gekribbelt, so intensiv haben wir uns angesehen. Und er riecht extrem gut. Das ist mir neulich schon aufgefallen, als wir den Kälbchen die Wurmkuren gegeben haben. Hach, das ist schon ein attraktiver Mann, da kann man schon mal ins Schwärmen geraten.

· · ·

Übrigens habe ich heute in der Stadt Mary getroffen, meine alte Freundin aus der Schule. Ich hab sie erst gar nicht erkannt, sie hat ganz schön zugelegt und war offenbar ziemlich lange nicht beim Friseur. Dabei war sie es, die immer total adrett ausgesehen hat.

Wir waren einen Kaffee trinken, und sie hat sich gleich einen doppelten Likör dazu bestellt. Gleich nach der Schule hat sie ihren Jugendfreund geheiratet, und ich hab sie immer ein bisschen beneidet. Als sie danach in der Versenkung verschwunden ist, habe ich gedacht, dass sie total in ihrer jungen Familie aufgeht.

Aber jetzt hat sie drei Kinder und ist völlig erschöpft. Und als ich nach ihrem Mann gefragt habe, hat sie gleich die Augen verdreht. Aber sie kann nicht weg, wegen der Kinder, und sie hat ja auch einen Hof zu versorgen. Der ist zwar nicht so groß wie unserer, aber deutlich zu groß, wenn der Mann die meiste Zeit im Pub sitzt.

Das tat mir so leid. Ich hab sie in den Arm genommen, und ich hatte das Gefühl, es tut ihr richtig gut.

CATHERINE

12. Mai

Jetzt wird's langsam aufregend ... In zwei Wochen beginnt die Showsaison. Ob wir fit sind für Enniskillen? Ich hoffe es! Ich setze wirklich große Hoffnungen in Tom. Wenn er Fionnah frisiert und in die Arena führt, hat sie gute Chancen.

Ich spüre das ...

TOM

Jetzt bin ich seit zwei Wochen in Irland, und mein Leben ist völlig auf den Kopf gestellt. Ich fahre mit einem Fahrrad durch die Gegend, mit einem Gepäckträger voller Kräutertöpfe, büffele Kuhnamen, lerne die Vor- und Nachteile von Heu- und Grünsilagefütterung und die Symptome der gängigen Kuhkrankheiten. Und immer, wenn ich drauf und dran bin, Catherine die Wahrheit zu sagen, passiert irgendwas Unvorhergesehenes, und es wird wieder nichts.

Aber heute werde ich es tun. Die Stunde der Wahrheit ist gekommen. Also trete ich in die Pedale, zu allem entschlossen.

Als ich den Hof erreiche, stehen Catherine, Padraig und Eoin mitten auf dem Hof, zwischen ihnen Fionnah. Sie schauen sie an und machen nachdenkliche Gesichter.

Eoin hält Fionnahs Führstrick. Er tritt einen Schritt zurück und kneift die Augen zu, um sie von allen Seiten zu begutachten.

Ich steige vom Fahrrad.

„Guten Morgen. Ist etwas nicht in Ordnung?"

Catherine sieht mich an.

„Sie ist zu dick. Findest du nicht auch?"

Fionnah kommt einen Schritt auf mich zu und schnuppert an meiner Hand. Ich freue mich und kraule ihr die Stirn. Dann trete ich einen Schritt zurück, um sie anzusehen.

„Na ja, vielleicht ein bisschen."

Eoin mischt sich ein.

„Vor allem um die Hüften. Da!"

Er zeigt auf Fionnahs Hinterteil.

Schon skurril, dass wir uns ernsthaft über die Körperfülle einer Kuh Gedanken machen. Aber vermutlich ist das unter Kuh-Leuten etwas völlig

Normales. Oder könnte das ein Test sein? Oh Mann, dieses Doppelleben macht mich noch paranoid.

Ich gehe einmal um Fionnah herum und setze einen fachmännischen Blick auf.

„Hmmm. Vielleicht würde ihr ein bisschen Bewegung guttun."

Die drei sehen mich an.

Ich gucke zurück. Dann grinse ich.

„Ich habe da eine Idee."

Ich hole mein Fahrrad, steige auf und nehme Eoin den Halfterstrick aus der Hand. Wie ich es erwartet habe, rupft Fionnah sofort ein Büschel vom Rosmarin auf dem Gepäckträger ab und kaut zufrieden.

Als ich das Fahrrad losrollen lasse, geht sie dem Rosmarin hinterher, genau wie sie mir neulich in den Stall gefolgt ist. Als ich schneller fahre, trabt sie hinter dem Fahrrad her.

Ich sehe mich um und freue mich, dass mir Catherine, Eoin und Padraig sprachlos nachsehen. Aber nicht wie im Friseursalon mit so einem „Was-für-ein-merkwürdiger-Vogel"-Blick. Es ist eher ein „Donnerwetter-dass-der-da-drauf-gekommen-ist"-Blick. Nicht schlecht für den Anfang.

Als ich mit Fionnah durch das Dorf trabe, erregen wir einiges Aufsehen. Die Leute bleiben stehen und starren. Die meisten schütteln die Köpfe, nur ein alter Mann ruft mir nach:

„Mensch, das ist ja wie früher. Da haben wir die Kühe immer mitten durchs Dorf getrieben.“

Nach etwa zehn Minuten Traben erreichen Fionnah und ich den Hof wieder. Catherine ist nicht mehr da, aber Eoin und Padraig erwarten uns. Padraig nimmt mir den Halfterstrick ab, während ich das Fahrrad abstelle.

Eoin klopft mir auf die Schulter.

„An dir ist’n echter Ire verloren gegangen.“

Ich freue mich über die Anerkennung.

„Das machen wir jetzt jeden Tag, dann wird sie für die Show fit sein.“

Ich gebe Fionnah das letzte Büschel Rosmarin, und sie leckt mir zum Dank die Hand.

Es ist schon eigenartig. Bisher hat sich meine Arbeit immer mühsam angefühlt. Natürlich gab es auch bessere Phasen, aber Arbeiten war meistens nervig. Hier ist vieles körperlich anstrengend, aber obwohl ich mich nicht auskenne, macht es mir Spaß. Und das meiste gelingt mir auf Anhieb.

Merkwürdigerweise ist auch Trolli ungewöhnlich schweigsam. Während er mir sonst sehr gerne reingeredet hat, beschränkt er sich jetzt auf gelegentliches Gähnen oder Augenverdrehen.

Aber Catherine habe ich auch heute wieder nicht die Wahrheit sagen können. Irgendetwas kommt einfach immer dazwischen.

· · ·

Tom ist echt klasse. Auf die Idee, Fionnah mit dem Fahrrad zu trainieren, muss man erstmal kommen. Sehr kreativ. Er schafft es immer wieder, mich zu beeindrucken.

Peter scheint ihn ja nicht so zu mögen, dauernd hat er etwas an ihm auszusetzen. Naja, vielleicht ist Peter eifersüchtig. Es wäre ja nicht das erste Mal, dass er Männer nicht mag, die was auf dem Kasten haben (und sich für mich interessieren).

Aber Moment mal, tut Tom das überhaupt? Vielleicht will er einfach nur nett sein, schließlich bin ich ja auch seine Chefin.

Andererseits, wieso sollte mich das überhaupt interessieren? Ich werde ja Peter heiraten. Irgendwann ... Bei ihm weiß ich, was ich kriege und wie mein Leben mit ihm aussehen wird.

Tom ist halt neu in meinem Leben, da kribbelt es einfach, weil ich ihn noch nicht so gut kenne.

KAPITEL 12

CATHERINE

24. Mai

Endlich geht es los ... Heute wird sich zeigen, wie wir in den vergangenen Jahren gearbeitet haben. Ob unsere Zuchtlinien mit den anderen mithalten können, und ob wir die Kühe gut vorbereitet haben.

Vor allem in Fionnah setze ich große Hoffnungen. Schließlich war es meine Idee, ihre Mutter mit einem noch unbekannten Stier zu paaren. Ein ziemliches Risiko ...

Als Kalb hat sie auf den Shows immer gebockt und sich danebenbenommen. Hoffentlich geht es dieses Mal gut, damit sie endlich mal eine Chance hat. Ich finde ja, sie ist gut geraten. Aber das müssen die Zuchtrichter entscheiden.

Insgesamt läuft es hier auf dem Hof ja sehr gut in letzter

TOM

Heute fahren wir zu der Auftakt-Show des Jahres. Und gleichzeitig zur ersten Kuhschau meines Lebens.

Auf dem Hof herrscht hektische Betriebsamkeit. Catherine koordiniert das Packen aller Utensilien für die Show, Eoin und Padraig wuseln um sie herum. Sie ist in ihrem Element, sie beherrscht das Chaos, und es scheint ihr Spaß zu machen.

Ich hole Fionnah von der Wiese. Inzwischen erkenne ich sie, ganz ohne auf ihre Nummer in der Ohrmarke achten zu müssen. Ich habe immer ein paar Kräuter dabei, und inzwischen kommt sie auch freiwillig auf mich zu, sobald sie mich sieht.

Wir erreichen den Hof und machen vor dem Transporter halt. Eoin betrachtet sie mit fachmännischem Blick.

„So gut hat sie noch nie ausgesehen."

Catherine nickt.

„Genau richtig zur Show. Ich denke, sie hat gute Chancen, ganz nach vorne zu kommen."

Ich freue mich über die Anerkennung. Dazu hat

sicherlich das Lauftraining beigetragen, das wir jeden Tag absolviert haben.

Catherine hält den Daumen hoch.

„Warte mal."

Sie geht zu ihrem Auto und holt eine schwarze Hose und ein weißes Hemd heraus.

„Dein Showoutfit, kommt gerade vom Schneider. Ich hoffe es passt."

Sie sieht an mir herunter, als wolle sie meine Größe im Nachhinein schätzen. Sie grinst.

„Meistens habe ich ein gutes Auge."

Bei ihrem Blick auf meinen Körper läuft mir ein Kribbeln den Rücken hinunter, aber ich habe keine Zeit, das Gefühl zu genießen. Ich nehme die Sachen und begutachte sie. Auf die hintere rechte Hosentasche, und die linke Hemdtasche ist das Logo der Coyle Farm eingestickt: ein grünes Kleeblatt mit den Buchstaben GCC, sowie die Silhouette einer Kuh.

„Sehr schick. Vielen Dank."

Ich halte die Hose vor mich und sehe daran hinunter.

„Ich denke, das wird passen."

Catherine lächelt.

„Okay, dann kann's ja losgehen!"

Eoin und Padraig führen die Kühe heran, und Catherine dirigiert sie auf den Transporter. Fionnah und Melrose steigen bereitwillig ein, nur Kandy läuft ein paar Mal an der Rampe vorbei, muht und macht ein paar Bocksprünge.

Aber Eoin und Padraig behalten die Ruhe und können sie mit einer Schüssel Kraftfutter überzeugen, in den LKW zu klettern. Schnell schließen sie die Stange, die die Kühe am Herauslaufen hindert, und dann die Klappe des Transporters.

Eoin prüft noch mal, ob alles eingepackt ist, und macht das „Daumen hoch"-Zeichen. Dann klettern wir ins Führerhaus. Ich bin froh zu sehen, dass nicht Eoin mit seinem Gipsarm am Steuer sitzt, sondern Padraig.

Ich hatte mich schon darauf gefreut, auf der Fahrt vielleicht neben Catherine zu sitzen, aber sie fährt nicht mit. Als Padraig den Transporter vom Hof rollen lässt, winkt sie uns nach. Ich drehe mich zu Eoin.

„Kommt Catherine denn nicht mit?"

Eoin schüttelt den Kopf.

„Sie kommt nach. Hat noch zu tun."

Im Rückspiegel sehe ich, dass Peter neben Catherine steht und gestikuliert. Verdammt.

Wir rollen eine Weile über idyllische Landstraßen. In diesem Teil Donegals wechseln sich grüne Hügel und Täler mit Bergen ab, aus denen schroffe felsige Spitzen herausragen. Zahlreiche Seen erstrecken sich in den Tälern in allen Farbschattierungen, von Hellgrün bis Tiefblau. Hin und wieder gibt es ein paar Dörfer, aber der Nordwesten Irlands ist nicht sehr dicht besiedelt.

Endlich kommen wir auf dem Showgelände an. Nachdem wir ausgestiegen sind, und die Klappe des Transporters geöffnet haben, kommen auch die Kühe heraus. Hier in der neuen Umgebung tragen sie die Köpfe ein wenig höher als sonst. Sind sie nur aufgeregt, oder haben sie sogar einen Sinn dafür, dass es hier um etwas geht?

Ich nehme Fionnah an den Strick und folge Eoin, der mit Melrose vorausgeht. Auf dem Weg in das Gebäude tänzelt Fionnah neben mir her, aber sie reißt sich nicht los.

Im Inneren der Halle herrscht betriebsames Gewusel. Überall muhen Kühe, es werden Kisten hineingetragen, Campingstühle aufgestellt und Picknickkörbe ausgepackt. Die Halle ist in Abteilungen aufgeteilt, jede Farm hat einen eigenen Bereich, über dem ein Banner mit Namen und Logo der jeweiligen Farm aufgehängt ist.

Der Boden ist mit Stroh für die Kühe ausgelegt. Die meisten Kühe stehen angebunden auf ihrem Strohlager, einige können sich in Gattern aus Metallgittern frei bewegen.

Während ich mich so umsehe, pralle ich gegen etwas, es ist Melroses Hinterteil. Eoin ist stehen geblieben, zieht einen Lageplan aus seiner Hosentasche und versucht, ihn zu entziffern.

„Keine Ahnung, wo wir hinmüssen.“

Er dreht den Plan hin und her und versucht, dabei Melroses Halfterstrick nicht loszulassen. Gar nicht so einfach mit einer Hand. Ich gehe zu ihm und halte den Plan.

Eoin nickt.

„Ach so. Hier links entlang, und dann bis ans Ende. Da müsste es sein.“

Eoin stapft wieder los, ungewöhnlich schnell für seine

Verhältnisse. Sollte er etwa aufgeregt sein? Melrose macht einen Bocksprung und schüttelt den Kopf, so dass sie Eoin am anderen Ende des Stricks aus dem Gleichgewicht bringt.

„Schluss jetzt damit, sei artig!", schimpft Eoin.

Melrose bockt noch einmal, aber dann geht sie wieder neben Eoin her, als sei nichts gewesen. Fionnah und ich folgen den beiden, hinter uns läuft Padraig mit Kandy.

Während wir durch die Reihen gehen, sehe ich, dass die Züchter Feldbetten neben den Strohlagern ihrer Kühe aufstellen – offensichtlich schlafen sie sogar zwischen ihren Kühen.

Endlich haben wir unseren Bereich gefunden und führen die Kühe in ihr Gatter. Hier am Ende der Halle ist deutlich weniger Betrieb, und die Geräusche klingen gedämpft. Ich bin froh, die Kühe nicht inmitten des größten Trubels frisieren zu müssen.

Das Gatter für unsere Kühe ist vergleichsweise groß, nur gegenüber auf der anderen Seite des Gangs ist ein noch größerer Bereich. Aber der ist leer und hat auch kein Banner, also vielleicht eine Reserve für Nachzügler.

Wir führen die Kühe in unser Gatter, wo schon Heu bereitliegt. Ich sehe mich um.

„Sehr geräumig."

Eoin nickt. „Das Premium-Paket. Kostet ein Vermögen, aber

Catherine besteht darauf."

„Ah. Na klar. Für die Kühe ist nichts gut genug."

„Ich schwöre dir, für ihre Kühe würden die Coyles

alles tun. So waren schon Catherines Großeltern." Eoin lacht. „Das ist bestimmt was Genetisches."

Wir nehmen den Kühen ihre Halfter ab. Sie wandern ein wenig in ihrem neuen Domizil herum und schnuppern hier und da, bevor sie sich daranmachen, das Heu zu verspeisen.

Padraig wendet sich zum Gehen.

„Ich hol mal die Sachen aus dem Transporter."

Einige Minuten später kommt Padraig mit einer faltbaren Schubkarre wieder, die bis oben hin vollgestapelt ist. Campingstühle, ein Klapptisch, eine Kaffeemaschine, eine Kabeltrommel, Eimer, Ersatzhalfter und -stricke. Der größte Gegenstand ist eine große hölzerne Kiste, deren Deckel kunstvoll bemalt ist: Eingerahmt von einigen Grashalmen steht eine schwarz-weiße Kuh, über ihr der verschnörkelte Schriftzug „GCC Coyle Farm".

Ich rätsele. Gary und Catherine Coyle? Aber die Kiste sieht sehr alt aus, vermutlich ist sie lange vor Catherines Geburt bemalt worden und die Initialen bedeuten etwas anderes.

Eoin hat mein Stirnrunzeln gesehen und deutet auf die Kiste.

„Das G und das C stehen für Glyn Coyle, Catherines Urgroßvater. Und das zweite C für Carina."

„Seine Frau?"

Eoin lacht.

„Nein, das war sie."

Er deutet auf die Kuh auf dem Deckel. „Die erste Kuh der Coyles. Sie ist Fionnahs Ur-Ur-Ur-Urgroßmutter."

Ich schaue auf die Kuh auf dem Deckel und kriege

Panik. Ich muss verrückt sein, mich als völliges Greenhorn in eine Sache zu schmeißen, von der ich keine Ahnung habe, und die für Generationen der Coyle Familie eine so große Bedeutung hatte. Aber dann atme ich tief durch und beruhige mich. Denn jetzt ist es ohnehin zu spät, um auszusteigen.

Eoin stellt seine Heugabel beiseite und betrachtet die drei Kühe von allen Seiten.

„Sie sehen ziemlich gut aus. Jetzt noch ein paar Stunden gezielt füttern, dann sind wir ganz weit vorne."

Er sieht mich von der Seite an. „Mit den perfekten Frisuren, natürlich."

Ich habe einen Kloß im Hals angesichts der Verantwortung, die auf mir lastet. Hoffentlich geht das nicht schief. Aber immerhin habe ich mir für diesen Anlass ganz besondere Frisuren ausgedacht.

Eoin hält mir Fionnahs Halfter hin.

„So, dann gehen wir mal Waschen."

Ich nicke mechanisch, wie immer, wenn ich nicht weiß, was ich tun muss.

Padraig gibt uns beiden je einen Eimer mit einer Shampooflasche, einem Schwamm und einer Bürste. Dann nimmt er Kandy an den Strick, Eoin Melrose und ich Fionnah.

Eoin zieht die Augenbrauen hoch.

„Pass aber auf mit Fionnah. Auf der Show ist sie nicht so entspannt wie zu Hause."

Ich habe keine Ahnung, was das bedeutet, aber ich setze einen selbstbewussten Gesichtsausdruck auf.

„Ach, es wird schon gehen."

Ich sehe Fionnah an und kraule ihr die Stirn. Aber Eoins Worte beunruhigen mich doch. Vielleicht frage ich vorsichtshalber nach.

„Was hat sie denn sonst so gemacht?“

„Sie hat sich losgerissen, überall rumgebockt und dabei den halben Stall verwüstet.“

„Na super.“

Eoin grinst. „Du machst das schon.“

Hoffentlich hat er recht. Eoin und Padraig führen

die Kühe durch die Halle, immer den Schildern mit der Aufschrift „Waschhalle“ nach. Fionnah geht ganz brav neben mir her, und ich hoffe inständig, dass es so bleibt.

Wir betreten eine andere, kleinere Halle, und ich staune nicht schlecht, denn es sieht aus wie in einer Autowaschhalle: überall Wasserschläuche, Bürsten, Schwämme und Eimer. Und es herrscht großer Andrang, so dass die Züchter mit ihren Kühen Schlange stehen.

Fionnah läuft die ganze Zeit friedlich neben mir her, was Eoin zu einem Stirnrunzeln veranlasst.

„Es ist wirklich erstaunlich. Sonst ist Fionnah auf der Show total aufgedreht, aber hinter dir trottet sie her wie ein Lamm.“

„Das muss mein umwerfender Charme sein.“

Fionnah wendet mir den Kopf zu, als würde sie mir zustimmen.

Eoin schüttelt den Kopf.

„Wenn Catherine das sieht ...“

„Was dann?“

„Sie wird begeistert sein. Und dich fragen, wie du das machst.“

Darauf habe ich keine Antwort, aber Eoin hat sich sowieso schon wieder umgedreht.

„Da wird einer frei."

Eoin deutet auf einen jungen Mann, der mit seiner Kuh einen Waschplatz verlässt. „Willst du zuerst?"

„Nein, nein, geh du ruhig vor. Fionnah ist ja geduldig."

Auf diese Weise kann ich Eoin beobachten und herausfinden, was ich zu tun habe.

Eoin bindet Melrose am Waschplatz an, dreht das Wasser auf, prüft die Wassertemperatur mit der Hand und beginnt dann, sie mit dem Wasserschlauch von Kopf bis Fuß abzuduschen. Anschließend shampooniert er sie ein.

Auf dem Etikett der Shampooflasche in meinem Eimer lese ich, dass es offenbar extra für Kühe entwickelt wurde. „Es pflegt auf natürliche Weise," heißt es da, und es „entfaltet seine spezielle Glanzwirkung für die schwarzen Stellen und wirkt aufhellend für das weiße Fell."

Ein Shampoo für internationale Topmodels könnte nicht besser beworben werden.

Inzwischen wäscht Eoin das Shampoo wieder aus, und tatsächlich: Die weißen Stellen in ihrem Fell sind jetzt sauber und strahlen sogar ein bisschen im Licht der Deckenstrahler, die schwarzen Stellen Fell glänzen und haben einen tiefblauen Schimmer.

Als Eoin mit Melrose fertig ist, lasse ich auch Padraig mit Kandy den Vortritt. Sie scheint Wasser nicht zu mögen, denn sie trampelt umher und stößt den Wassereimer um. Ich mache mir Sorgen, was ich tun soll, wenn Fionnah auch so randaliert.

Dann bin ich mit Fionnah dran, und glücklicherweise folgt sie mir bereitwillig zu dem Waschplatz. Ich drehe den Wasserhahn auf und regele die Temperatur, bis sie angenehm warm ist.

Den Wasserschlauch richte ich nicht frontal auf Fionnahs Körper, sondern fange erst mal bei den Füßen an, um sie nicht gleich zu überfallen. Dann arbeite ich mich an den Beinen langsam nach oben vor. Mit der freien Hand kraule ich ihr die Stirn.

Das scheint Fionnah zu gefallen, denn sie sieht mich an, senkt den Kopf und steht so entspannt in dem ganzen Trubel, als wäre es das Normalste der Welt für eine Kuh, von Kopf bis Fuß gewaschen zu werden. Sie bewegt sich auch nicht, während ich sie einshampooniere, und auch nicht, als ich das Shampoo wieder ausspüle.

Vielleicht merkt sie, dass ich innerlich tausend Tode sterbe, und hat Mitleid mit mir? Oder es sind die Kräuter, die sie besänftigen. Denn wenn Eoin nicht hinsieht, stecke ich Fionnah von Zeit zu Zeit ein Büschel von den Kräutern zu, die ich in meiner Tasche habe.

Nach dem Waschen führen wir die Kühe zurück zu unserem Stallbereich. Soweit ist ja schon mal alles gut gegangen, aber ich habe noch ein Problem – und das heißt Tobias Meier. Der Cowfitter, dessen Job ich eingenommen habe. Er wurde ja zu dieser Show erwartet, also wird er irgendwann hier auftauchen und meine Tarnung gefährden. Aber ich habe einen Plan entwickelt, um ihn loszuwerden. Und den gilt es jetzt umzusetzen.

Ich wende mich an Eoin und Padraig.

„Sagt mal, habt ihr eigentlich gar keinen Hunger?“

Eoin und Padraig sehen mich an, als hätte ich ihnen einen unsittlichen Antrag gemacht, offenbar sind sie solcherlei Rücksichtnahme nicht gewohnt.

„Schon, aber ... Geh du doch erstmal was essen. Wir passen solange auf. Peter macht das auch immer so.“

„Ach was, ihr habt hart gearbeitet. Ich bleibe hier, geht ihr zuerst.“

Sie schauen eine Sekunde verblüfft, aber dann ergreifen sie die Chance und machen, dass sie wegkommen. Ich rufe ihnen nach.

„Lasst euch ruhig Zeit.“

Sobald sie außer Sichtweite sind, beeile ich mich, die drei Kühe in das große leere Gatter gegenüber zu führen.

Anschließend gehe ich zur Meldestelle und bitte die Sprecherin, Tobias Meier auszurufen. Und bete, dass er in unserem Stallbereich eintrifft, bevor Eoin und Padraig vom Essen zurück sind.

Und tatsächlich, wenig später läuft ein Mann den Gang entlang in meine Richtung, der die Banner mit dem Namen der Farmen absucht. Er trägt ein stylisches Jackett und nagelneue Sneakers, wie man sie eher in einem Szeneclub in Friedrichshain vermuten würde als auf einer Kuhschau. Er wirkt genervt und ist mir sofort unsympathisch.

In diesem Moment sieht er das Plakat der Coyle Farm und kommt auf mich zu. Ich habe mich demonstrativ vor dem leeren Gatter postiert und warte.

Er bleibt vor mir stehen.

„Sind Sie von der Coyle Farm?“

Ich nicke. „Hallo.“

Er streckt mir die Hand hin.

„Tobias Meier aus Deutschland.“

Wir geben uns die Hand.

Er deutet auf das jetzt leere Strohlager.

„Wo sind denn Ihre Kühe? Ich soll sie doch frisieren.“

Ich mache ein ernstes Gesicht.

„Ähm. Hat Sie unser Farm Manager denn nicht informiert?“

„Nein. Worüber denn?“

„Ach, das tut mir leid ... wir haben schon versucht, Sie zu erreichen.“

Ich zucke die Schultern.

„Was das Frisieren angeht, müssen wir Ihnen leider absagen.“

„Absagen?“

„Die Kühe mussten zum Tierarzt.“

„Oh. Was Ernstes?“

„Naja, wie man's nimmt. Sie haben so einen Ausschlag ... Der juckt und nässt.“

Thomas Meier runzelt die Stirn.

„Und was ist es?“

„Keine Ahnung. Aber wenn sie wieder fit sind, rufen wir Sie an, okay?“

„Aber ich bin ja extra aus Deutschland hergeflogen.“

Er sieht sich um.

„Wissen Sie was, ich bleibe einfach solange hier, bis sich das geklärt hat. Vielleicht können wir die Kühe trotzdem vorstellen.“

Ich halte die Luft an. Im Hintergrund sehe ich Eoin und Padraig vom Essen wiederkommen.

Ich kratze mich hektisch am Arm, dann an meinem

Hals. Und stöhne dabei, gerade so leise, als wolle ich nicht, dass Tobias Meier etwas merkt.

Er zieht die Stirn in Falten.

„Was ist denn mit Ihnen?“

Ich kratze mich am Kopf. „Komisch, der Tierarzt hat gesagt, der Ausschlag geht nicht auf Menschen.“

Tobias Meier tritt einen Schritt zurück.

Ich kratze mich ausgiebig am Hintern. Währenddessen beuge ich mich zu Thomas Meier und flüstere.

„Wissen Sie, das Schlimmste ist dieser Juckreiz am Arsch. Die reinste Hölle!“

Tobias Meier weicht noch weiter zurück.

Und ich lege vorsichtshalber nach.

„Und der geht auch ... Sie wissen schon, nach vorne.“

Jetzt reißt er die Augen auf und starrt in die Gegend zwischen meinen Beinen. Er schnappt nach Luft.

„Okay, wissen Sie was, am besten, Sie rufen mich einfach an, wenn das vorbei ist. Ich meine, wirklich vorbei!“

Er dreht sich um und will gehen, aber ich möchte sichergehen, dass er nicht im Nachhinein auf der Farm anruft. Ich halte ihn am Ärmel fest.

„Und noch etwas.“

Er starrt mich an, macht ein angewidertes Gesicht und zieht seinen Arm weg.

Ich flüstere. „Seien Sie froh. Zahlen tun die nämlich auch nicht zuverlässig.“

Jetzt dreht er sich auf dem Absatz um und eilt davon, gerade noch rechtzeitig, bevor Eoin und Padraig mich erreichen.

. . .

Ich hole einmal tief Luft und setze ein unschuldiges Gesicht auf, dann stehen sie auch schon vor mir. Eoin sieht Tobias Meier nach.

„Ein Kollege?"

„Keine Ahnung. Er hat sich wohl verlaufen."

Ich zucke die Schultern und Eoin wendet sich ab. Doch dann sieht er das leere Strohlager und erschrickt.

„Wo zur Hölle sind die Kühe?"

Verdammt.

„Ähm. Da drüben."

Ich deute auf die Melrose, Kandy und Fionnah im Gatter gegenüber.

„Und warum sind sie da?"

„Ja ... Ich dachte, wenn da keiner mehr kommt, ziehen wir mit den Kühen rüber."

„Aber wozu, um Himmels willen?"

Die beiden sehen mich an, als wäre ich nicht ganz dicht. Mir wird abwechselnd heiß und kalt.

„Naja. Da haben sie mehr Platz."

Tatsächlich ist dieses Gatter ja größer als auf unserer Seite. Padraig sieht mich an, als sei mir endgültig nicht mehr zu helfen. Aber dann grinst Eoin.

„Verstehe. Na ja, Catherine würde das auch so machen."

Er wendet sich an Padraig.

„Dann hilf Tom doch mal, das Banner umzuhängen."

Er hebt seinen Gipsarm ein wenig an. „Ich kann ja nicht auf die Leiter."

Padraig murrt und schüttelt den Kopf, aber dann geht er, um eine Leiter zu holen.

· · ·

Als wir das Banner umgehängt haben, bin ich erschöpft von der Aufregung.

„Ich würde dann etwas essen gehen. Wann sind wir denn dran?"

Eoin zückt den Zeitplan.

„Kandy ist die erste, sie startet um drei. Dann kommt Melrose um viertel nach, und Fionnah um halb vier."

Nach meiner Rechnung gibt mir das etwa eine Stunde Zeit, bis ich mit dem Frisieren anfangen muss. Also mache ich mich auf die Suche und erkunde das Messegelände.

Auf Messen ist die Auswahl an Gerichten ohnehin nicht so doll, aber als ich hier das zerkochte Essen in den Warmhaltegefäßen aus Edelstahl ansehe, vermisse ich die exquisiten Gerichte im Heubergers. Hier habe ich die Wahl zwischen Currywurst und Pommes, Fish and Chips oder Irish Stew. Ich entscheide mich für das Stew, aber es sieht aus, als hätte der Koch die Currywurst, die Pommes, die Chips und den Fisch einfach zu einem Eintopf zusammengerührt. Als ich probiere, schmeckt es dann auch ziemlich gewöhnungsbedürftig.

Das mit der irischen Küche ist ein Phänomen. Es ist wie das Wetter: Meistens sieht es schon nicht gut aus, und es kommt dann noch schlimmer. Ich vermute, dass es an der mangelnden Kochkunst der irischen Köche liegt, dass die Iren sich so viel Mühe bei der Entwicklung ihrer leckeren Biersorten gegeben haben: als Trost für die schrecklich schmeckenden Gerichte. Das würde auch erklären, warum die meisten Iren deutlich mehr trinken als essen.

. . .

Als ich zurückkomme, sind Eoin und Padraig dabei, das Fell der Kühe zu bürsten. Jetzt, wo es trocken ist, sieht es seidig und flauschig aus. Viel schöner als das zottelige Fell vor dem Waschen. Und durch das Shampoo duften die Kühe, als wohnten sie eigentlich in einer Parfümerie und wären nur versehentlich auf diesem schnöden Strohlager gelandet.

Eoin sieht mich und hält inne.

„Ah, da bist du ja. Wir haben sie schon mal gebürstet, du kannst also gleich loslegen.“

„Gut. Vielen Dank.“

„Sollen wir dir beim Frisieren helfen?“

„Keine Sorge, ich komm schon klar.“

Ich will sie mit meinen Frisuren überraschen, denn ich habe für die drei Kühe einen ganz besonderen Look entworfen.

Eoin nickt.

„Okay. Dann hole ich unsere Nummern und schaue mich ein wenig um. Padraig, gehst du wieder auf die Tribüne und schreibst die Ergebnisse für Catherine auf?“

Padraig nickt und macht sich eilig auf den Weg.

Als er weg ist, verdreht Eoin die Augen.

„Den sehen wir so schnell nicht wieder. Auf jeder Show trifft er irgendwelche Bekannte, dann schnattern die ewig, und er taucht erst nach Stunden wieder auf.“

„Das ist doch okay.“

„Findest du? Peter beschwert sich immer darüber.“

Ich zucke die Schultern.

„Mich stört das nicht.“

„Ah, na, wenn das so ist ... Ich geh' dann auch mal. Wenn du Hilfe brauchst, ruf mich auf dem Handy an."

„Okay. Ich komm schon klar."

Eoin verschwindet, und ich kann mich endlich auf die Arbeit konzentrieren. Ich schätze, dass ich für jede Kuh etwa eine halbe Stunde brauche. Genug Zeit, aber ich sollte loslegen. Denn im Gegensatz zu den Damen im Friseurstuhl halten die Kühe ja nicht immer still.

Zunächst binde ich zunächst Kandy an und bürste ihr Fell am Hals. Dann schneide ich mit der Effilierschere einen Zickzack-Look, wie ich ihn in der Zeitung gesehen habe. Kandy hat eher dicke Haare, die dadurch mehr Textur und Lebendigkeit bekommen.

Melrose hat vergleichsweise feines Haar, das verlangt nach stumpfer Schneidetechnik, um es voluminöser erscheinen zu lassen. Außerdem ist ihre Mähne fast vollständig schwarz, daher frische ich sie mit hellen Strähnchen auf und drehe noch einige Lockenwickler ein, das bringt Abwechselung und Fülle in die Frisur.

Zwischendurch wird Fionnah ungeduldig und beginnt, hin- und herzutrampeln. Ich unterbreche meine Arbeit und gebe ihr eine Kopfmassage. Glücklicherweise beruhigt sie sich schnell wieder. Gut, dass ich mir das bei den Damen im Salon abgeguckt habe.

Nachdem ich Kandys Frisur vollendet habe, wende ich mich Fionnah zu. Ihr Haarschnitt soll mein Meisterwerk werden.

Ich schneide Mähne und Stirnschopf kürzer, so dass sie aufrecht stehen. Dann setze ich künstliche silberne und pinke Strähnchen ein und schneide die Spitzen noch einmal sorgfältig nach.

Als ich fertig bin, trete ich zurück und betrachte mein Werk.

„Na, Mädels, wie findet ihr euch?"

Meine Kühe sehen aus wie Popstars: Kandy trägt jetzt diese modische Frisur mit Zick-Zack-Muster, Melrose hat lange Locken mit Strähnchen in ihrem Stirnschopf und der Schweifquaste.

Aber die aufwändigste Frisur ziert Fionnah: Wie bei einem Punk stehen die Haare aufrecht, ihre schwarzweiße Mähne ist mit pinkfarbenen und silbernen Glitzersträhnchen veredelt. Das sieht extrem cool aus.

Und das alles habe ich geschafft, ohne den Einsatz jeglichen Haarsprays!

Ich halte den Kühen Bettis Handspiegel vor, und sie schnuppern daran. Was sie von ihrem Spiegelbild denken, kann ich allerdings nicht sagen, denn ihre Miene bleibt unergründlich.

Fionnah stupst mit der Nase an meine Hosentasche, in der sich noch ein Büschel Rosmarin befindet. Ich gebe es ihr zur Belohnung, und sie kaut zufrieden.

Ich mache noch ein Foto von den Kühen, als Andenken und für Betti, dann packe ich die Friseurutensilien wieder in die Tasche und freue ich mich über meinen Erfolg. Was Eoin und Padraig wohl zu den Frisuren sagen werden? Und erst Catherine? Mein Herzschlag beschleunigt sich, als ich an sie denke.

Dann kommt auch schon Eoin um die Ecke. Beim Gehen schaut er auf sein Handy und liest etwas.

„Catherine hat gesimst, sie steht im Stau und schafft es gerade noch zu Fionnahs Auftritt ...“

Er guckt hoch, sieht die Kühe und bleibt wie angewurzelt stehen, den Mund offen. Dass meine Frisuren gut sind, habe ich mir schon gedacht, aber nicht, dass sie ihn so umhauen würden. Das Einzige, was mich ein wenig irritiert, sind zwei andere Männer, die gerade vorbeikommen. Sie bleiben stehen, deuten auf meine Kühe und lachen.

Jetzt findet Eoin seine Sprache wieder.

„Ach du heilige Scheiße!“

„Sind sie nicht schön?“

Eoin klappt seinen Mund auf und wieder zu.

„Oh mein Gott, wir sind erledigt.“

„Was?“

„Catherine bringt uns um, und Gary auch!“

In diesem Moment werden einige Kühe in der Nähe unseres Stallbereichs vorbeigeführt, und ich sehe, dass alle dieselbe total langweilige Kurzhaar-Frisur tragen. Offenbar scheint es einen Dresscode für Kühe zu geben, den ich nicht kannte.

Eoin schnauft.

„Bist du irre? Wir machen uns zum Gespött der ganzen Branche. Und verlieren unsere Jobs!“

Offenbar habe ich so richtig Mist gebaut. Innerlich verfluche ich meine Das-wird-schon-irgendwie-gutgehen-Haltung. Ich atme einmal tief durch.

„Eoin, das wollte ich nicht. Tut mir leid.“

„Okay, wir reden später. Jetzt müssen wir diese Haare loswerden."

Er kramt in der Showkiste und zerrt eine Schermaschine heraus.

„Melrose und Kandy schaffen wir nicht mehr bis zum Start, aber vielleicht Fionnah."

Er drückt mir einen Kamm und eine Haarsprayflasche in die Hand.

„Hier. Hochtoupieren und dann schneiden. Die Haare auf der Rückenlinie müssen alle genau die gleiche Länge haben. Wie mit einem Lineal gezogen. Das musst du machen, das kann ich nicht mit einer Hand."

Er selbst nimmt die Schermaschine in die Hand.

„Ich schere inzwischen diese verdammten Strähnen weg."

Er lässt die Schermaschine rattern, während ich tief in den Bauch atme, um meine Spraydosen-Panik in den Griff zu kriegen.

Büschel von pinkfarbenen Haaren mit Silbersträhnchen fallen ins Stroh. Bald ist der Boden um Fionnah mit den bunten Haaren übersät. Gelegentlich schiele ich auf die Haarspraydose, aber sie bleibt friedlich.

Es bereitet mir einige Mühe, die Haare der Rückenlinie in eine gerade Linie zu bringen und sie mit dem Spray zu fixieren. Gut, dass ich an Bettis Styroporköpfen so ausgiebig toupieren geübt habe, sonst hätte ich das hier niemals hingekriegt. Aber endlich habe ich es geschafft.

Eoin tritt einen Schritt zurück, um Fionnah

anzusehen, und nickt.

„Okay. Nicht perfekt, aber für den Moment muss es reichen.“

Ich atme auf.

Jetzt sieht Fionnahs Frisur so aus wie die der anderen Kühe, die in Richtung Showarena geführt werden. Eigentlich schade, denn neben den beiden Starfrisuren von Kandy und Melrose sieht Fionnah jetzt ganz unspektakulär aus.

Eoin holt eine weitere Sprayflasche aus der Showkiste. Noch eine von diesen Dingern! Warum zum Teufel wird die Hälfte aller Haarpflegeprodukte in Spraydosen vertrieben?

Eoin sprüht Fionnah ein und sieht meinen fragenden Blick.

„Glitzerspray. Das funkelt im Scheinwerferlicht. So, fertig. Und los!“

Ich habe keine Zeit, mich zu wundern, denn Eoin bindet Fionnah los und drückt mir den Führstrick in die Hand.

„Hier. Ach, und deine Nummer.“

Er drückt mir einen weißen Pappstreifen in die Hand, der zu einer Art Krone zusammengeklebt ist. Aufgedruckt ist die Nummer 188.

„Aufsetzen. Auf den Kopf.“

Ich starre ihn an. Dann hole ich Luft, um zu protestieren, aber Eoin kommt mir zuvor.

„Frag nicht, setz sie auf! Ich nehm den shit bucket. Los!“

Er nimmt einen Eimer in die Hand und scheucht uns mit einer Handbewegung in Richtung Arena.

Von überall kommen Leute mit Pappkronen auf den

Köpfen, die ihre Kühe zur Arena führen. Und hinter jeder Kuh wandert ein Helfer mit einem Eimer. Wenn eine Kuh stehen bleibt und ihren Schwanz hebt, weil sie sich erleichtern muss, hält der Helfer ihr den Eimer unter und fängt den Kuhfladen auf. Anschließend säubert er das Hinterteil mit Feuchttüchern sorgfältig und überdeckt zurückbleibende dunkle Flecken mit weißem Farbspray.

Als wir am Eingang zur Showarena ankommen, wird Fionnah nervös. Sie will nicht mehr stillstehen und macht sogar einige Bocksprünge. Aber wenigstens reißt sie sich nicht los.

Eoin zieht die Augenbrauen hoch.

„Heilige Mutter Maria, hoffentlich überleben wir das. Also hör zu. Du bist der dritte in der Reihe, vor dir ist die Nummer 160, du gehst einfach immer hinterher. Wenn es an die Aufstellung geht, hältst du Fionnahs Kopf ein wenig höher. So. Wie wir das neulich geübt haben."

Er zeigt mir noch mal, wie ich das Halfter anfassen muss, um Fionnahs Kopf etwas höher zu halten.

„Also los. Catherine ist schon auf der Tribüne. Und bitte, lass dir um Himmels willen nichts anmerken!"

Ich atme tief durch, sehe Fionnah an, und dann betreten wir die Arena. Das grelle Scheinwerferlicht blendet mich, und ich muss die Augen zusammenkneifen, aber Fionnah geht mit hoch erhobenem Kopf neben mir her. Die Arena ist fast so groß wie ein Fußballfeld, und die

Tribünen sind gut gefüllt. Eine beeindruckende Atmosphäre.

Eoin bleibt mit den anderen Assistenten am Eingang der Arena zurück.

Ich schwöre, weder beim Abitur noch bei meiner Führerscheinprüfung war ich so nervös wie jetzt. Und auch damals mit siebzehn, in der ersten Nacht mit meiner Freundin Miri hatte ich nicht halb so viel Nervenflattern. Meine Knie fühlen sich an wie Kaugummi nach zwei Stunden Darauf-Herumkauen, und ich glaube, meine Hände zittern, aber ich traue mich nicht hinzusehen. Mein Blick hängt starr an der Pappkrone Nummer 160 auf dem Kopf meines Vordermanns.

Der Stadionsprecher sagt die einzelnen Kühe an.

„Die Nummer 160 ist ‚Ridgefield Stardome Rose‘ von der Inch Island Farm.“

Das ist die Nummer, der ich folgen muss. Das Publikum applaudiert.

So eine Prozession habe ich noch nie zuvor gesehen, am ehesten erinnert mich das noch an Szenen von Heidi Klums Laufsteg, auf die ich mal gestoßen bin, weil ich mich aus Versehen auf meine Fernbedienung gesetzt habe.

In der Mitte der Arena stehen zwei streng dreinblickende Herren, das müssen die Richter sein. Sie beobachten die Kühe mit unbewegter Miene und tragen Zahlen auf Listen ein, die sie auf Klemmbrettern befestigt haben.

Die Cowfitter führen ihre Kühe eine nach der

anderen auf sie zu und beschreiben einen Halbkreis und eine Wendung, so dass die Richter sie von allen Seiten sehen.

„Die Nummer 188: ‚Fionnah Primrose Wanita‘ von der Coyle Farm ...“

Das sind wir. Fionnah bekommt einen Applaus. Sie hebt den Kopf noch etwas höher. Das Glitzerspray lässt ihr Fell im Scheinwerferlicht funkeln, sie sieht auch mit ihren kurzen Haaren aus wie ein echter Star. Diese Kühe sind Schönheiten, die wissen, dass sie schön sind. Dass sie in all dem Blitzlichtgewitter, dem Applaus und der Musik ruhig bleiben, wundert mich. Offenbar sind sie diesen Zirkus schon gewohnt.

Im Hintergrund sehe ich Eoin am Eingang der Arena. Er hat den „Shit Bucket“ umgedreht und sich draufgesetzt. Er sieht sehr erschöpft aus.

Dann sehe ich Catherine im Publikum. Sie sitzt in einer der vorderen Reihen und winkt mir jetzt zu. Ich hoffe, dass ich keine Panikattacke bekomme; aufgeregt genug wäre ich dafür. Ich richte meinen Blick fest auf die Pappkrone Nummer 160, gehe ihr hinterher und ahme nach, was die anderen machen. Nicht auszudenken, wenn Fionnah und ich die ersten in dieser Prozession sein müssten, dann wäre ich spätestens jetzt aufgeflogen.

Nach einigen Runden in der Arena stellen sich die Cowfitter mit ihren Kühen in einer Reihe auf. Die Richter schreiben etwas auf ihre Listen, vermutlich Wertnoten, und diskutieren. Dann gibt einer der Richter einen Zettel an den Stadionsprecher weiter, der an einem Tisch am Rande der Arena sitzt.

Der Stadionsprecher verkündet die Platzierung. Namen und Wertnoten rauschen an mir vorbei. Während die Richter den platzierten Kühen eine Schleife ans Halfter stecken und den Cowfittern die Hand schütteln, überlege ich die ganze Zeit, wie um alles in der Welt ich aus meiner Zwickmühle wieder rauskomme. Wenn Eoin mich an Catherine verrät, war's das. Ich stecke so tief im Schlamassel, dass ich keine Idee mehr habe, was ich tun soll, wenn ich aus der Arena komme.

Nach einer Weile fällt mir auf, dass wir noch gar nicht genannt wurden. Wahrscheinlich habe ich es ruiniert, wir haben den letzten Platz und bekommen gar keine Schleife. Der Stadionsprecher ist inzwischen beim dritten Platz angelangt. Der geht an eine Kuh mit dem exaltierten Namen „Madonna Margerina Tully". Wie kann man eine Kuh so nennen?

Dann wieder der Sprecher: „Der zweite Platz in dieser Klasse geht an die Nummer 188 ‚Fionnah Primrose Wanita' von der Coyle Farm."

Das sind wir. Wir haben den zweiten Platz! Ich habe keine Ahnung, was das bedeutet. Hätten wir gewinnen müssen? Habe ich den Sieg ruiniert, weil wir nicht mehr genug Zeit hatten, Fionnahs Rückenhaare ordentlich zu toupieren?

Doch dann sehe ich, dass Catherine auf der Tribüne applaudiert und das Daumen-hoch-Zeichen in meine Richtung macht, und ich atme auf.

„Und die Gewinnerin: Nummer 122. ‚Bluestone Louise' von der Lafferty Farm, Letterkenny."

Diese Kuh ist die strahlende Siegerin.

Es gibt einen Riesenapplaus, die Richter gehen zu der

Siegerkuh und legen ihr eine Schärpe um den Hals.

Ich übertreibe nicht, wenn ich sage, dass ich so fertig bin wie nach einer 18-Stunden-Schicht bei einer Großveranstaltung im Heubergers. Alles, was jetzt passiert, nehme ich nur noch wie durch einen Filter wahr. Eoin winkt mir und gibt Zeichen, die Arena zu verlassen. Als wir ihn erreichen, tritt er von einem Bein aufs andere.

„Los, lass uns schnell zur Fotowand. Sonst stehen wir ewig in der Schlange."

Er nimmt mir den Strick aus der Hand, aber Fionnah bleibt stehen und bewegt sich keinen Millimeter mehr. Eoin sieht erst sie an, dann mich. Dann gibt er mir den Strick zurück und zu meiner Überraschung geht Fionnah mit mir weiter. Eoin schüttelt den Kopf und stapft voraus. Hoffentlich hat sie ihn damit nicht allzu sehr beleidigt.

Vor einer Fotowand mit irischer Landschaft im Hintergrund ist schon der Kuhfotograf in Aktion. Eine siegreiche Kuh nach der anderen stellt sich mit ihren Cowfittern und Besitzern vor der Wand auf, dann wird ein Erinnerungsfoto geschossen.

Während wir warten, bis wir an der Reihe sind, kommt Catherine angelaufen. Sie umarmt erst Fionnah, dann Eoin – und dann mich. Ich hole einmal tief Luft, dann geht alles wie ferngesteuert. Ich lege meinen Arm um Catherine und drücke sie an mich. Ich atme ihren Duft ein, der mich ganz willenlos macht. Ich habe noch nie eine Frau getroffen, die so fantastisch duftet. Der Moment fühlt sich wie eine Ewigkeit an, und ich könnte hier einfach so mit ihr stehen bleiben.

Fionnahs Muhen holt mich in die Realität zurück. Was mache ich denn hier? Catherine macht Anstalten, sich zu bewegen, und ich schaffe es gerade noch rechtzeitig, sie loszulassen, bevor es peinlich wird. Hoffentlich ist sie nicht verärgert. Aber sie sieht mich an und lächelt. Täusche ich mich, oder ist sie sogar ein bisschen verlegen? Sie streichelt Fionnah über den Hals.

„Super. Wenn mein Vater das hört, flippt er aus." Catherine lacht.

„Eoin, wir sind zweite! Und das gleich auf der ersten Show im Jahr!"

„Ja. Ein Wunder."

Eoins Stimme klingt matt.

Wir stellen uns vor der Fotowand auf. Catherine rechts von Fionnah, ich links von ihr, daneben Eoin. Der Fotograf dirigiert uns mit Handzeichen hin und her, und deutet dann auf Fionnahs linken Vorderfuß. Eoin geht zu ihr, hebt das Bein an und positioniert es parallel zu dem anderen. Die gleiche Prozedur auch noch mit dem rechten Hinterfuß, dann nickt der Fotograf.

Allerdings scheint Fionnah sich nicht gerne fotografieren zu lassen, denn sie lässt den Kopf sinken und klappt die Ohren zurück. Aber vielleicht geht es ihr auch nur ähnlich wie mir, und sie ist von dem ganzen Stress erledigt.

Der Fotograf sieht durch seine Kamera und schüttelt den Kopf.

„Tonband, Decke!"

Er winkt einen jungen Mann herbei, offenbar ist das

sein Assistent. Der kommt angerannt und nimmt aus einer Kiste eine Decke mit schwarz-weißem Kuhmuster. Er legt sie sich um und stellt einen CD-Player an. Aus zwei Dolby-Surround-Lautsprechern kommt ein eindringliches Muhen. Der Assistent hüpft dazu vor uns auf und ab, und ich schwöre, das Gehüpfe mit dem Gemuhe vom Band ist das Skurrilste, was ich jemals in meinem Leben gesehen habe. Doch Fionnah scheint das aufregend zu finden, denn sie hebt den Kopf und klappt ihre Ohren vor.

Der Fotograf sieht durch den Sucher und zeigt mit dem Daumen nach oben.

„Gut so. Lächeln, bitte.“

Das ist offenbar der Moment, auf den der Fotograf gewartet hat. Er drückt ein paar Mal den Auslöser und kontrolliert die Bilder.

„Danke, das war's.“

Wir können gehen, und die nächste Kuh nimmt mit ihrem Team den Platz vor der Fotowand ein.

Ich sehe Catherine an, und mir wird schon wieder flau im Magen. Jetzt, wo ich weiß, dass ich mich total blamiert habe, wächst die Panik, dass sie mich durchschaut.

Catherine krault Fionnahs Stirnschopf und bemerkt einige silberne Haare, die Eoin in der Eile offenbar übersehen hat. Sie zupft sie heraus und runzelt die Stirn. Eoin und ich halten die Luft an. Doch Catherine wirft sie weg, offenbar denkt sie sich nichts dabei.

„Der zweite Platz auf Anhieb, das ist wirklich ein schöner Erfolg. Ich wusste, es war eine gute Idee, dich einzustellen.“

Ich schlucke und habe das Gefühl, Eoin würdigen zu müssen. Immerhin hat er mich gerettet.

„Ach naja, das war ...“

Aber Eoin reißt die Augen auf, schüttelt den Kopf und macht eine Hals-abschneiden-Geste hinter Catherines Rücken. Ich brauche eine neue Strategie.

„... Fionnah. Sie ist einfach spitze.“

Catherine sieht mich an. Eine Pause. Das Blut rauscht in meinen Ohren, und ich kann sehen, wie Eoin blass wird.

Dann lächelt Catherine.

„Nett, dass du sie so würdigst. Aber du weißt ja, ohne einen guten Cowfitter gewinnt auch die beste Kuh nicht.“

Catherine dreht sich zu Eoin um.

„Eoin, wie haben denn Melrose und Kandy abgeschnitten?“

Eoin schnappt nach Luft und muss husten. So wendet sich Catherine wieder an mich.

Ich schwitze.

„Ja, also ähm ... es ist so ... Wir haben sie gar nicht vorgestellt.“

„Aber warum denn nicht?“

Eoin setzt sich entkräftet auf einen Heuballen; das ist offensichtlich alles zu viel für ihn.

Ich ringe nach einer Antwort.

„Weil ... es sah so aus ... als fühlten sie sich nicht gut.“

Catherine reißt die Augen auf.

„Oh mein Gott! Habt ihr den Tierarzt gerufen?“

„Das ... wollten wir gerade ...“

„Okay. Ihr nehmt Fionnah mit und seht nach den beiden. Ich hol den Tierarzt.“

Catherine eilt davon. Eoin und ich sehen uns einen Moment an – dann rennen wir, so schnell es mit Fionnah geht, in Richtung Stall.

Wir stellen Fionnah in ihr Abteil, Eoin zerrt die Schermaschine aus der Kiste, und wir scheren und schnippeln, was das Zeug hält, die Locken und die freakigen Haarteile von Kandy und Melrose.

Eoin tritt gegen einen Eimer vor Wut.

„Verdammte Scheiße, dieser Arm treibt mich in den Wahnsinn."

Ich möchte auch fluchen, aber da ich der Grund für diese Katastrophe bin, unterdrücke ich das.

Gerade, als das letzte Büschel fällt, kommt Catherine mit dem Tierarzt um die Ecke. Sie ist ihm immer einen halben Schritt voraus, obwohl er schon so schnell geht wie ein Chirurg auf dem Weg in eine Not-OP.

Hastig verteile ich einen Ballen Stroh über den bunten Haarbüscheln. Ich sehe Eoin an, der ein äußerst besorgtes Gesicht macht. Das passt ja immerhin, denn es sieht so aus, als wäre das wegen des Gesundheitszustandes der Kühe und nicht, weil uns beiden der Arsch jetzt so richtig auf Grundeis geht.

Der Tierarzt nickt uns nur kurz zu und beginnt gleich mit der Untersuchung. Er sieht sich Augen, Nase und Ohren der beiden Kühe an. Melrose und Kandy fressen derweil ungerührt ihr Heu und unterbrechen nur kurz, wenn der Tierarzt sie am Halfter hält, um ihnen ins Maul zu sehen.

Catherine tritt von einem Bein aufs andere.

„Kann man schon was sagen?"

Der Tierarzt wiegt den Kopf.

„Ihre Schleimhäute sind ziemlich trocken. Wahrscheinlich haben sie nicht genug getrunken."

Er legt ein Stethoskop an Kandys Brustkorb und lauscht in ihr Inneres.

„Aber ihr Puls ist ganz normal."

Während er sich Melrose zuwendet, sehe ich ein langes pinkfarbenes Haarbüschel auf dem Boden. Eoin folgt meinem Blick und reißt die Augen auf. Ich gehe einen möglichst unauffälligen Schritt in Richtung des Haarbüschels und schiebe es mit der Stiefelspitze unter das Stroh.

Der Tierarzt legt das Stethoskop wieder in seine Tasche und nickt.

„Ich denke, die beiden sind in Ordnung."

Jetzt sehe ich meine Felle endgültig davonschwimmen, denn damit sind wir aufgeflogen.

Eoin guckt so unglücklich, wie man nur gucken kann. Doch Catherine beachtet uns gar nicht, ihr Blick geht zwischen den Kühen und dem Tierarzt hin und her.

„Sie meinen, die beiden sind gesund?"

„Nach einem Infekt sieht es nicht aus. Sicherlich war das nur der Showstress."

Er holt ein kleines braunes Fläschchen aus seiner Tasche.

„Ich lasse Ihnen was Homöopathisches da, zur Beruhigung."

Catherine nickt. Der Tierarzt reicht ihr das Fläschchen.

„Drei mal zehn Tropfen ins Futter, dann sind sie wieder obenauf."

„Herzlichen Dank."

Catherine lächelt.

Der Tierarzt verabschiedet sich von Catherine mit Handschlag. Eoin und ich tauschen einen sehr unbehaglichen Blick. Als der Tierarzt weg ist, dreht Catherine sich zu mir um. Sie sieht mir direkt in die Augen und ich halte die Luft an.

„Erstaunlich. Was meinst du dazu, Eoin?"

Eoin wird blass. „Ich ..." Dann verliert er das Gleichgewicht und sackt rückwärts ins Stroh.

Doch Catherine bemerkt es nicht, weil sie weiterhin mich ansieht.

„Tom, das rechne ich dir hoch an. Dass du die beiden geschont hast, meine ich."

Dann dreht sie sich zu Eoin.

„Welcher von den anderen Cowfittern hätte das schon getan?"

Eoin sitzt im Stroh und japst nach Luft.

Catherine sieht auf ihn hinunter.

„Eoin, ist dir nicht gut?"

„Ach, geht schon", sagt er. „Sicherlich nur der Showstress."

„Na, da hab ich was."

Catherine wirft ihm das Fläschchen vom Tierarzt rüber. Eoin fängt es, schraubt es auf und nimmt einen ordentlichen Schluck.

Jetzt muss ich mich ebenfalls auf einen Heuballen setzen und fühle mich, als könnte ich auch einen Schluck von der Kuh-Medizin vertragen.

Catherine sieht wieder mich an. Ich atme tief ein und nicke.

„Gesundheit geht vor."

Catherine lächelt mich auf eine Weise an, dass ich

befürchte, rückwärts von meinem Heuballen zu kippen. Catherine setzt sich auf einen der Campingstühle und lehnt sich zurück.

„Wisst ihr was? Wir feiern Fionnahs Erfolg. Morgen Abend, gleich wenn ihr zurück seid. Hast du gehört, Eoin?"

Er nickt.

„Ja. Toll. Eine Feier haben wir uns wirklich verdient."

„Gut, dann macht ihr noch den Scan. Ich fahre schon mal vor und organisiere alles. Bis dann!"

Sie springt auf, und wir sehen Catherine nach, wie sie geht und uns noch einmal zuwinkt.

Als sie außer Sichtweite ist, fasst Eoin in seine Jackentasche und holt einen silbernen Flachmann heraus. Ohne aufzustehen, beugt er sich rüber zur Showkiste, kramt darin und holt zwei Becher hervor, die zum Abmessen von Mineralfutter verwendet werden. Er schenkt uns ein und reicht mir einen Becher rüber.

Wir stoßen an und nehmen einen Schluck. Ein samtiger irischer Whiskey, der nach einem Hauch Lavendel schmeckt, und ich spüre, wie augenblicklich meine Lebensgeister zurückkehren.

Eoin lässt den Whiskey einen Moment auf sich wirken, dann dreht er sich zu mir.

„So. Und nun erzählst du mir, was zur Hölle du hier überhaupt machst!"

Also erzähle ich ihm die Geschichte. Eoin lässt mich reden und fragt nur hin und wieder etwas. Als ich berichte, wie ich Cowfitter Tobias Meier in die Flucht geschlagen habe, kann er sich ein Grinsen nicht verkneifen. Als ich fertig bin, sieht er mich ernst an und schüttelt den Kopf.

„Tom, du bist komplett irre.“

„Eoin, bitte. Sie ist die Frau meiner Träume. Ich muss es einfach versuchen.“

Eoin denkt nach.

„Das ist ziemlich riskant.“

„Ich weiß. Aber wenn du mir alles beibringst, könnte es klappen.“

„Alles?! Weißt du, wie viel Übung es braucht, um eine Kuh optimal zu frisieren?“

„Ich übe wie verrückt. Und du hast die Erfahrung.“

Eoin scharrt mit einer Stiefelspitze im Stroh und schüttelt den Kopf.

„Eoin, bitte. Es geht um die Liebe meines Lebens. Es hat mich getroffen wie ...“

Eoin grinst.

„Wie eine Bowlingkugel?“

Wir müssen lachen.

„Wie ein elektrischer Schlag. Aber ein unheimlich angenehmer.“

Eoin lächelt versonnen.

„Bei meiner Martha und mir, da war es auch so.“

„Und?“

Eoin grinst.

„Wir haben sieben Kinder.“

„Wow!“

Er schmunzelt und gießt uns die Mineralfutter-Messbecher noch einmal bis zum Rand voll. Er nimmt einen Schluck und denkt einige Sekunden nach.

„Also gut. Unter einer Bedingung.“

Ich nicke. „Was immer du willst.“

„Du musst mir schwören, dass niemand, und zwar absolut niemand, jemals etwas davon erfährt. Auch nicht Padraig, der kann ein Geheimnis keine zwei Minuten für sich behalten.“

Ich strecke ihm die Hand hin.

„Heiliges Indianer-Ehrenwort.“

„Indianer?“ Eoin guckt verblüfft.

„Das ist sowas wie ein … Heilige-Mutter-Maria-Ehrenwort.“

„Ach so. Ja, auf die heilige Mutter Maria ist Verlass.“

Eoin schlägt ein, und wir stoßen darauf an. Dann grinst er, kramt seine Brieftasche heraus und zählt die Scheine.

Ich habe ein schlechtes Gewissen.

„Ich möchte dir gerne etwas geben, aber naja, ich muss erst auf mein Gehalt warten.“

„Quatsch, ich will kein Geld von dir. Aber ich hab da so ‘ne Wette mit Padraig laufen.“ Eoin kichert. „Und jetzt hab ich ja ein paar Insider-Informationen. Das erhöht meine Chancen.“

In diesem Moment kommt Padraig um die Ecke. Er wirkt gut gelaunt. Als er uns so sitzen sieht, bleibt er stehen.

„Was ist denn mit euch los? Ihr seht ja ganz fertig aus.“

Eoin nimmt gut gelaunt noch einen Schluck aus dem Messbecher.

„Ach, nix. Nur der Showstress.“

Padraig nickt und setzt sich zu uns. Eoin fischt noch einen Becher aus der Kiste und gießt ihm einen Whiskey ein.

„Na dann. Slainte, Prost. Auf unser Wohl.“

CATHERINE

Fionnah ist Zweite geworden! Hammer! Ich hatte also doch den richtigen Riecher mit der Auswahl ihres Vaters. Wie ich mich freue! :D

Und ich bin echt platt, was Tom angeht. Er hat Kandy und Melrose nicht geshowt, weil sie gestresst waren. So ein rücksichtsvoller Cowfitter ist wie die Stecknadel im Heuhaufen. Was für ein Glück, dass wir ihn gefunden haben, auf ihn kann man sich echt verlassen.

Ich bin so erleichtert!

Papa hat sich auch sehr gefreut und mich total lieb in den Arm genommen und mir gratuliert. Das freut mich besonders, denn ich weiß noch genau, dass er mit Fionnahs Vater damals erst nicht einverstanden war. Sein „Du musst wissen, was du da tust" habe ich noch genau im Ohr.

Aber was mit Peter los ist, möchte ich wissen. „Das ist doch nur eine regionale Vorausscheidung, darauf brauchen wir uns überhaupt nichts einzubilden", hat er gesagt.

Das hat mich echt getroffen. Als ob ich ein naives dummes Ding wäre, weil ich mich über den Erfolg freue. Natürlich ist das nicht die Royal Show, das ist mir doch völlig klar. Ich bin ja auch nicht erst seit gestern in diesem Business. Wieso ist Peter bloß so negativ drauf? Mann, manchmal geht der mir echt auf die Nerven.

KAPITEL 13

CATHERINE

25. Mai

So, los geht's: Party-Vorbereitungen! Die Musiker habe ich gestern Abend schon gebucht, jetzt muss ich nur noch das Catering und die Bierfässer bestellen. Und dann wird gefeiert!

Wie ich mich freue, endlich mal wieder so richtig unter Leute zu kommen. Ich werde tanzen, bis die Socken qualmen ;-)

Und ich werde mein neues Kleid anziehen. Ein Kleid! Wann habe ich in letzter Zeit mal eins getragen? Das war vor über einem Jahr, auf der Hochzeit von Eoins Tochter.

TOM

Am nächsten Morgen packen wir die Utensilien ein und

verladen sie in den Transporter. Eoin dirigiert Padraig und mich wie ein einarmiger Dirigent, und es klappt tatsächlich alles reibungslos.

Als wir alles verladen haben, guckt Eoin sich zufrieden um.

„So, fertig. Jetzt nur noch zum Ultraschall-Scan.“

„Ultraschall?“

„Die Euter werden gescannt. Auf Silikon-Implantate. Einige Züchter haben versucht, damit zu betrügen.“

„Implantate? Du meinst, wie bei diesen ... Busenwundern aus der Autowerbung?“

Eoin lacht.

„Ja. Genau so!“

Fionnah muht, und es klingt, als sei sie empört.

Aber selbstverständlich bestehen die drei Kühe auch den Euter-Scan, und so führen wir die Kühe auf den Transporter und fahren los.

Die Fahrt zurück zur Farm verschlafe ich fast vollständig, so erledigt bin ich. Ich träume von Kühen und Haarsprayflaschen und wache erst wieder auf, als wir auf den Hof fahren und von einem Muh-Konzert der daheimgebliebenen Kühe begrüßt werden.

Die drei Kühe im Transporter antworten den anderen, vermutlich freuen sie sich, wieder zu Hause zu sein.

Catherine und Gary kommen aus dem Haus, um uns zu begrüßen. Dann öffnen sie die Klappe des Transporters und führen die Kühe herunter. Fionnah möchte immer als Erste aussteigen, und Catherine achtet darauf, dass sie das auch darf. Einmal mehr fällt mir auf, wie achtsam hier alle mit den Kühen umgehen.

Früher dachte ich, Kühe stehen eben auf der Wiese, fressen Gras und geben Milch, und manche ziehen sich für das Werbe-Fotoshooting mal was Lilafarbenes über. Aber inzwischen weiß ich, dass Kühe ganz eigene, ausgeprägte Persönlichkeiten sind.

Ich gehe zu Catherine, die Fionnah gerade durch das Gatter auf die Wiese führt und ihr dort das Halfter abnimmt. Wir sehen ihr zu, wie sie übermütig muhend und bockend zu ihren Kuh-Freundinnen läuft.

Ich ergreife die Chance, mit Catherine einen Moment allein zu sprechen.

„Schön, wie sie sich freut."

Catherine nickt.

„Ja. Sie genießt es, wieder frei zu sein. So eine Show ist ja doch ganz schön anstrengend für die Kühe."

Catherine dreht sich zu mir um.

„Eoin hat mir erzählt, dass Fionnah sich bei dir außergewöhnlich gut benommen hat."

„Sie war wirklich sehr brav, ich kann mich nicht beschweren."

Catherine grinst.

„Bei Gelegenheit musst du mir mal dein Geheimnis verraten. Wie du das machst."

Ich schnappe nach Luft.

„Also, ähhh..."

Catherine lacht.

„Aber nicht jetzt. Jetzt wird erstmal getanzt."

Ich verstehe nur Bahnhof und gucke vermutlich auch so.

Catherine stupst mich am Arm.

„Die Party.“

„Ach, stimmt ja.“

Catherine geht voraus in Richtung Farmhaus.

„Übrigens, ich habe auch deine Tante Betti eingeladen.“

„Ach, das ist aber nett. Ich freue mich.“

Gut, dass neben Eoin zumindest eine weitere Person dabei ist, der ich nichts vorspielen muss.

Catherine geht Richtung Haus und winkt mir zu.

„Ich bin gleich da, gehe mich nur eben umziehen.“

Und schon ist sie verschwunden.

Ich bereue, nichts Schickeres dabei zu haben. Naja, dann muss ich eben in Jeans und Hemd feiern.

Als ich in die Scheune komme, ist die Feier schon im Gange. Neben den Farmangestellten sind noch etwa vierzig weitere Leute da, einige kenne ich schon vom Sehen aus dem Dorf.

Auf einer improvisierten Bühne aus Heuballen, über die ein Boden aus Holzbrettern montiert wurde, spielen einige Musiker irischen Folk mit Geigen, Harfen und Dudelsäcken. An einem Ende der Scheune ist eine Theke aufgebaut, hinter der Gary und Peter Getränke ausschenken.

Es wird gelacht und getrunken. An der rückwärtigen Wand ist ein reichhaltiges Buffet mit Salaten, Aufläufen und Eintöpfen aufgebaut, das ich erstmal inspiziere. Alles sieht so lecker aus, dass ich es selbst nicht besser hätte zaubern können. Mir fällt auf, dass keine Fleischprodukte darauf zu finden sind, merkwürdig für ein irisches Buffet.

Dann entdecke ich die Friseurin Amy in der Menge, und mir fährt ein Schreck durch den gesamten Körper. Ich fühle mich sofort ertappt. Schnell drehe ich mich um, damit sie mich nicht erkennt. Dieses Versteckspiel zerrt an meinen Nerven.

Doch dann fällt mir ein, dass sie ja gar nicht weiß, wer ich in Wirklichkeit bin. „Entspann dich, Alter", sagt Trolli, „nu' erstmal feiern. Komm, wir geben uns die Kante." Und ich finde, er hat ausnahmsweise mal recht.

„Na, wie ist es gelaufen?" Betti steht vor mir und guckt mich erwartungsvoll an. Ich nehme sie in den Arm.

„Naja. Ich lebe noch. Gerade so."

Aus dem Augenwinkel sehe ich, wie Gary gerade ein Bier zapft, als er auf Betti aufmerksam wird. Er sieht sie, hält inne und lässt das Bier überlaufen. Peter, der neben Gary steht, stellt den Zapfhahn ab und stößt Gary an, aber der reagiert gar nicht.

Dann wechseln sie ein paar Worte, Gary drückt Peter das halbvolle Glas in die Hand und macht sich auf den Weg zu uns.

Einige Momente später steht Gary vor uns und sieht Betti an. Er gibt ihr die Hand.

„Hallo Betti. Herzlich willkommen auf der Coyle Farm."

Betti öffnet ihren Mund und macht ihn wieder zu. Ich kenne sie jetzt schon, seit ich ein kleiner Junge bin, und ich schwöre, ich habe noch nie erlebt, dass ihr etwas die Sprache verschlägt. Doch jetzt fängt sie sich wieder.

„Hallo Gary. Schön, dich wiederzusehen."

Ich ergreife die Chance, die Geschichte doch noch zu erfahren.

„Woher kennt ihr euch denn?"

Aber die beiden halten sich weiter die Hand und beachten mich gar nicht. Ich sehe, wie im Hintergrund Catherine auf die Bühne geht, und jetzt halte ich die Luft an. Denn bisher habe ich sie nur im Arbeitsoverall gesehen oder auch mal in Jeans und Bluse. Was sie jetzt trägt, raubt mir den letzten Rest an Verstand. Ein blaues figurbetontes Kleid, das beweist, dass ihre Formen perfekt sind. Mein Puls schnellt nach oben, und mir wird heiß. Ich stehe da und starre sie an.

Catherine nimmt das Mikrofon.

„Guten Abend allerseits. Im Namen der Coyle Farm heiße ich euch sehr herzlich willkommen!"

Die Gäste applaudieren.

„Wir haben heute Abend den ersten Erfolg der neuen Saison zu feiern, und ich bin sicher, es wird nicht der letzte sein."

Wieder Applaus. Catherine sieht zu Gary und Betti hinüber und schmunzelt.

„Und wenn mein Vater sich dann auch mal auf die Bühne bewegt, können wir endlich das Buffet eröffnen ..."

Gary reißt sich von Betti los und eilt zur Bühne.

Catherine übergibt ihm das Mikrofon, und er sieht in die Runde.

„Äh. Also ich ...“

Sein Blick bleibt an Betti hängen. Vereinzeltes Lachen. Offenbar ist Gary sonst nicht auf den Mund gefallen. Jetzt knufft Catherine Gary in die Seite, und er konzentriert sich auf seine Rede.

„Also wie gesagt, herzlich willkommen. Einen Applaus für unseren neuen Cowfitter: Tom!“

Es ist mir peinlich, so im Rampenlicht zu stehen, vor allem da ich ja eigentlich gar nichts geleistet habe. Aber außer Betti, Eoin und mir weiß das ja glücklicherweise niemand.

Gary lädt mich mit einer Handbewegung auf die Bühne ein, also atme ich tief durch und klettere hoch. Dort umarmen mich erst Gary, was für mich ziemlich okay ist, aber dann kommt das, was ich die ganze Zeit schon befürchtet habe. Catherine umarmt mich ebenfalls, in diesem Kleid. Das ist für mich der Härtetest, denn ich bin inzwischen schon so verliebt, dass ich fürchte, die Contenance zu verlieren und sie so an mich zu drücken, dass ihr die Luft wegbleibt. Aber irgendwie schaffe ich es, sie wieder loszulassen.

Nach einer gefühlten Ewigkeit wird mir klar, dass mich alle ansehen. Ich muss irgendetwas sagen.

„Ähm. Also. Vielen Dank. Ich ...“

Meine Güte, ich klinge genau so hilflos wie Gary eben.

„Also vielen Dank. Vor allem möchte ich mich bei Eoin bedanken, der ... unschätzbare Arbeit leistet, genau wie Padraig. Und natürlich ... bei Fionnah. Ohne sie wäre dieser Erfolg ja gar nicht möglich gewesen.“

Catherine sieht mich jetzt wieder mit diesem Blick an, dass ich befürchte, von der Bühne zu kippen. Außerdem geht mir der Text aus. Also hebe ich einfach mein Glas, das funktioniert in Irland immer.

„Auf Fionnah!"

Dafür ernte ich einen so frenetischen Applaus, wie wenn die deutsche Fußballnationalmannschaft nach einem Fünf-zu-null-Rückstand im Finale dann doch noch Weltmeister wird.

Und ich bemerke auch, dass Eoin mich anlächelt, und es scheint nicht nur die Erleichterung zu sein, dass ich mich nicht verplappert habe, sondern auch ein Dank für die Anerkennung.

Ich gebe Gary das Mikrofon zurück, aber auch ihm sind die Worte ausgegangen. Also beugt Catherine sich vor und spricht in das Mikro, das er noch in der Hand hält.

„Das Buffet ist eröffnet!"

Die Gäste johlen und heben ihre Gläser in Richtung Bühne.

„Slainte! Prost! Auf Fionnah!"

Nach dem Auftritt gehe ich zu Betti, und wir stoßen an. Sie scheint sich wieder gefangen zu haben, denn sie sieht mich an, anstatt weiter Gary mit dem Blick zu verfolgen.

„Du kommst ja offenbar ziemlich gut klar."

„Ein Wunder, nach allem, was ich in den letzten Tagen erlebt habe."

„Kann ich mir vorstellen."

Sie trinkt einen Schluck, dann sieht sie wieder zu Gary.

„Wirklich ein netter Mann. Ein Wunder, dass er nicht verheiratet ist.“

„Eoin hat mir erzählt, er ist geschieden. Aber woher kennst du ihn denn nun?“

Betti lächelt.

„Es war auf dem Erdbeerfestival in Letterkenny, vor zwei Jahren. Wir haben getanzt ... Aber dann hat er mittendrin plötzlich einen Anruf bekommen und musste dringend los. Danach hab ich ihn nie wiedergesehen.“

„Aber du wusstest doch, wo er wohnt?“

Sie zuckt die Schultern.

„Er hat sich nie mehr gemeldet. Ich hab gedacht, er hat kein Interesse.“

„Das sieht mir aber gar nicht so aus.“

Betti schmunzelt.

„Offenbar hab ich mich geirrt. Aber ich sterbe vor Hunger. Wie ist es mit dir?“

„Später.“

Ich bin zwar auch hungrig, aber zunächst suche ich in dem Gewühl Catherine, in der Hoffnung, dass wir gemeinsam ans Buffet gehen. Als ich mich durch eine Gruppe Tanzender schlängele, zupft mich jemand am Ärmel. Ich bleibe stehen. Es ist Amy.

„So, so. Du bist also der neue Cowfitter hier.“

Sie grinst.

„Ja, äh ...“

„Dann musst du ja ziemlich gut sein.“

Mir bricht der Schweiß aus.

„Naja ...“

Sie schmunzelt.

„Schön, dass du dich so für den Friseurberuf interessierst.“

Sie muss mich durchschaut haben. Mein Auftritt im Friseursalon war auch einfach zu peinlich. Aber vielleicht kann ich es noch irgendwie retten, also ringe ich nach einer möglichst unverfänglichen Antwort.

„Naja, das ist doch klar, oder? Ich meine, dass man sich für seinen Beruf interessiert ... ?"

Sie lächelt.

„Schon. Ich finde es nur schmeichelhaft, dass du dir von mir noch was abgucken wolltest."

Ach so. Ich atme auf.

„Man lernt eben nie aus."

Sie schenkt mir ein Lächeln, das mich früher völlig aus dem Gleichgewicht gebracht hätte. Aber früher, das ist die Zeit, bevor ich Catherine begegnet bin. Irre ich mich, oder flirtet meine Friseurin mit mir?

Unter anderen Umständen hätte ich jetzt versucht, sie zu beeindrucken, indem ich sie mit kunstvoll ausgemalten Geschichten aus meinem stressigen Berufsalltag zugetextet hätte. Ich hätte den Brüllaffen von Chefkoch imitiert und andere Anekdoten aus der Küche erzählt. Und damit hätte ich es schön versemmelt.

Das erkenne ich jetzt, in diesem Moment. Mein Problem war, dass ich immer versucht habe, die Frauen mit meinen Geschichten zu beeindrucken. Jetzt, wo ich mich nicht hinter irgendwelchen Anekdoten verstecken kann, weil ich mich sofort enttarnen würde, muss ich damit auskommen, was da sonst noch so ist: ich.

Und schlagartig wird mir klar, dass es beim Flirten gar nicht um uns Männer geht, sondern um die Frauen.

Während Trolli bei diesem Gedanken grunzt und missbilligend den Kopf schüttelt, beschließe ich, meine neue Theorie gleich mal zu testen. Ich lächele Amy an.

„Wie geht es dir denn so mit deinem Beruf, Amy? Ist sicherlich anstrengend, den ganzen Tag stehen zu müssen."

Sie strahlt mich an und streicht sich eine Haarsträhne aus dem Gesicht.

„Ach, lieb, dass du fragst ..."

Doch dann stockt sie, und ich wundere mich, was ich nun schon wieder falsch gemacht habe.

Aber es ist Catherine, die neben uns aufgetaucht ist, wie aus dem Nichts, und mich ansieht.

„Darf ich dich mal entführen?"

„Na klar, was hast du denn vor."

Sie guckt verschmitzt, nimmt mich an der Hand und führt mich auf die Tanzfläche, wo schon einige Gäste tanzen. Amy sieht uns nach, und wenn ich ihren Gesichtsausdruck richtig interpretiere, wäre sie jetzt gerne an Catherines Stelle.

Ich kann nicht unbedingt sagen, dass ich ein guter Tänzer bin, aber die Band spielt ein irisches Volkslied, das so voller Energie ist, dass man ohnehin kaum die Füße stillhalten kann. Also reiche ich Catherine die zweite Hand, und wir legen eine Tanzeinlage hin, die ich für meine Verhältnisse als relativ gekonnt bezeichnen würde. Die Gäste klatschen und feuern uns an. Ganz entgegen meiner sonstigen ungeschickten und panischen Art, wenn eine schöne Frau bei mir ist, schaffe ich es, mich dem Rhythmus hinzugeben. Nach einigen Runden kann ich mich immer mehr auf die Musik einlassen. Ich kann es kaum glauben: Ich tanze, und zwar nicht nur, um Catherine zu beeindrucken, sondern weil es mir mit ihr Spaß macht.

Nach ein paar Minuten sehe ich nur noch Catherine,

schaue in ihre Augen, während wir zu den immer schneller werdenden Rhythmen herumwirbeln.

Dass einem bei sowas schwindelig wird, merke ich zu spät. Ich verliere das Gleichgewicht, gerate in Schräglage und falle gegen die Heuballen-Bühne, wo ich den Mikrofonständer des Geigenspielers umreiße und zu den Füßen der Musiker lande. Ich rappele mich auf und erwarte ein höhnisches Gelächter, aber die Musiker spielen ungerührt weiter. Die Gäste jubeln, heben ihre Gläser und prosten mir zu.

„Slainte!"

Sie singen, klatschen und feiern. Sie machen sich gar nicht über mich lustig. Ich bin platt. Und Catherine? Sie lacht und reicht mir ihre Hand, damit ich aufstehen kann, ohne gleich wieder hinzufallen. Sie brüllt in mein Ohr.

„Klasse! Mit dir kann man richtig gut feiern."

Wir tanzen eine ganze Weile, aber irgendwann sind wir außer Atem. Wir gehen an die Bar, wo Peter Guinness ausschenkt. Wegen der Lautstärke hält Catherine zwei Finger in die Luft, eine Geste, die mich sofort wie zu Hause fühlen lässt. Wir trinken einen Schluck, und es schmeckt so gut wie noch nie.

Ich merke erst jetzt, was ich für einen Durst hatte. Catherine stellt ihr Glas ab.

„Woher kennst du denn meine Cousine Amy?"

Catherine fährt mit den Fingern an ihrem Glas entlang und wischt etwas Kondenswasser weg.

„Aus dem Salon. Ich war doch beim Friseur, bevor ich hier angefangen habe."

„Ach, stimmt ja. Hatte ich ganz vergessen."

Sie sieht mich an, als wollte sie meine Gefühle ergründen. Sollte sie etwa eifersüchtig sein?

Catherine bemerkt ein Paar, das gerade hereinkommt, entschuldigt sich und geht zu den beiden rüber. Ich stehe mit dem Rücken zur Bar und sehe Catherine nach, wie sie durch den Raum schwebt und den Tänzern geschickt ausweicht. Was für eine Frau! Sie anzusehen, verursacht mir ein warmes Gefühl im Bauch und im Herzen.

Doch in diesem Moment läuft es mir kalt den Rücken runter – und nass. Ich drehe mich um und sehe in die Augen von Peter. Er hat ein leeres Bierglas in der Hand und grinst abfällig.

„Oh, Entschuldigung. Ist mir wohl umgekippt."

Sein Tonfall ist voller unterdrückter Wut. Ganz offensichtlich hat er ein Problem damit, dass Catherine und ich uns so gut verstehen.

Im Hintergrund sehe ich Eoin und Padraig, ihre Aufmerksamkeit richtet sich auf uns. Offensichtlich wetten sie schon wieder. Ich fürchte, die Quoten für mich sind gerade ein wenig gesunken.

Also lasse ich Peter stehen und suche Catherine. Ich finde sie am Buffet, wo sie sich gerade ein paar von den irischen Spezialitäten aussucht. Ich nehme mir auch einen Teller und ein paar Häppchen, und Catherine deutet mit dem Kopf in Richtung Tür.

„Ist so laut hier."

Das Schöne an der Lautstärke ist, dass ihre Lippen sehr nah an mein Ohr kommen, wenn sie etwas sagt. Aber ich nicke, wir nehmen unsere Teller und gehen nach draußen.

Vor der Scheune liegen ein paar Feldsteine, und wir setzen uns. Dies ist der perfekte Platz, um dem Sonnenuntergang über den grünen Hügeln zuzusehen. Wir essen und genießen den Anblick. Catherine lehnt sich an die Scheunenwand.

„Woher kannst du so gut tanzen?“

„Meine Exfreundin ist schuld. Ich ‚musste‘ ...“

Catherine lacht.

„Eine vernünftige Frau. Aber wieso ‚Ex‘? Was ist passiert?“

„Ach, naja. Wir haben beide viel gearbeitet und hatten wenig Zeit füreinander. Und am Ende hatten wir auch unterschiedliche Vorstellungen vom Leben.“

Catherine nickt.

„Das kenne ich. Die Arbeit auf einer Farm ist schwierig, wenn der Partner einen anderen Beruf hat.“

Ich will etwas erwidern, aber ich klappe meinen Mund wieder zu. Zu heikel.

Catherine trinkt einen Schluck Guinness.

„Ich könnte nie mit jemandem glücklich werden, der nicht mit Kühen arbeitet.“

Das gibt mir einen Schlag in die Magengrube. Vielleicht sollte ich ihr jetzt noch nicht sagen, dass ich Koch bin. Oder vielleicht sollte ich ihr das niemals sagen? Ich brauche unbedingt ein bisschen Zeit zum Überlegen und entschuldige mich mit einer Geste.

Catherine nickt.

„Wir treffen uns drinnen.“

Sie steht auf und geht zurück zum Eingang.

Ich atme erstmal tief ein. Dieses Versteckspiel macht mich fix und fertig. Ich gehe zur Gartenpumpe und kühle mein Gesicht mit Wasser. Als ich mich umdrehe, packt mich jemand am Kragen und drückt mich mit dem Rücken gegen die Hauswand. Ich ignoriere Trollis Wutschrei und schaue erstmal, wer das ist. Peter, na klar. Ich zwinge mich zu einem ruhigen Tonfall.

„Peter, was soll das? Lass mich los."

„Glaub ja nicht, du kannst dir die Farm unter den Nagel reißen!" Sein Atem riecht nach Whiskey.

„Red keinen Quatsch."

Ich drehe den Kopf weg und sehe im Hintergrund Gäste aus der Scheune kommen. Peter sieht sie jetzt auch, aber er lässt mich trotzdem nicht los.

„Ich seh doch, was hier läuft. Du machst Catherine schöne Augen. Aber sie gehört mir."

„Sie gehört dir?"

Peter scheint nicht sicher zu sein, was ich meine, denn er starrt mich nur an. Das bringt mich auf eine Idee.

„Meinst du nicht, es handelt sich dabei eher um eine Projektion aufgrund einer unterentwickelten Ich-Ausprägung? Und was würde Catherine wohl dazu sagen?"

Trolli kichert in meinem Inneren und klatscht Beifall, und Peter lässt meinen Kragen los. Er starrt mich an.

„Was redest du für eine Scheiße? Aber ich sag dir, du bist erledigt!"

Er stapft davon. Ich atme tief durch und sehe ihm nach.

Trolli knurrt unwillig. „Warum hast du ihm denn keine reingehauen?"

„Weil das genau sein Niveau ist. Und das wollen wir doch nicht, oder?"

Trolli schimpft noch ein paar Worte, aber dann gibt

er zu, dass ich recht habe. Echt jetzt? Trolli stimmt mir zu? Wird er etwa schon altersmilde, oder verbündet er sich nur mit mir gegen Peter?

Als ich wieder in die Scheune zurückkomme, sieht Catherine mir sofort an, dass etwas nicht stimmt. Es ist zu laut, um zu reden, aber sie legt den Kopf schief und zieht die Augenbrauen hoch. Aber ich kann natürlich nicht darüber sprechen. Ich weise auf Betti und Gary, die tanzen, und ziehe auch Catherine auf die Tanzfläche.

Als der Abend endet, bin ich glücklich über die Nähe zu Catherine, die ich beim Tanzen genossen habe. Und den Vorfall mit Peter habe ich schon fast wieder vergessen.

Betti ist mit dem Auto da und nimmt mich mit, so muss ich ausnahmsweise mal nicht mit dem Fahrrad nach Inyshmore zurück strampeln. Auf dem Weg sprechen wir nicht viel, vermutlich ist sie genau so aufgewühlt von der Begegnung mit Gary wie ich von dem Abend mit Catherine.

Als Betti vor dem Haus den Motor abstellt, sieht sie mich an.

„So jung habe ich mich lange nicht mehr gefühlt. Was für ein schöner Abend. "

Ich nehme sie in den Arm.

„Ja. Finde ich auch."

Als wir aussteigen, funkeln die Sterne über uns, und wir schauen einen Moment in den Nachthimmel, bevor wir ins Haus gehen.

. . .

CATHERINE

Ich bin beschwipst ... und glücklich, wie schon lange nicht mehr.

Tom kann nicht nur kochen, sondern auch fantastisch tanzen. Wie er mich so über den Tanzboden gewirbelt hat ... Und sein Blick in meine Augen ... ich hatte richtig Gänsehaut.

KAPITEL 14

CATHERINE

26. Mai
Aua, mein Kopf! Wo ist bloß das Aspirin?

TOM

Obwohl es am Abend spät wurde und ich ordentlich Guinness hatte, wache ich vor dem Wecker auf. Ich öffne das Fenster und atme tief die frische Seeluft ein. In der Ferne kräht ein Hahn, und ich höre Kühe muhen. Das führt sofort zu einer Adrenalin-Ausschüttung. Kühe sind für mich das reinste Aufputschmittel geworden, denn Kühe lassen mich sofort an Catherine denken.

Im Studium habe ich nie so genau verstanden, wie das

mit den Fetischen funktioniert: dass Menschen beim Anblick eines Plastikeierbechers, einer Wollmütze oder beim Betrachten bestimmter Kakteen Erregung empfinden. Nun ja, bei mir funktioniert das mittlerweile beim Anblick von Kühen. Oder sogar, wenn ich sie nur muhen höre.

Während wir frühstücken, klingelt mein Handy.

„Hallo.“

„Guten Morgen, hier ist Liam vom Clouds.“

„Ah, hallo Liam, wie geht's.“

„Prima. Wir hatten viel zu tun, daher melde ich mich erst jetzt. Ich möchte dir einen Termin zum Probekochen vorschlagen.“

„Ah, super. Wann denn?“

„Geht nächste Woche Mittwoch bei dir?“

„Ja, klar. Ich freue mich.“

„Bis dann.“

Als ich auflege, sieht Betti mich an und grinst.

„Kriegst du denn frei?“

„Ich hoffe doch.“

„Und wenn nicht?“

„Das wird schon. Ich hab ja einen guten Draht zur Chefin.“

Als ich zur Coyle Farm komme, sitzt Eoin schon auf dem Trecker. Er zieht einen Anhänger, der mit Heuballen beladen ist, und fuchtelt mit seinem Arm, um mich zu sich zu lotsen.

„Ich fahre, du wirfst runter.“

„Okay.“

Ich klettere auf die Heuballen. Das Gespann rumpelt über eine weitläufige Wiese. Sobald die Kühe uns sehen, kommen sie und laufen hinter uns her. Eoin dreht sich zu mir um.

„Ab jetzt.“

Ich werfe einen Ballen Heu auf die Wiese, woraufhin einige Kühe stehen bleiben und fressen. Alle zwanzig oder dreißig Meter werfe ich einen Ballen ab.

Nach einer halben Stunde haben wir alle Heuballen verteilt, und Eoin hält an, damit ich nach vorne auf den Trecker klettern kann. Dann fährt er weiter, aber kurze Zeit später bringt er den Trecker wieder zum Stehen.

Es ist laut, daher brüllt Eoin in mein Ohr.

„Ich hab noch mal nachgedacht. Besser, du sagst ihr die Wahrheit.“

„Und was passiert dann? Das ruiniert doch alles.“

Eoin nickt.

„Vermutlich. Sie wird dich rauswerfen, verfluchen und verklagen ... Und Peter heiraten. Ja, wahrscheinlich so was in der Art.“

„Es sei denn, sie merkt vorher, dass wir füreinander bestimmt sind, auch wenn ich nicht auf einer Farm aufgewachsen bin.“

Eoin sieht mich nachdenklich an.

„Könnte schwierig werden. Sie ist ’n ziemlicher Dickkopf.“

„Das finde ich ja gerade so toll. Eoin, hilf mir. Bitte!“

„Eins muss man dir lassen. Du gibst nicht so leicht auf.“

Eoin grinst, legt einen Gang ein, gibt Gas und rauscht durch ein Schlagloch, so dass ich mir den Kopf an der Decke des Treckers stoße. Ich nehme das mal als ein „Ja“.

Während wir später im Stall die Futterkrippen saubermachen, nutze ich die Chance, Eoin darauf anzusprechen.

„Sag mal, was muss denn so ein Cowfitter alles können?“

Eoin stellt seinen Besen beiseite und sieht sich um. Er deutet auf eine Kuh.

„Das da ist Maritha. Was siehst du?“

„Na ja, lass mal sehen. Sie hat viel weißes Fell. Mehr als die anderen.“

„Genau. Und was bedeutet das?“

„Hm. Keine Ahnung.“

„Wie wirkt sie wohl mit dem vielen Weiß in der Arena, zwischen den anderen?“

„Ach so. Eher unscheinbar. Schwarz ist auffälliger.“

„Genau. Was würde man also mit dem Fell machen?“

Ich überlege.

„Es schwarz färben?“

Eoin lacht.

„Keine schlechte Idee. Ist aber verboten. Nein, du würdest die Haare so schneiden, dass ihre Konturen deutlich hervortreten. Eher scharfe Kanten, als weiche Übergänge zwischen langem und kurzem Fell.“

„Ah. Wow. Klingt logisch.“

Eoin schmunzelt und sieht sich um.

„Und die da?“

Er deutet auf eine andere Kuh. Ich stutze.

„Ist das nicht Fionnah?“

Eoin zieht die Augenbrauen hoch. „Nicht schlecht!"

„Na ja, ich finde, sie sieht gut aus."

Eoin nickt.

„Sie ist eine Spitzenkuh."

„Sie ist sehr kräftig."

„Genau. Was bekommt sie also für eine Frisur?"

„Eine, die sie … schlanker erscheinen lässt?"

„Genau. Und wie würdest du das machen?"

„An den Seiten kurz rasieren und oben länger lassen?"

Eoin nickt.

„Na gut, vielleicht ist bei dir doch noch nicht Hopfen und Malz verloren."

„Heißt das, du übst mit mir?"

Eoin grinst.

„Bis es dir zu den Ohren wieder rauskommt."

„Danke! Aber eins verstehe ich noch nicht: Wenn du so gut frisieren kannst, wieso heuern Catherine und Gary jemanden von außerhalb an?"

Eoin schüttelt den Kopf.

„Ich hasse es, in die Arena zu müssen. Ich bin dann so nervös, das überträgt sich auf die Kühe. Sie bocken und laufen weg."

„Und Padraig?"

Eoin lacht.

„Wenn der frisiert, sehen die Kühe aus wie ein aufgeplatztes Sofakissen, alles krumm und schief. Und wenn er sie in die Arena führt, latschen sie wie Teenager, wenn sie die Hände in den Hosentaschen haben."

„Und Catherine und Gary? Warum stellen sie ihre Kühe nicht selbst vor?"

Eoin schüttelt den Kopf.

„Das macht man nicht. Die Eigentümer gehören auf

die Tribüne." Eoin kichert. „Sonst heißt es noch, sie können sich kein Personal mehr leisten."

Den ganzen Tag über löchert Eoin mich mit Fragen nach den Kühen, ihren Figuren und welche Frisuren ich für sie vorschlage. Außerdem fragt er mich pausenlos nach den Namen der Kühe, so schnell kann ich kaum in meinem Büchlein nachblättern.

Als der Arbeitstag beendet ist, schwirrt mir der Kopf, und ich bin völlig erledigt. Und ich hatte keine Chance, mit Catherine zu sprechen. Also gehe ich zum Farmhaus, vielleicht ergibt sich die Gelegenheit, sie ein paar Minuten zu sehen.

Bevor ich die Küchentür erreiche, komme ich am Bürofenster der Farm vorbei. Ich höre Peters gereizte Stimme.

„Wir haben keine Zeugnisse von ihm gesehen, und wir wissen nicht mal genau, wo er vorher gearbeitet hat."

„Zeugnisse sagen doch gar nichts. Denk doch mal an diesen schrecklichen Typen aus Kanada, der hatte hervorragende Zeugnisse." Das ist Catherine. „Und der war 'ne absolute Niete."

Durch eine Spiegelung im Fenster sehe ich Peter, Catherine und Gary um den Besprechungstisch im Büro sitzen.

„Paul hat Tom empfohlen, das zählt für mich," sagt Gary. „Und er hat den Vizechampion gemacht, mit Fionnah! Ihr wisst genau, wie schwer so jemand zu finden ist."

„Aber ich traue ihm nicht."

Peter ist immer noch aufgebracht.

In der Spiegelung sehe ich, wie Gary sich zurücklehnt.

„Warum warten wir nicht ab, wie es weitergeht. Wenn er sich nicht bewährt, können wir ihn immer noch entlassen."

Catherine wendet sich an Peter.

„Finde ich auch. Wenn es dich beruhigt, werde ich ihm mal ordentlich auf den Zahn fühlen."

Sie steht auf, und ich mache, dass ich um die Ecke und außer Sichtweite komme. Ich habe gerade genug Zeit, um zu den Kälbern zu gehen, wo ich Heu verteile, als würde ich das schon die ganze Zeit machen.

Im Hintergrund beobachten Peter und Gary, wie Catherine zu mir kommt und mir einen Moment zusieht.

„Na, wie läuft's?", fragt sie.

Ich fühle mich äußerst unbehaglich.

„Gut. Wirklich tolle Kälber habt ihr."

„Ja, nicht? Wir sind auch sehr stolz auf unsere Zuchtlinien. Und damit sie nur das Beste bekommen, füttern wir nach der Twomey-Methode. Hast du damit eigentlich Erfahrung?"

Ich bin einen Moment versucht, „ja" zu sagen, aber damit würde ich mich eindeutig auf zu dünnes Eis begeben. Eine weitere Frage zu Twomey, und ich wäre enttarnt. Jetzt bin ich in Schwierigkeiten. Twomey ist vermutlich die Methode, über die alle in der Kuhszene unaufhörlich sprechen. Twomey ist der heiße Scheiß, sowas wie Plateauschuhe und Schlaghosen in den Siebzigern.

．．．

Innerlich verfluche ich das Buch aus der Bibliothek, das ich mittlerweile auswendig kann, aber das nichts, aber auch gar nichts von dieser ominösen Twomey-Methode enthält.

Ich stelle die Heugabel beiseite und hole tief Luft.

„Ehrlich gesagt ... ist mir diese Methode noch nicht begegnet. Tut mir leid.“

Catherine grinst. Dann wirft sie einen triumphierenden Blick in Richtung Peter und Gary.

Dann schaut sie wieder zu mir.

„Ich hab dich aufs Glatteis geführt. Twomey war der Mädchenname meiner Großmutter.“

„Ach so?“

„Und sie hat den Kühen immer Löwenzahn gepflückt.“

Ich verstehe gar nichts, Catherine lacht.

„Twomey-Methode heißt Löwenzahn pflücken.“

Catherine geht, dann dreht sie sich noch einmal zu mir um.

„Und du bist der erste Cowfitter, der 'nein' gesagt hat.“

Ich gucke ihr verblüfft nach, wie sie mit einem „Hab-ich-euch-doch-gleich-gesagt“-Blick an Peter und Gary vorbei nach drinnen geht.

Am Abend sitze ich mit Betti am Kamin und erzähle, wie ich fast aufgeflogen wäre. Sie kichert.

„Tom, das ist die verrückteste Geschichte, die ich je gehört habe.“

„Ich weiß. Manchmal kommt es mir selbst alles total unwirklich vor.“

. . .

Später liege ich im Bett und beschließe, etwas zu riskieren. Ich will endlich wissen, ob ich bei Catherine eine Chance habe. Also werde ich einen gewagten Schritt nach vorn machen. Und gleich morgen früh fange ich damit an.

CATHERINE

Tom überrascht mich immer wieder. Selbst meinen Twomey-Test hat er bestanden. Und wie das Peter ärgert – offenbar hat er wirklich ein Problem mit Tom.

Vielleicht hat er mich deshalb heute gefragt, ob wir nicht mal ausgehen wollen, „ins Kino oder so". Ins Kino, mit Peter? Der interessiert sich doch für nichts, außer für den Job. Als ich gefragt habe, in welchen Film, hat er dann auch nur gemurmelt, dass er mal gucken will, was so läuft. Da bin ich ja mal gespannt.

Und Amy hat mich angerufen, um mich nach Tom auszufragen. Ich bin mir nicht sicher, wollte sie wissen, ob ich Interesse an ihm habe? Oder steht sie etwa selbst auf ihn? Wow. Das würde mir echt auf die Nerven gehen.

CATHERINE

1. Juni

Es wird Sommer! Als ich eben das Fenster aufgemacht habe, hat es nach Gras und Blüten geduftet. Und die Morgensonne wärmt schon richtig. Herrlich!

Heute hat Tom seinen freien Tag. Wie er ihn wohl verbringt? Was macht er, wenn er nicht arbeitet? Ich weiß eigentlich noch kaum etwas über ihn.

Das muss ich bei Gelegenheit mal ändern. Es ist merkwürdig, er ist erst ein paar Wochen bei uns, und er ist schon nicht mehr wegzudenken.

Was mich vor allem verblüfft: Seit er mir das mit dem Kochen gezeigt hat, fällt mir die Arbeit in der Küche viel leichter. Nur einmal ist mir noch was angebrannt, aber meistens brauche ich Plan B gar nicht mehr.

Und die Männer futtern wie die Scheunendrescher. Peter

und Papa haben sogar schon etwas zugelegt. Peters Hemd spannt ein bisschen, habe ich gestern gesehen. :D

Vom Kino mit Peter war übrigens keine Rede mehr. Das hat er wahrscheinlich vergessen … Hätte mich auch gewundert ;-)

TOM

Nach dem Frühstück unterziehe ich das Fahrrad einer näheren Prüfung. Es tut seinen Dienst, aber besonders stabil ist es nicht. Schon meine kleine Reisetasche auf dem Gepäckträger hat es ganz schön zum Schwanken gebracht. Wenn ich also sichergehen will, dass mit meinem Plan nichts schiefgeht, muss ich etwas unternehmen. Ich steige auf und radele in Richtung Autowerkstatt.

Als ich dort ankomme, guckt der Meister mich an, und ich habe den Eindruck, er würde am liebsten vor mir flüchten.

Ich steige vom Rad.

„Und? Wie sieht es aus?“

Er schüttelt den Kopf und zeigt auf den ausgebauten Motor meines Peugeots.

„Fährt nich'.“

Ich nicke.

„Dachte ich mir schon. Aber ich habe ein anderes Anliegen.“

„Ach so?“

Ich nicke und deute auf das Fahrrad.

„Mich trägt es ja. Aber angenommen, ich will noch jemanden mitnehmen, auf dem Gepäckträger.“

Der Meister glotzt mich an.

„Du willst zu zweit auf dieses Fahrrad?“

Ich nicke. Der Meister seufzt und legt mir eine Hand auf die Schulter.

„Hör mal, wenn du dringend ein Auto brauchst, ich kann dir eins leihen.“

„Nein, kein Auto. Ich möchte mit einer wunderschönen Frau zu einem Date fahren. Auf die romantische Art.“

Der Meister macht den Mund auf. Dann wieder zu. Dann holt er Luft.

„Romantik. Auf diesem Fahrrad.“

Ich nicke, um meinen Standpunkt zu bestätigen.

„Ich radele, sie sitzt auf dem Gepäckträger. Man müsste das Rad nur etwas stabiler machen.“

Der Meister kratzt sich am Kopf und starrt auf das Fahrrad. Dann sieht er wieder mich an.

Ich lächele. „Glaub mir, das wird super.“

Er schüttelt langsam den Kopf.

„Musst du wissen. Aber wenn du auf die Rübe fällst, oder deine Angebetete, damit hab ich nix zu tun. Für Fahrräder gebe ich keine Garantie.“

Er stapft davon, während er etwas murmelt und mit den Armen gestikuliert.

Wenig später kommt er mit einem Schweißgerät und einigen Metallteilen um die Ecke.

„Kannst du schweißen?“

Ich nicke, und er gibt mir die Utensilien.

„Hier. Wie gesagt, auf eigene Gefahr.“

· · ·

Ich bin zwar kein Handwerker-Genie, aber ich habe viel aus der Do-it-yourself-Phase meines Vaters gelernt, die stattfand, als ich ungefähr vierzehn bis siebzehn war. In dieser Zeit bekamen wir unter anderem ein Baumhaus. Ich dachte damals, er würde das für mich bauen, und versuchte ihn zu überzeugen, dass ich dafür schon viel zu alt wäre. Aber als es fertig war, wurde mir klar, dass er es unbewusst wohl eher für sich selbst gebaut hatte.

Denn er saß immer darin, wenn er Streit mit meiner Mutter hatte. Einmal blieb er achtundvierzig Stunden dort oben, zumindest nahmen wir es an. Aber als Mama mich dann in den Garten schickte, um ihn zu holen, weil es Februar war und über Nacht heftig geschneit hatte, stellte ich fest, dass er gar nicht mehr da war. Er war längst von unserer hübschen Nachbarin Frau Rademacher eingeladen worden, auf ihrer Couch zu schlafen. Und als meine Mutter wutschnaubend nach nebenan rauschte, traf sie ihn in Frau Rademachers Wohnzimmer an, quietschfidel bei Keksen und Likör. Meine Mutter ist daraufhin in die Garage gestürmt, hat eine Axt aus ihrer Halterung gerissen und das Baumhaus eigenhändig abgerissen.

Mein Vater hat in dieser Bauphase auch eine Hundehütte gebaut, obwohl wir gar keinen Hund hatten, außerdem unzählige Vogelhäuschen, die von den Vögeln beharrlich ignoriert wurden. Aber die Krone seiner Schöpfung war ein Garagentor, das über einen Bewegungsmelder von selbst aufging, wenn das Auto die Garageneinfahrt passierte. Es wurde allerdings auch von der Katze der Nachbarin Frau Rademacher ausgelöst und fuhr daher jede Nacht so etwa zwanzig Mal quietschend auf und zu. Einige Wochen und zahlreiche böse Briefe aus der Nachbarschaft später, klemmte es eines Nachts mit einem ohrenbetäubenden Quietschen fest und ließ sich keinen Millimeter mehr bewegen. Das Garagentor war gerade so weit geschlossen, dass das Auto meiner Mutter nicht mehr durchpasste und so in der Garage bleiben musste.

Nach zwei Tagen engagierter Bastelarbeiten kapitulierte mein Vater und holte ein Team aus Handwerkern. Doch das Tor war so verklemmt, dass auch sie aufgeben mussten und unverrichteter Dinge wieder abzogen. Meine Mutter war ganz und gar nicht erfreut über diese Entwicklung, und nachdem sie auf dem Weg zur Arbeit mit dem Fahrrad mehrere Male nass geregnet worden war, drohte ein handfester Ehekrach.

Also engagierte mein Vater wohl oder übel ein Abrissunternehmen. In mehrwöchiger Kleinarbeit bauten zahlreiche Handwerker die Garage Stein für Stein um das Auto herum ab, um es nicht zu beschädigen. Die Do-it-yourself-Phase meines Vaters kam damit zu einem jähen Ende. Er hatte so die Nase voll von dieser Schmach, dass er sich sogar weigerte, eine neue Garage zu bauen.

Aber immerhin habe ich über die Jahre vieles von ihm gelernt. Daher macht es mir jetzt keine Probleme, die Metallteile als Verstärkung an das alte Fahrrad zu schweißen.

Als alles fertig ist, winke ich dem Meister. Der trottet auch brav zu mir herüber.

„Können wir das kurz ausprobieren?"

Er schaut mich an, mit einem Blick der sagt „Nur über meine Leiche."

„Bitte!"

Er grunzt unwillig, aber als ich ihn flehend ansehe, flucht er leise ein paar Worte und setzt sich auf den Gepäckträger. Wir drehen eine Runde auf dem Hof. Ich muss ganz schön in die Pedale treten, aber das Rad fährt erstaunlich gut.

Der Meister hält sich an meiner Jacke fest und scheint die kleine Runde auch nicht allzu schlimm zu finden. Erst als seine Angestellten um die Ecke kommen und spontan einen Lachkrampf kriegen bei unserem Anblick, springt er schnell ab und geht in die Werkstatt, als wäre nichts geschehen.

Ich winke ihm nach.

„Danke!"

Am Abend beschließe ich, mich ein wenig unters Volk zu mischen, und radele zum Pub. Das Fahrrad hat jetzt eine angenehme Stabilität und fährt deutlich besser. Vielleicht kriege ich mein Auto ja auch nie wieder, und muss bis zur Rente auf diesem Fahrrad fahren.

Im Pub angekommen, setze ich mich an die Bar. Im Hintergrund erzählen einige Gäste Witze, mittendrin sind auch Eoin und Padraig. Die Iren lieben Gespräche über das Wetter, aber mindestens genauso gerne haben sie Witze.

Gerade ist Eoin im Mittelpunkt des Interesses.

„Kennt ihr den? Ein Schäfer hütet seine Schafe?"

Die Gäste denken nach, einige schütteln die Köpfe. Eoin freut sich und legt los.

„Also: Kommt ein nagelneuer Jeep und hält neben dem Schäfer. Der Fahrer steigt aus, in so 'nem edlen Anzug, Sonnenbrille und so, und sagt: ‚Wenn ich errate, wie viele Schafe Sie hier haben, kriege ich dann eins?‘ Der Schäfer überlegt und sagt ‚Okay‘.“

Die Umstehenden sehen Eoin erwartungsvoll an, er macht eine Kunstpause und sieht sich um.

„Der Typ holt seinen Laptop raus, loggt sich übers Handy ein, scannt die Gegend und kriegt zig Daten auf den Bildschirm.“

Eoin trinkt einen Schluck Bier, die Gäste haben angebissen und lassen ihn nicht aus den Augen.

„Dann sagt er ‚Sie haben hier exakt 1448 Schafe‘. Sagt der Schäfer: ‚Stimmt. Suchen Sie sich ein Schaf aus‘. Das macht der Typ und hebt es auf die Ladefläche seines Jeeps. Darauf der Schäfer: ‚Wenn ich Ihren Beruf errate, kriege ich dann mein Schaf zurück?‘ Sagt der Typ: ‚Klar, warum nicht.‘“

Aus dem Augenwinkel sehe ich, dass Catherine reinkommt. Mein Puls beschleunigt sich, ich trinke schnell einen Schluck und winke ihr so lässig wie möglich zu. Sie kommt zu mir rüber und setzt sich neben mich. Bevor wir reden können, macht Eoin mit seinem Witz weiter.

„Sagt der Schäfer: ‚Wetten, Sie sind Farm Quality Manager.‘ Der Typ: ‚Ja. Woher wissen Sie das?‘ Der Schäfer: ‚Ganz einfach: Erstens, Sie kommen her, ohne dass Sie jemand gefragt hat. Zweitens, Sie verlangen ein Schaf als Bezahlung, um mir etwas zu sagen, was ich schon lange weiß. Drittens, Sie haben keine Ahnung von

Schafen ... Und jetzt hätt' ich gerne meinen Hund zurück.'"

Die Gäste brüllen vor Lachen, das ist offenbar Wasser auf ihren Mühlen.

Ich wusste nicht, dass Farm Quality Manager so unbeliebt sind. Peter ist ja auch einer, und ich gebe zu, es freut mich insgeheim, dass über seinen Beruf gelacht wird. Ich werfe einen Seitenblick auf Catherine. Wenn sie auf Peter steht, wird sie nicht amüsiert sein, aber sie lächelt.

Padraig klopft Eoin lachend auf den Rücken, es wird noch eine Runde Bier bestellt.

Catherine wendet sich mir zu.

„Wie geht's? Macht der Job Spaß?"

„Ja, total. Ich fühle mich schon wie zu Hause."

„Das freut mich."

„Darf ich dich auf ein Guinness einladen?"

Sie nickt.

„Gerne."

Ich winke dem Wirt und halte zwei Finger in die Luft.

Im Hintergrund diskutieren Eoin und Padraig und deuten immer wieder mal in unsere Richtung, das Gespräch scheint sich um Catherine und mich zu drehen. Eoin gibt Padraig einen Hundert-Euro-Schein. Aber sie diskutieren weiter, offenbar wetten sie erneut und besiegeln es per Handschlag.

Barney stellt das Guinness vor Catherine auf den Tresen und bemerkt das Fragezeichen in meinem Gesicht.

„Die Wetten stehen zehn zu eins gegen euch im Moment."

„Was?“ Ich starre ihn an.

„Na ja, ich kann nichts dafür. Beschwer' dich bei denen.“ Damit lässt er uns stehen.

Catherine grinst.

„Mach dir nichts draus. Sie wetten einfach auf alles.“

Ich schnappe nach Luft.

„Na, dann müssen wir aber dringend an unserer Quote arbeiten.“

Catherine lacht. Und es ist nicht das erste Mal, dass ich sie zum Lachen bringe. Alles scheint bei ihr anders zu funktionieren als sonst, als ob ihre Anwesenheit die Naturgesetze außer Kraft setzt.

Wir plaudern noch ein bisschen, aber nach einer Weile sieht Catherine auf die Uhr.

„Ich muss los. Morgen geht's früh raus.“

Ich beeile mich zu bezahlen, damit ich noch mit Catherine nach draußen gehen kann.

Als wir aus dem Pub kommen, bin ich verunsichert. Catherine während der Arbeit zu begegnen, ist schon schräg genug, aber wenigstens ist unser Verhältnis da als Arbeitsbeziehung geklärt. Aber ich möchte ihr ja langsam auch näherkommen.

„Sag mal, Catherine, hättest du morgen Abend mal Zeit, nach Feierabend?“

Sie sieht mich an, als wolle sie meine Gedanken erraten.

„Was Dienstliches?“

„Ja. Nein. Beides. Also halb-halb. Oder eher nicht. Ein bisschen vielleicht.“

Sie lacht.

„Klingt interessant. Ja, gerne."

„Schön. Also bis morgen."

„Ja, bis morgen. Gute Nacht."

Catherine gibt mir einen Kuss auf die Wange. Ich wage nicht, mich zu bewegen, und halte die Luft an. Ich fürchte schon, dass ich mir alles nur einbilde, aber es ist ein herrliches Gefühl. Catherine dreht sich um und geht, und ich greife mechanisch nach meinem Fahrrad, ohne den Blick von ihr zu wenden. Dann dreht sie sich noch einmal um.

„Nimm dich lieber in Acht. Heute ist Vollmond-Road-Bowling."

Ich nicke.

„Ich verspreche hoch und heilig, ich lasse mich von niemandem treffen, außer von dir."

Catherine lacht.

Den Weg mit dem Fahrrad nach Inyshmore nehme ich überhaupt nicht wahr, so aufgewühlt bin ich. Als ich bei Betti angekommen bin, will ich noch nicht ins Haus. Ich wandere ein paar Schritte über die Wiese vor dem Haus und sehe in den Sternenhimmel. Mit einem Freudenschrei lasse ich mich rückwärts ins Gras fallen und liege dort so lange, bis ich merke, dass das Gras klitschnass ist.

Aber dann fällt mir ein, dass ich für heute Abend ja noch etwas vorhatte. Denn in den vergangenen Wochen habe ich viel von Eoin gelernt und traue mir inzwischen zu, für jede Kuh eine einigermaßen geeignete Frisur zu entwerfen. Wichtig dabei ist, die Kuh möglichst vorteilhaft aussehen zu lassen, je nachdem, wie sie gebaut ist. Schwächen werden kaschiert, Stärken hervorgehoben. Da ich nicht offiziell an den Kühen üben kann, ohne dass das Fragen aufwirft, habe ich mir eine andere Strategie ausgedacht.

Ich gehe ins Haus und hole mir eine Taschenlampe, die ich von Betti geborgt habe, außerdem meine Frisiertasche, und breche auf.

Ich stiefele über Gras und Steine, tappe durch einen schlammigen Abschnitt und erreiche endlich den Weidezaun der Coyle Farm. Ich sehe mich um, aber um diese Zeit ist hier niemand. Ich werfe die Tasche über den Zaun. Leider war der Reißverschluss offen, und der Inhalt verstreut sich über die Wiese: Scheren, Bürsten, und die verhassten Haarsprayflaschen. Ich fluche, klettere hinterher und sammele die Sachen wieder ein. Dann gehe ich einen Schritt, stolpere über einen Stein und lande im Matsch.

Im Mondlicht sehe ich, wie die Kühe mich beobachten. So eine Show haben sie hier nachts vermutlich noch nicht gesehen. Ich gehe auf Fionnah zu, doch sobald ich ihr nahe komme, läuft sie weg.

„Hey, bleib hier! Fionnah!"

Ich habe ein paar Kräuterbüschel in der Tasche, und Fionnah frisst sie auch, aber noch während sie kaut, geht sie immer ein paar Meter weiter. Offenbar sind die Kühe nachts ängstlicher als am Tag. Mist. Ohne Halfter und Strick werde ich sie sicherlich nicht überzeugen können, stehen zu bleiben. Aber die Halfter sind im Stall, und der ist erstens abgeschlossen, und zweitens, wie sollte ich erklären, was ich nachts auf der Farm mache, wenn ich entdeckt werde?

Ich stelle meine Tasche ab und setze mich ins Gras.

„Fionnah, was mache ich denn hier? Ich muss doch verrückt sein.“

Fionnah sieht mich an.

„Das ist doch komplett irre. Oder was meinst du?“

Aber Fionnah sieht nur auf mich herunter. Ich zupfe ein paar Grashalme und starre trübsinnig auf den Boden. Doch dann spüre ich einen warmen Hauch an meinem Ohr. Ich sehe auf – in die Augen von Fionnah. Sie ist näher gekommen und schnuppert nun an meinem Haar.

„Fionnah, bitte! Sei so lieb und hilf mir.“

Mit ihrer rauen Zunge leckt sie über meine Stirn. So vorsichtig wie möglich hebe ich meine Hand und kraule ihren Stirnschopf – und sie lässt es geschehen. Sie senkt den Kopf sogar noch ein bisschen, so dass ich besser rankomme.

So langsam wie möglich stehe ich auf und hoffe inständig, dass sie nicht wieder wegläuft. Ich greife nach der Bürste in meiner Tasche und zeige sie ihr. Nachdem sie sie ausgiebig beschnuppert hat, senkt sie den Kopf als Zeichen, dass es okay ist. Ich bürste ihr Fell am Hals, und sie bleibt geduldig stehen.

Unter größter Überwindung sprühe und toupiere ich die Haare auf ihrer Rückenlinie. Im Dunkeln erscheinen mir die Sprayflaschen weniger gefährlich, das beweist mal wieder, wie irrational diese bescheuerten Phobien sind. Da ich beide Hände brauche, nehme ich die Taschenlampe in den Mund und sehe vermutlich aus wie ein Alien. Aber Fionnah stört das nicht, sie steht friedlich da und käut wieder. Gelegentlich wendet sie mir den Kopf zu, dann kraule ich ihr die Stirn.

Als ich fertig bin, leuchte ich ihre Frisur mit der Taschenlampe an. Das Glitzerspray in ihrem Fell lässt Fionnah funkeln wie ein Meer aus Lichtern. Unter dem Sternenhimmel, der hier draußen schon viel intensiver leuchtet als in der Stadt, ist das ein eindrucksvolles Bild. Ich weiß, das klingt kitschig, aber im Schein meiner Taschenlampe sieht Fionnah aus wie eine Kuh aus tausend Sternen.

„Wow. Fionnah, du bist wirklich eine Schönheit.“

Ich streichele sie noch ein paar Minuten, dann packe ich meine Sachen zusammen und gehe zurück zum Zaun. Ich drehe mich noch einmal um und sehe, wie die Kühe mich beobachten. Fionnah steht zwischen ihnen, als wäre nichts gewesen. Dann klettere ich zurück über den Zaun und zerreiße mir dabei die Jeans.

CATHERINE

Heute habe ich Tom im Pub getroffen. Es war ziemlich nett, er scheint ein geselliger Typ zu sein.

Nicht so wie Peter. Der geht morgens zur Arbeit, und wenn er fertig ist, geht er nach Hause. Ich denke manchmal, sein ganzes Leben spielt sich auf unserem Hof und bei ihm zu Hause ab. Mir fällt gerade auf, ich kenne ihn schon so lange, aber ich war nie in seiner Wohnung.

Eigentlich kenne ich Peter gar nicht richtig. Manchmal habe ich den Eindruck, er verbirgt etwas vor mir. Und das, obwohl

ich Unehrlichkeit hasse. Man muss doch wissen, mit wem man es
zu tun hat.

Tom ist da ganz anders. Er ist offener, das mag ich sehr. Ihm
vertraue ich, als ob ich ihn schon lange kennen würde ...
merkwürdig, nach so kurzer Zeit.

KAPITEL 16

CATHERINE

2. Juni

Gerade hat Papa mich wieder gebeten, Äpfel vom Einkaufen mitzubringen. Warum will er ausgerechnet immer Äpfel? Und wie oft wird er mir noch glauben, dass ich an alles andere denke, und ausgerechnet immer die blöden Äpfel vergesse? Vielleicht behaupte ich einfach, dass ich allergisch gegen Äpfel bin. Denn wenn ich ihm sage, dass ich in Wahrheit Panik kriege, wenn ich Äpfel sehe, hält er mich für komplett irre.

Nee, besser ich schicke Eoin nachher in den Regionalladen nach Dunfanaghy. Da kosten sie zwar das Dreifache, aber egal.

Da fällt mir ein, gestern hat Tom mich um ein Gespräch nach Feierabend gebeten. Was er wohl vorhat? Sollte das etwas eine Art Date sein? Ich bin echt gespannt ...

TOM

Draußen zwitschern die Vögel, die Sonne scheint durch mein Fenster. Der Wecker klingelt, ich werfe mit einem Kissen nach ihm, und tatsächlich verstummt er. Das habe ich vorher tausendmal versucht, aber es hat noch nie geklappt. Vielleicht ein gutes Omen.

Und schlagartig bin ich hellwach. Denn heute habe ich etwas sehr Wichtiges vor.

Ich gehe in die Küche und bemühe mich, leise zu sein, um Betti nicht zu wecken. Dort bereite ich einen Mürbeteig zu, dazu verschiedene Füllungen. Ich entscheide mich für Käse-Frühlingszwiebel, Rosmarin-Kartoffel-Möhre und Rote-Bete-Meerrettich. Das werden meine phänomenalen Mini-Quiches. Anschließend koche ich eine große Portion Süßkartoffel-Curry. Zusammen mit den in Kirschgeist eingelegten Pfefferkirschen entfaltet es einen unwiderstehlichen Geschmack.

Als alles fertig ist, dusche ich und ziehe mich an. Dann packe ich meine Geheimwaffe, den Picknickkorb. Ich leihe mir ein kariertes Tischtuch, zwei Weingläser und einen Feuertopf von Betti aus, außerdem einen Kerzenleuchter. Alles packe ich zusammen mit einem Beutel Grillkohlen und einem Sitzkissen von Bettis Gartenstuhl in meine Reisetasche.

. . .

In diesem Moment kommt Betti in die Küche. Sie reibt sich die Augen.

„Nanu, du bist schon auf?"

Ich nicke und räume die restlichen Zutaten in den Kühlschrank.

„Guten Morgen. Ich hoffe, ich habe dich nicht geweckt."

Betti wird auf den Picknickkorb aufmerksam.

„Ah, das sieht ja gut aus. Lass mal sehen."

Sie öffnet den Korb und will hineingreifen, aber ich haue ihr spielerisch auf die Hand.

„Finger weg, das wird noch gebraucht."

Betti zieht ein Gesicht.

„Das sieht aber wirklich ziemlich lecker aus."

„Nix da."

Ich grinse, aber dann hole ich aus dem Kühlschrank einen Teller für Betti, den ich vorbereitet habe.

„Das habe ich für dich gemacht."

Sie nimmt mich in den Arm.

„Wie lieb von dir. Du darfst gerne öfter kochen."

„Naja, Gemüse schnippeln liegt mir auch mehr als Haare toupieren."

Ich gebe ihr einen Kuss auf die Wange.

„Ich muss los."

„Aber du musst doch was Richtiges frühstücken."

„Keine Zeit ... Und heute Abend kann es spät werden!"

Betti schmunzelt.

„Na dann, viel Glück."

Ich gehe aus dem Haus, trete ins helle Sonnenlicht und

erschrecke. Vor mir, mit einem großen Rucksack bewaffnet, steht Steffen. Hinter ihm parkt ein weißer Toyota, der ähnlich rostig aussieht wie einst mein Peugeot. Steffen sieht sich um und stellt seinen Rucksack ab.

„Hübsch hier. Aber war gar nicht so einfach, das Kaff zu finden."

„Steffen! Was machst du denn hier?"

Er zuckt die Schultern.

„Was soll ich sagen. Der Restauranttester kam, der Chef hat bescheuert gekocht, das Heubergers ging pleite. Und naja ... jemand muss doch auf dich aufpassen."

Ich bin gerührt. Ich nehme Steffen in den Arm, und er klopft mir auf den Rücken.

„Alter, echt jetzt. Ich hab dich vermisst."

„Schön, dass du da bist. Ich freue mich.

Ich deute auf den Toyota, der sein Steuer auf der rechten Seite hat.

„Ist das dein Auto?"

Steffen nickt.

„Ist 'ne alte Möhre, fährt aber ganz brav. Hab ich in Dublin gekauft, für'n Hunni."

„Wow, nicht schlecht."

„Wollen wir 'ne Runde drehen? Dann kannst du mir die Gegend zeigen."

„Das machen wir später, jetzt muss ich zur Arbeit."

Steffen guckt auf meinen Picknickkorb und zieht die Augenbrauen hoch.

„Sowas nennt man hier Arbeit?"

„Lange Geschichte, erzähl ich später."

Ich rufe durch das geöffnete Küchenfenster.

„Betti, hier ist Steffen, mein Mitbewohner aus Berlin. Ich glaube, der möchte gerne frühstücken."

Betti steckt den Kopf aus dem Fenster.

„Hallo Steffen, ich hoffe, du hast Hunger. Frühstück ist gleich fertig."

Steffen klappt seinen Mund auf und wieder zu.

„Hammer. Das ist ja das reinste Paradies hier. Hallo Betti."

Ich befestige den Picknickkorb auf dem Fahrrad.

„Ich seh schon, ihr werdet euch gut verstehen. Bis heute Abend."

„Klar, Alter. Viel Spaß bei deiner ‚Arbeit'."

Steffen geht nach drinnen, und ich fahre los.

Als ich an den Wiesen der Coyle Farm vorbeikomme, haben sich am Zaun Leute aus dem Dorf versammelt. Sie gestikulieren und diskutieren. Ich winke ihnen zu.

„Guten Morgen!"

Einige der Leute murmeln ein „Morgen".

Auf der anderen Seite des Zauns grasen die Kühe, langhaarig und zottelig, nur eine sticht heraus: Fionnah. Sie trägt ihre strahlende und perfekt hergerichtete Frisur. Und offensichtlich hat sie sich über Nacht nicht hingelegt, denn ihre Haare sitzen perfekt, auch die schwierig zu frisierende Rückenlinie. Und mir scheint, sie trägt ihre Frisur mit Stolz.

Auf dem Weg fahre ich noch schnell in der Drogerie vorbei. Ich muss Nachschub kaufen, denn meine nächtliche Frisier-Aktion hat das Haarspray aufgebraucht.

Ich gehe also zu dem Regal mit den Sprayflaschen und spüre, wie mir der Schweiß ausbricht. Ich greife schon nach einer der explosiven Horror-Flaschen, als ich aus dem Augenwinkel etwas sehe. In dem Regal nebenan stehen ... Pumpsprühflaschen! Es gibt Haarspray in Pumpsprühflaschen? Ich bin fassungslos. Die sind aus Plastik, stehen nicht unter Druck und können einem nicht in der Hand explodieren. Eine Welle von Erleichterung fließt durch meinen Körper, und ich empfinde tiefste Dankbarkeit. Im Stillen preise ich den Erfinder der Pumpsprühflasche, packe gleich zehn davon in meinen Korb und gehe an die Kasse.

Anschließend statte ich noch dem Bekleidungsgeschäft gegenüber einen Besuch ab. Ich bin normalerweise nicht so ein Klamotten-Käufer, aber heute möchte ich so gut wie möglich aussehen. Ich entscheide mich für ein Jeanshemd, das verschiedenfarbige Druckknöpfe hat und leger, aber gleichzeitig individuell aussieht. Genau das Richtige für meinen Plan.

Später erreiche ich die Farm, biege vom Hauptweg ab und nehme den Weg hinter dem Stall, anstatt direkt auf den Hof zu fahren. Ich will möglichst unbemerkt zur Scheune und zu dem Umkleideraum für die Farmarbeiter kommen.

Drinnen angekommen, verstecke ich den Picknickkorb, den Feuertopf und mein neues Hemd in einem Schrank. Dann mache ich mich auf die Suche nach Catherine.

Als ich über den Hof in Richtung Stall gehe, winkt sie aus dem offenen Küchenfenster.

„Guten Morgen. Hast du mal 'ne Minute?"

„Na klar." Hoffentlich sagt sie nicht für heute Abend ab.

Ich gehe in die Küche, wo sie an der Spüle steht und das Frühstücksgeschirr abtrocknet. Als ich reinkomme, dreht sie sich zu mir um.

„Hallo Tom. Ich war heute Morgen auf der Wiese."

„Ah ja?"

„Es ist merkwürdig. Fionnah hat über Nacht eine neue Frisur bekommen."

Ich nicke und gucke unschuldig. Catherine legt den Kopf schief.

„Das warst doch du, oder?"

„Stimmt. Sie ist ja manchmal ein bisschen scheu, und ich möchte, dass sie sich noch mehr an mich gewöhnt. Dann ist sie auf der Show weniger nervös."

Catherine denkt einen Moment nach. Dann nickt sie.

„Gute Idee. Na dann, ich wünsche dir einen schönen Arbeitstag."

Ich hole tief Luft.

„Bleibt es denn bei heute Abend?"

Catherine lächelt.

„Na klar. Ich bin gespannt."

Der Arbeitstag ist vollgepackt, und dazu habe ich noch

jede Menge zu lernen. Wir haben Fionnah von der Wiese geholt und sie angebunden. Jetzt hält Eoin mir einen Lappen hin.

„Hier, den tunkst du in diese Paste.“

„Was ist das?“

„Politur.“

Ich starre ihn an.

„Wie Politur, so wie die fürs Auto?“

Eoin lacht.

„So ähnlich. Nur fürs Euter.“

Mir verschlägt es die Sprache. Ich nehme etwas Politur auf den Lappen. Es kostet mich einige Überwindung, Fionnah einfach so an das Euter zu fassen, aber ein Seitenblick auf ihren Gesichtsausdruck verrät mir, dass sie das okay findet. Ich reibe vorsichtig Fionnahs Euter damit ein. Und tatsächlich beginnt die Oberfläche zu glänzen. Nicht gerade wie der Lack des alten himmelblauen VW Bulli den ich mal hatte, aber es glänzt.

Eoin beobachtet, ob ich alles richtig mache. Er streichelt Fionnah über den Rücken.

„Übrigens, jemand hat sie heute Nacht frisiert.“

Ich schaue unschuldig.

„Ach ja?“

Eoin grinst.

„Und zwar gar nicht mal schlecht. An der Rückenlinie musst du allerdings noch arbeiten.“

Ich nicke und mache weiter. Im Hintergrund kommt Peter mit energischen Schritten auf uns zu.

Eoin deutet mit dem Kopf auf ihn.

„Da kommt Ärger.“

„Eoin, Tom, die Kühe müssen umgestellt werden. Auf

die Nordweide. Und alle Gatter wieder gut zumachen!"

Eoin verdreht die Augen.

„Als ob wir das zum ersten Mal machen", brummt er leise.

Wir machen uns daran, die Kühe von einer Wiese auf die nächste zu bringen. Ich freue mich, dass die Kühe uns bereitwillig folgen, während sie vor Peter ja immer weglaufen.

Als wir Feierabend machen, warte ich, bis Eoin und Padraig fertig umgezogen sind. Dann gehe ich in den Umkleideraum und hole meine Sachen aus dem Schrank. Ja, und ich denke sogar daran, von dem neuen Hemd das Preisschild abzuschneiden, bevor ich es anziehe.

Ich prüfe im Spiegel, wie es mir steht, und sehe eine widerspenstige Haarsträhne, die von meinem Kopf absteht. Ich versuche, sie mit dem Kamm zu bändigen, ohne Erfolg. Ich hole eine der Pumpsprühflaschen aus der Tasche, kämme und sprühe und bin erstaunt, wie routiniert mir das schon von der Hand geht, fast wie das Tranchieren eines Bratens. Ich muss über mich selbst lächeln.

Das Sitzkissen von Bettis Gartenstuhl befestige ich auf dem Gepäckträger des alten Fahrrades.

Dann bin ich bereit, meinen Plan umzusetzen.

Draußen ist die Luft rein, weder Catherine noch jemand anders ist zu sehen. Ich gehe schnell in die Küche des Farmhauses und platziere eine Mini-Quiche auf dem Küchentisch, dann eine weitere auf dem Fensterbrett neben der Tür zum Garten. Draußen auf dem Gartentisch das nächste Küchlein, und noch eins auf dem Zaun. Und dort warte ich mit dem Picknickkorb.

Ein paar Minuten später kommt Catherine auch schon aus dem Büro und geht zum Haus.

Durch das Fenster sehe ich, wie Catherine in die Küche kommt. Mal sehen, ob mein Plan aufgeht ... Offenbar ja, denn sie bleibt am Küchentisch stehen, nimmt die Mini-Quiche und riecht daran. Dann geht sie zu dem anderen Stück auf der Fensterbank ... und kommt aus der Tür. Sie sieht die Quiche auf dem Gartentisch, dann auf dem Zaun ... und dann mich.

Catherine hält die Mini-Quiche hoch.

„Sieht lecker aus. Selbst gemacht?“

„Na klar. Probier mal.“

Sie beißt ab.

„Das ist ja köstlich!“

„Es gibt noch mehr davon“, sage ich. „Und ein Platz am See ist schon reserviert.“

„Ein Picknick am See? Super!“

Ich deute auf mein Fahrrad.

„Gestatten, die Limousine wartet schon.“

Catherine lacht.

„Coole Idee.“

Sie setzt sich vorsichtig auf den Gepäckträger mit dem Kissen, und ich gebe ihr den Picknickkorb zum Festhalten. Ich strampele los, und wir versuchen beide, das Gleichgewicht nicht zu verlieren. Alles schwankt, trotz der Metallverstärkung, und ich habe schon Angst, dass wir im Graben landen, aber Catherine kichert.

„Sowas hab ich ewig nicht gemacht.“

Aus dem Augenwinkel sehe ich noch, dass Peter uns

nachsieht.

Aber wir kommen gut an dem Platz am See an, den ich schon vorbereitet habe. Eine alte Weide mit ihren tiefhängenden Zweigen spendet uns Schatten, der Untergrund ist mit Moos bewachsen und weich, so dass wir bequem sitzen.

Vor uns breite ich eine Stofftischdecke aus und drapiere darauf Bettis silbernen Kerzenständen mit einer dunkelroten Kerze. Eine Vase von Betti habe ich mit Wildblumen bestückt, die nach Natur duften. Aus einigen herumliegenden Steinen baue ich jetzt eine Feuerstelle und mache ein Feuer aus kleinen Zweigen und den Grillkohlen. Darüber stelle ich Bettis schmiedeeisernen Feuertopf, der auf seinen Füßen direkt im Feuer steht. Darin brutzelt mein spezielles Süßkartoffel-Curry.

Catherine nimmt eine Blume mit lilafarbener Blüte aus der Vase und riecht daran. Sie lächelt.

„Herrlich. Die wachsen hier überall. Ich weiß nicht, wie die heißen, aber ich mag sie ganz besonders."

Inzwischen zünde ich die Kerze mit meinem alten Zippo-Feuerzeug an. Während ich die Flasche Rotwein entkorke und eingieße, nimmt Catherine das Feuerzeug in die Hand und streicht mit dem Finger über die glänzende Oberfläche.

„Schön. Die sieht man heute fast gar nicht mehr. Alle haben nur noch diese Einweg-Dinger."

„Ich habe es von meinem Großvater. Er hat es mir geschenkt, als ich zehn wurde. Ich kann mich noch genau daran erinnern."

Catherine nickt.

„Mir haben meine Großeltern auch sehr viel bedeutet."

Ich höre heraus, dass bei diesem Thema ein Schmerz in Catherine berührt wird. Ich reiche ihr das Glas und setze mich ihr gegenüber.

„Großmutter Twomey?"

„Ja. Sie war wunderbar. Sie konnte einfach mit jeder Kuh umgehen."

Catherine trinkt einen Schluck Rotwein.

„Als Kind habe ich gedacht, das macht der Löwenzahn. Aber irgendwann habe ich begriffen ... Sie hat sie wirklich geliebt."

„Und deine Mutter?"

Catherine stellt ihr Glas ab und verschränkt die Arme.

„Sie hat uns verlassen. Ihr war das Leben auf der Farm zu eintönig."

Sie sieht über den See, in dem sich die Abendsonne spiegelt.

Ich denke an all die Aufregung, die ich in den letzten Wochen erlebt habe.

„Dabei ist es doch ganz und gar nicht eintönig ..."

„Eben! Aber ihre Eltern hatten einen Zirkus, sie sind dauernd durch die Gegend gezogen."

Sie setzt sich zurück und lehnt sich an den Baumstamm der Weide.

Ich warte einen Moment, aber sie schweigt. Dann rühre ich in dem Süßkartoffelcurry im Feuertopf, um ihr etwas Zeit zu geben. Aber ich sehe, dass sie in Gedanken ist.

„Und wie fühlt es sich an, wenn du dich an sie erinnerst?“

„Ich denke nicht viel an sie.“

„Vermisst du sie?“

„Ich bin eher wütend.“

Ich stochere ein wenig in der Glut des Feuers und denke nach. „Kannst du dich auch an schöne Erlebnisse mit deiner Mutter erinnern?“

Catherine schaut mich an, sie scheint von der Frage überrascht zu sein. Sie sieht auf den See hinaus. Dann dreht sie sich wieder zu mir. Auf ihrem Gesicht zeigt sich der Anflug eines Lächelns.

„Meine Mutter konnte viele Tricks. Bevor sie Äpfel geschält hat, hat sie immer damit jongliert. Bis zu fünf auf einmal, und ich kann mich nicht erinnern, dass ihr jemals einer runtergefallen ist.“

„Klingt ja toll.“

„Merkwürdig, das hatte ich völlig vergessen. Als Kind fand ich das immer lustig.“

Sie macht eine Pause, ich lasse sie nachdenken. Catherine atmet tief durch.

„Vielleicht konnte das auch nicht gut gehen, das mit meinen Eltern. Eine Farm braucht Menschen, die beständig sind. Man kann nicht so einfach abhauen, wenn man mal keine Lust auf Füttern und Melken hat.“

Ich lasse ihre Worte auf mich wirken.

„Ja, man hat ganz schön Verantwortung für die Tiere.“

Catherine nickt.

„Und das finde ich so schön an unserem Beruf. Dass wir nicht nur mit den Tieren arbeiten, sondern mit ihnen leben.“

Sie macht eine Pause.

„Weißt du, das Schlimmste war, sie hat gesagt, sie ist glücklich. Aber da hat sie gelogen.“

Catherine lehnt sich zurück und sieht in den Abendhimmel.

Ich hole tief Luft.

„Catherine, ich muss dir etwas sagen.“

Sie setzt sich abrupt auf.

„Gefällt es dir etwa nicht bei uns?“

„Doch, sehr sogar ...“

„Wenn es wegen Peter ist, mach dir nichts draus. Er ist ein bisschen ... na ja, eingefahren. Und eifersüchtig. Er wollte mir sogar einreden, dass man dir nicht trauen kann.“

Ich schlucke. Catherine sieht mir in die Augen. Ich öffne meinen Mund, um ihr zu widersprechen, aber sie beugt sich vor und legt mir sanft den Zeigefinger auf die Lippen.

„Aber ich vertraue dir.“ Sie lacht leise. „Und normalerweise dauert das bei mir ganz schön lange.“

Das war’s mit meiner Chance, ihr die Wahrheit zu sagen. Catherine wird wieder ernst.

„Und was wolltest du mir sagen?“

„Ach so, das. Ja ... Das ist Süßkartoffel-Curry. Mit Pfefferkirschen. Das ist vielleicht ein wenig exotisch, ich hoffe du magst es.“

„Bestimmt. Bisher war ja alles sehr lecker.“

Ich bin froh über den Themenwechsel.

„Es ist vegetarisch, nach meinem Spezial-Rezept.“

Ich fülle uns auf und wir beginnen zu essen.

„Wow. Das ist super.“

„Isst du eigentlich überhaupt kein Fleisch?“, frage ich.

„Schon die Vorstellung ...“ Sie lacht. „Als Kind habe

ich immer die Kühe unserer Nachbarn freigelassen, damit sie nicht zum Schlachter mussten. Das gab jedes Mal tierischen Ärger.“

„Also isst du nichts, was einen Namen hat?“

„Nichts, was Augen hat.“

„Aber die Süßkartoffeln haben auch Augen.“

Catherine lacht.

„Diese Art Augen sind okay.“

Wir genießen das Curry und schauen über den See. Es ist herrlich. Frösche quaken, am anderen Ufer grast eine Schafherde, und die untergehende Sonne gibt der Wasseroberfläche einen orangenen Farbschimmer. Die perfekte Idylle. Ich lege Catherine eine Decke um die Schultern, sie bedankt sich mit einem Lächeln.

Dann wird sie wieder ernst.

„Es ist eigenartig. Ich liebe meine Arbeit, und ich denke immer, ich müsste glücklich sein. Aber manchmal habe ich so eine Sehnsucht nach etwas, und ich weiß nicht mal, was es ist.“

Ich nicke.

„Das Gefühl kenne ich. Dann brauche ich immer ein wenig Abwechslung ... Neue Anregungen. Was Kreatives.“

Als hätten sie das gehört, quaken im Hintergrund die Frösche immer lauter. Außerdem scheinen sie übermütig zu sein, denn sie planschen ziemlich laut. Catherine guckt skeptisch.

„Was Kreatives? In der Farmarbeit?“

„Beim Kochen. Ich lebe meine kreative Seite im Hobby aus. Als Ausgleich sozusagen.“

Bei diesen Worten wird das Gequake unüberhörbar, und in meinem Hinterkopf blinkt eine imaginäre rote Warnlampe. Ich ignoriere das und lenke lieber das Thema vom Kochen weg.

„Vermisst du deine Mutter manchmal?"

„Ich weiß nicht ... Ich war so viele Jahre einfach nur wütend auf sie."

Ich merke, dass ich unwillkürlich hin und her rutsche. Catherine zuckt die Schultern.

„Ich denke, mein Vater hat sich schneller damit abgefunden. Nur in eine Zirkusvorstellung kriegt man ihn immer noch nicht."

Und plötzlich weiß ich, was das Problem ist. Ich erstarre. Denn dem Teich entsteigt in diesem Moment das Grauen und watschelt auf uns zu: eine Ente. Ihre gelben Augen starren, als wäre sie direkt der Hölle entsprungen und ausgezogen, mich zu vernichten.

Was ab jetzt passiert, kann ich nicht mehr kontrollieren. Meine Hände zittern, ich bekomme fast keine Luft mehr, und Schweißperlen treten auf meine Stirn. Ich starre die Ente an und bin zu keiner Bewegung fähig. Die Ente starrt zurück.

So sehr ich auch in Panik bin, eins kann ich noch denken: Wenn Catherine merkt, was mit mir los ist, wird sie sich totlachen und nie wieder ein Wort mit mir sprechen. Während mir das durch den Kopf schießt, dreht sich Catherine zu mir und sieht mich an.

„Tom, was ist los?"

Ich keuche. Alles, was ich rausbringen kann, sind drei Worte:

„Angst vor Enten."

Sie lacht, aber es ist ein herzliches Lachen, kein

hämisches. Dann wird sie wieder ernst.

„Okay. So eine Ente ist echt gefährlich. Soll ich sie für dich verscheuchen?"

Ich nicke.

Catherine steht auf, wedelt ein bisschen mit ihrer Serviette, und die Ente flattert unter hektischem Gequake davon.

Das verblüfft mich. Sollte es so einfach sein, Enten zu verscheuchen? Ich ignoriere Trollis Wutschrei und nehme mir vor, in Zukunft immer eine karierte Stoffserviette dabei zu haben, für unvorhergesehenen Entenkontakt.

Catherine sieht mich an und lächelt.

„Du kannst dich entspannen. Sie ist weg."

Ich vergewissere mich, dass der geflügelte Höllenhund wirklich nicht mehr zu sehen ist, dann atme ich einmal tief durch und lehne mich zurück.

„Das tut mir leid. Ich bin so ein Idiot."

Catherine setzt sich wieder zu mir und sieht mich an.

„Ach, Unsinn. Das war das süßeste Blickduell mit einer Ente, das ich je gesehen habe."

Eine Woge von Glück erfasst mich.

Ohne nachzudenken lege ich den Arm um sie und drücke sie an mich. Und sie erwidert meine Umarmung.

„Catherine, du bist ... großartig."

Wir sehen uns tief in die Augen. Dann gehen meine Gefühle mit mir durch, und ich küsse sie. Erst auf die Wange, dann auf den Mund. Und sie legt ihre Hände in meinen Nacken, zieht mich an sich und erwidert meinen Kuss. Eine Welle von Glücksgefühlen rauscht durch meinen Körper, und alles um uns herum scheint nicht mehr zu existieren. Nur noch wir beide.

. . .

Aber dann reißt uns ein lautes Rattern aus den Zärtlichkeiten. Es ist Eoin, der mit dem Trecker am Seeufer entlangfährt, offenbar ist er auf dem Weg von der Bullenweide zurück zur Farm.

Catherine seufzt.

„Perfektes Timing, wie immer."

Die Magie des Moments ist verstrichen. Ich löse mich von Catherine.

„Vielleicht sollten wir lieber aufbrechen?"

Sie nickt.

„Ja, ist wohl besser. Es wird ja gleich dunkel."

Catherine klingt, als ob sie es bedauert. Wir packen die Sachen zusammen und brechen auf.

Auf dem Rückweg vom See schiebe ich das Fahrrad, und wir reden. Catherine erzählt Geschichten von den Kühen und aus ihrer Kindheit, ich erzähle von meinen schrulligen Eltern, und wir lachen viel. Ich genieße es und verliebe mich, falls das überhaupt noch möglich ist, noch mehr in sie. Und vor allem bin ich überglücklich, dass auch Catherine sich mir öffnet und aus ihrem Leben erzählt.

Als wir die Hofeinfahrt der Farm erreichen, bleibt sie stehen und sieht mich an.

„Das war ein sehr schöner Abend."

„Finde ich auch."

„Weißt du, was ich an dir besonders mag?"

„Ich bin ganz Ohr."

„Du bist nicht so ein Macho wie die anderen Kuh-Leute. Das finde ich sehr sympathisch."

Ich nehme sie in den Arm und küsse sie noch einmal.

Dann sehen wir uns in die Augen.

Catherine lächelt.

„Darf ich dir etwas anvertrauen?"

„Ja. Natürlich."

„Aber das bleibt unter uns!"

„Na klar."

„Es ist aber, wie soll ich sagen, nicht ganz normal."

Ich zucke die Schultern.

„Was ist schon normal."

„Ich habe nämlich auch eine Phobie." Catherine schaut auf ihre Schuhspitzen.

„Und zwar?"

„Ich habe Angst vor ... Äpfeln."

„Oh. Naja. Das finde ich nicht so schlimm."

Catherine sieht mich an, als könne sie es kaum glauben.

„Aber es ist ein bisschen irre, oder? Ich meine, von Äpfeln geht ja nun wirklich keine Gefahr aus."

„Och, das würde ich nicht sagen. Man kann sich an ihnen verschlucken. Manchmal wohnen gefährliche kleine Würmer darin. Und wenn einem ein Apfel vom Baum auf den Kopf fällt, gibt's ne Beule."

Catherine lacht.

„Das stimmt allerdings. So gesehen, ist meine Apfel-Phobie sehr berechtigt."

Wir lachen.

Ich werde wieder ernst.

„Hattest du das immer schon?"

„Nein."

Catherine überlegt, aber ich ahne schon, was die Ursache dafür sein kann.

„Ist das vielleicht entstanden, nachdem deine Mutter

weggegangen ist?“

Catherine horcht auf.

„Ja, das stimmt! Woher weißt du das?“

„Ich habe es vermutet. Vielleicht hast du die Äpfel, mit denen sie jongliert hat, mit der Trauer darüber verknüpft, dass sie weg war. Und dein Unterbewusstsein will dich vor dem Schmerz schützen.“

„Indem es mich von Äpfeln fern hält?“

Ich nicke.

Catherine sieht mich an, als wäre ich der Heilige Geist. Dann denkt sie nach.

„Und gibt es etwas, das ich dagegen tun kann?“

„Du könntest versuchen, dich der Angst zu stellen. Kannst du jonglieren?“

„Du meinst, ich soll mit Äpfeln jonglieren, wie meine Mutter?“

„Wenn du das schaffst, hast du die Angst vor den Äpfeln überwunden.“

Catherine sieht mich von der Seite an. Sie schüttelt sich.

„Schon die Vorstellung ... Aber sicherlich hast du recht.“

„Du kannst langsam anfangen. Vielleicht beginnst du erstmal damit, einen Apfel zu pflücken.“

Catherine atmet tief durch.

„Verstehe. Langsam herantasten, meinst du.“

„Genau.“

„Hmmm. Gute Idee.“

Sie lässt das einen Moment auf sich wirken. Dann grinst sie, drückt mir einen Kuss auf die Wange und steht auf.

„Also dann, bis morgen.“

„Ja, gute Nacht.“

Ich stehe ebenfalls auf und gehe zu meinem Fahrrad. Als ich aufsteige, ruft Catherine mir noch einmal nach.

„Ich hoffe, die Straße nach Inyshmore ist heute Abend entenfrei.“

Ich muss lachen.

„Tut mir leid, ich bin echt ein Idiot.“

„Unsinn. Angst vor Enten zu haben, ist charmant. Und witzig.“

Sie winkt mir nach, bevor sie sich umdreht und in Richtung Farmhaus geht.

Ich bin im siebten Himmel. Während ich nach Hause radele, nehme ich vor lauter Glück kaum etwas wahr. Heute Abend würde ich es nicht mal bemerken, wenn eine Ente angeflogen käme, um mir frontal an den Kopf zu knallen.

CATHERINE

Mein Gott, was für ein toller Mann. Wie oft er mich zum Lachen bringt!

Ich kann kaum glauben, dass ich gewagt habe, ihm das mit den Äpfeln zu erzählen. Das wissen jetzt nur er und ich. Und er versteht mich nicht nur, sondern kennt das Gefühl selbst. Wie das ist, wenn man so eine blöde Phobie hat.

In seiner Gegenwart fühle ich mich geborgen. Und küssen kann er auch! Wow. Ich glaube, ich bin so richtig verliebt.

KAPITEL 17

CATHERINE

3. Juni

Ich hab' so gut geschlafen wie schon lange nicht mehr. Herrlich! Ich bin so beschwingt und gut gelaunt ...

Hm, aber es ist vielleicht besser, wenn Peter das mit dem Picknick noch nicht erfährt. Das gibt nur Probleme. Das sage ich ihm lieber mal zum richtigen Zeitpunkt.

Übrigens, als ich gestern morgen in die Stadt zum Einkaufen gefahren bin, habe ich eine blonde Frau aus Peters Wohnung kommen sehen. Wenn ich mich nicht täusche, war das Sadie, die Sprechstundenhilfe vom Orthopäden aus Dunfanaghy. Vielleicht ist sie ja der Grund, warum wir am Ende dann doch nicht im Kino waren. :D

Früher hätte mich das schwer getroffen. Aber jetzt bin ich richtig erleichtert. Ich gönne ihm, dass er glücklich ist. Ich bin's ja auch. Endlich.

TOM

In den nächsten Tagen ist auf der Farm so viel zu tun, dass ich Catherine kaum sehe. Als Eoin und ich gerade einen Zaun auf der Wiese hinter der Scheune reparieren, kommt sie dann aber doch in unsere Richtung. Ich hoffe inständig, dass Eoin vielleicht gerade mal eine Pause braucht und ich sie allein sehen kann, aber er tut mir den Gefallen nicht.

Catherine kommt zu uns.

„Hallo Eoin, hallo Tom. Wie geht's denn voran?"

Eoin nickt.

„Alles paletti."

„Ja, wir sind gleich fertig."

„Gut. Tom, kommst du dann noch mal ins Büro? Ich hätte eine Bitte."

„Na klar. Gerne."

Sie geht, und Eoin grinst.

„Na, du scheinst ja einen Stein bei ihr im Brett zu haben." „Meinst du? Bist du sicher? Ich meine, hat das was zu bedeuten, oder bilde ich mir das ein?"

Eoin kriegt sich vor Lachen nicht mehr ein. Er sammelt unser Werkzeug zusammen und wirft es in den Werkzeugkasten.

„Eoin! Hör auf zu lachen. Du kennst sie doch gut, sag mir lieber, was das zu bedeuten hat."

Eoin klopft mir auf die Schulter.

„Das musst du schon selbst herausfinden."

Und damit lässt er mich stehen.

· · ·

Ich mache mich auf den Weg zum Farmhaus, aber vor der Tür kehre ich um. Lieber schnell noch die Klamotten wechseln. Im Schrank im Umkleideraum habe ich eine saubere Jeans und ein frisches Hemd.

Dann gehe ich rüber zum Farmhaus und klopfe an der Bürotür, aber es kommt keine Antwort. Durch das Fenster kann ich sehen, dass niemand da ist.

Ich sehe mich um. Das Fenster zur Küche steht einen Spalt offen, und es kommen Dämpfe heraus. Ich gehe rüber.

„Catherine?"

„Ah Tom, ich bin in der Küche. Komm rein."

Als ich die Küche betrete, duftet es nach Gemüse und Gewürzen. Der Küchentisch ist vollgestellt mit einem Durcheinander von Tellern, Schüsseln, Gewürztütchen, Schneidebrettern, Messer verschiedener Größen, sowie Schnipseln einiger Gemüsesorten. Mitten in diesem Chaos liegt ein aufgeschlagenes Kochbuch.

Auf dem Herd brutzelt eine große Eisenpfanne mit Tomaten, Zwiebeln und Gurken.

In diesem Moment kommt Catherine aus der Speisekammer. Sie sieht meinen Blick in die Pfanne.

„Schau mal. Das ist doch toll, nicht? Es ist nicht angebrannt!"

„Fantastisch. Wie hast du das gemacht?"

„Ich habe mir ein Kochbuch gekauft."

„Super. Und was wird das?"

„Schmorgurken. Genau nach Rezept."

„Das duftet gut."

„Das Gemüse ist aus meinem Garten. Alles selbst gezogen.“

„Wow.“

„Magst du mal probieren? Du kennst dich doch gut mit Rezepten aus.“

Sie gibt mir einen Löffel. Ich probiere.

„Geschmacklich ist es sehr gut.“

Catherine legt den Kopf schief.

„Aber?“

„Es kann noch ein bisschen garen, dann wird es noch aromatischer. Vielleicht noch zwei, drei Minuten. Nicht länger.“

Sie nickt.

„Aber geschmacklich sehr gut?“

Ich mache den Daumen hoch und nehme noch einen Löffel.

Catherine strahlt.

„Super. Dann können wir ja einen Schritt weiter gehen.“

„Einen Schritt weiter?“

Catherine nickt.

„Es ist ein wenig heikel.“

„Aha?“

„Es handelt sich dabei um ... Apfelmus.“

Catherine deutet auf eine Schüssel, in der die Äpfel bereit liegen.

„Wow. Es scheint, die Therapie hat gewirkt.“

Catherine nickt.

„Na ja. Immerhin bin ich schon mal in einem Raum mit den Äpfeln. Aber du glaubst nicht, was mich das für Überwindung gekostet hat.“

„Super. Du hast es geschafft.“

„Noch nicht ganz. Beim Schälen musst du mir helfen."

„Das mache ich gerne."

Wenig später köcheln die Äpfel in einem großen Topf, und ihr Duft lässt mir das Wasser im Mund zusammenlaufen. Ich gebe noch etwas Vanillezucker dazu, bevor wir probieren.

„Es ist lecker, aber bei meiner Mutter hat es irgendwie noch intensiver geschmeckt. Würziger ..."

„Vielleicht hat sie etwas Zimt dazu getan. Gut ist auch ein Schuss Weißwein."

„Oh, gute Idee. Mal sehen, was ich habe."

Catherine kramt im Küchenschrank und findet ein Tütchen Zimt. Sie gibt es mir, und ich dosiere es. Sofort verbreitet sich der Zimtduft im Raum. Dann gießt Catherine etwas Weißwein hinein, so dass das Mus die richtige Konsistenz bekommt. Wir probieren. Catherine nickt.

„Fast. Aber irgend ein Gewürz fehlt immer noch."

Ich überlege.

„Vielleicht ein Hauch Thymian."

„Ah, gut. Ich habe welchen im Garten."

Catherine öffnet die Tür nach draußen und erschrickt. Vor ihr steht – Fionnah. Sie steckt ihre Nase durch die Küchentür und schnuppert, vermutlich riecht sie das Apfelmus.

„Fionnah, was machst du denn hier?"

Catherine schreit auf.

„Ey, haut ab hier! Raus aus meinem Garten!"

Ich gehe schnell zur Küchentür und sehe, dass der

ganze Garten voll gedrängt ist mit Kühen. Sie rupfen und schmatzen, während sie Catherines Blumen und Sträucher verspeisen und die Beete zertrampeln.

Catherine schnappt nach Luft. Und brüllt. „Eoin, Padraig!"

Ich habe Eoin und Padraig bis jetzt niemals rennen sehen, und es sieht auch ein wenig unbeholfen aus, als sie auf das Haus zulaufen. Offensichtlich sind die beiden ein gemütlicheres Arbeitstempo gewohnt.

Leider ruft Catherines Schreien auch Peter auf den Plan, der deutlich gemächlicher um die Hausecke biegt. Und während Eoin und Padraig sprachlos auf den verwüsteten Garten starren, kann das Peter nicht wirklich aus der Ruhe bringen.

„Na, was ist denn hier los?", sagt er und wirft mir dabei einen Blick zu.

Catherine antwortet nicht, sie hat Tränen in den Augen.

Peter will sie in den Arm nehmen, was mich sofort in Rage bringt, aber auch Catherine ist offenbar ebenso wütend und macht sich los.

„Jahre habe ich geackert, bis alles so schön war. Und jetzt das!"

Alle schauen ohne ein Wort auf die Verwüstung.

„Ich glaube, ich weiß, was passiert ist," sagt Peter dann.

Catherine starrt ihn an.

Peter grinst. „Tom und Eoin, ihr habt doch gestern die Kühe umgetrieben, nicht wahr?"

Wir nicken einträchtig.

Peters Mundwinkel zucken.

„Und hatte ich euch nicht extra noch ermahnt, auf die Tore zu achten?"

Sein Ton ist süffisant, und jetzt wendet Peter sich an mich.

„Aber du wirkst ja etwas ‚abgelenkt' in letzter Zeit."

Mir fehlt eine gute Antwort. Ich starre ihn an, während Trolli in meinem Inneren tobt und brüllt.

Eoin schluckt die Demütigung und beginnt, mit Padraig die Kühe durch das offen stehende Weidetor aus dem Garten zu scheuchen.

Catherine sieht mich an und wartet auf eine Reaktion.

Ich verfluche meine Eigenart, erst einmal sprachlos zu sein, wenn mich jemand zu Unrecht beschuldigt. Ein paar Minuten später kann ich regelmäßig einen ganzen Vortrag halten, über das, was ich hätte sagen wollen, aber im entscheidenden Moment bleibt mir regelmäßig die Spucke weg.

„Tom?"

Catherine sieht mich an, während Peter grinst und sich betont lässig davonmacht, der Mistkerl. Trolli haut eine Schimpftirade nach der anderen raus, aber mir fehlen die richtigen Worte.

„Das mit deinem Garten tut mir leid," sage ich.

„Wart ihr das? Habt ihr das Tor offen gelassen?"

„Das Tor zum Garten haben wir überhaupt nicht angefasst. Warum sollten wir?"

Catherine sieht mich an, als wollte sie meine Gedanken erforschen. Ich schlucke.

„Catherine, ich schwöre, das mit dem Tor waren wir nicht."

„Okay."

Catherine geht. Mir ist unbehaglich zumute.

Ich wandere über den Hof und weiß nicht, was ich machen soll. Was, wenn Peter das Tor geöffnet hat, damit die Kühe Catherines Garten verwüsten? Um es mir in die Schuhe zu schieben? Das wäre eine ernste Kampfansage. Je länger ich darüber nachdenke, desto wahrscheinlicher kommt mir das vor.

Als ich an der Wiese entlang gehe, fällt mir etwas auf. Fionnah steht abseits der anderen Kühe, mit gesenktem Kopf, aber sie frisst nicht. Ich bleibe stehen und beobachte sie. Es mag sich merkwürdig anhören, aber ich finde, sie sieht unglücklich aus.

Ich klettere durch den Zaun und gehe langsam auf sie zu. Als ich sie erreiche, bewegt sie den Kopf einen Hauch in meine Richtung, als wollte sie signalisieren, dass sie mich bemerkt hat, doch dann nimmt sie die gleiche Haltung ein wie zuvor. Ich bleibe vor ihr stehen. Sie zeigt keine Reaktion.

„Hallo Fionnah. Fehlt dir was?"

Sie bewegt sich nicht.

Ich sehe mich um und suche nach Löwenzahn. Ich reiße die Blätter ab und halte sie Fionnah vor die Nase. Sie schnuppert daran, aber sie frisst nicht. Ich stupse mit den Blättern an ihre Lippen, aber sie dreht den Kopf weg.

„Fionnah, was ist los? Bist du krank?"

Sie senkt den Kopf noch weiter, und langsam dämmert es mir. Sollte sie etwa ein schlechtes Gewissen haben, weil sie Catherines Garten geplündert hat? Eine Kuh mit schlechtem Gewissen? Ich muss irre geworden sein.

Aber eine bessere Idee habe ich nicht. Also stelle ich mich neben Fionnah und lege ihr den Arm um den Hals.

„Schau mal, Fionnah, sowas kann schon mal passieren. Das Tor war offen, und ihr wusstet nicht, dass der Garten für euch tabu ist.“

Fionnah atmet einmal tief ein und wieder aus.

„Catherine ist wütend auf euch, aber das gibt sich bald. Sie liebt euch doch.“

Fionnah wendet mir kurz den Kopf zu, doch dann senkt sie ihn noch tiefer als zuvor.

„Doch, wirklich. Sie liebt euch mehr als alles andere. Da bin ich ganz sicher.“

Jetzt hebt Fionnah den Kopf und sieht mich an. Ich halte ihr den Löwenzahn vor die Nase. Als sie nicht reagiert, kraule ich ihr die Stirn. Und endlich, nachdem ich sie etwa eine Minute lang gekrault habe, frisst sie den Löwenzahn. Ich bin perplex.

„Fionnah, geht es dir besser?“

Sie beginnt zu grasen.

„Okay. Gut, dass wir darüber gesprochen haben.“

Ich klopfe ihr noch mal auf den Rücken und mache mich auf den Rückweg nach Inyshmore.

Dort angekommen, leihe ich mir Bettis Auto und fahre nach Letterkenny, denn dort gibt es ein Gartencenter. Ich weiß ja, dass Catherine lila Blüten mag, also kaufe ich alles, was lila oder blau ist. Dazu passt Weiß, außerdem nehme ich noch ein paar Gräser mit. Als ich mit zwei üppig beladenen Einkaufswagen an Bettis Auto stehe, kommen mir Zweifel, ob ich alles reinkriege. Aber mit geschicktem Stapeln und etwas Quetschen habe ich schließlich alle Pflanzen im Auto. Als ich losfahre, fühle ich mich wie in einem fahrenden Gewächshaus. Und so sieht es vermutlich auch aus, denn einige Passanten sehen mir nach, zeigen auf das Auto und lachen.

Ich fahre auf der Farm vor und halte an. Bis eben habe ich mich auf den Moment gefreut, wenn ich Catherine die Pflanzen zeigen kann, aber jetzt frage ich mich, wie sie reagieren wird. Ich hoffe, sie empfindet diese Pflanzenmassen nicht als Einmischung.

Aber es ist zu spät, umzukehren, denn ich sehe sie schon. Sie kommt näher und klopft an die Scheibe der Fahrertür. Ich lasse das Fenster herunterfahren.

„Hallo.“

Catherine schmunzelt.

„Bist du da festgewachsen? Sieht jedenfalls ganz so aus.“

Ich steige aus.

Catherine sieht in das Innere des Wagens.

„Sind die etwa alle für mich?“

Ich nicke.

Catherine holt Luft, aber dann schluckt sie und sagt nichts. Sehe ich etwa Tränen in ihren Augen?

„Das ist sehr lieb von dir.“

Dann dreht sie sich schnell weg, so dass ich ihr Gesicht nicht mehr sehen kann, und nimmt eine Pflanze aus dem Auto, um sie in den Garten zu tragen.

· · ·

Während wir die Stauden einpflanzen, findet Catherine zu ihrer üblichen Fröhlichkeit zurück. Ich wage mich daher einen Schritt nach vorn.

„Darf ich dich etwas fragen?"

„Na klar."

„Glaubst du, dass Tiere sowas wie ein schlechtes Gewissen haben können?"

Catherine stellt den Spaten beiseite und denkt nach. Dann nickt sie.

„Ja. Ich hab das schon mal beobachtet. Wenn die Kälber von ihren Müttern zurechtgewiesen werden. Sie legen dann die Ohren zurück und senken den Kopf. Manchmal lecken sie sich dabei die Lippen."

Ich nicke.

„Das dachte ich mir schon."

„Hast du das beobachtet?"

„Ja, bei Fionnah. Vorhin, nachdem die Kühe den Garten verwüstet hatten."

Catherine setzt sich auf die Gartenbank und sieht auf den Boden. Dann schüttelt sie den Kopf.

„Ich hätte nicht so mit ihnen schimpfen sollen." Sie hat schon wieder Tränen in den Augen. „Die Kühe sind so sensibel."

Ich setze mich neben Catherine.

„Aber sie müssen ja auch wissen, was sie nicht dürfen."

Catherine lächelt.

„Ein bisschen wie bei Kindern, oder?"

Wir müssen lachen. Einen Moment sitzen wir schweigend da und sehen in die untergehende Sonne.

Catherine lässt ihren Blick über den Teil des Gartens schweifen, den wir schon fertig haben.

„Wow. Das ist viel schöner so.“

„Finde ich auch. Nichts gegen deinen Garten vorher ... Aber das hier sieht wirklich super aus.“

„Ich verstehe schon. Manchmal braucht man etwas Abwechslung. Was Kreatives.“

Sie springt auf, nimmt die Gießkanne und spritzt lachend ein bisschen Wasser auf mein Hemd.

„Los, los, auf zum Endspurt.“

Wir graben, pflanzen und gießen, was das Zeug hält, bis endlich alles an seinem Platz ist. Der Garten ist jetzt wirklich abwechslungsreicher gestaltet und strahlt durch die Gräser eine wildromantische Atmosphäre aus.

Ich fühle mich Catherine näher als jemals zuvor. Wir sind erschöpft, vertraut und glücklich.

Catherine geht in die Küche und kommt gleich darauf mit zwei gekühlten Flaschen Bier zurück. Auf der Gartenbank genießen wir einen herzhaften Schluck.

„Das haben wir uns echt verdient“, sagt sie. „Ich danke dir.“

„Hab ich gerne gemacht. Es tat mir so leid, dich unglücklich zu sehen.“

Catherine nickt.

„Aber daran sieht man mal wieder, dass alles eben auch seine gute Seite hat.“

„Zumindest kann man versuchen, das Beste draus zu machen.“

Sie nickt.

„Es ist so ein schöner Abend. Hast du noch Lust auf einen Spaziergang?“

. . .

Wir gehen die gewundene Landstraße entlang und sind so ins Gespräch vertieft, dass wir kaum bemerken, dass wir schon fast in Inyshmore sind. Als Bettis Haus in Sicht kommt, fasse ich mir ein Herz.

„Wie wär's noch mit einem Glas Wein? Am Kamin?"

Catherine nickt.

Als wir ins Haus kommen, ist Betti nicht in Sicht, und auch Steffen scheint nicht da zu sein. Entweder sie schlafen schon, oder sie sind noch unterwegs.

Ich mache Feuer und entkorke eine Flasche Rotwein.

Als wir uns an den Kamin setzen, rücke ich an Catherine heran und lege den Arm um sie. Catherine legt ihren Kopf auf meine Schulter und streichelt meine Hand. Wir sehen noch einen Moment in die Flammen, dann küssen wir uns. Und ich hoffe inständig, dass uns dieses Mal niemand stört.

Ich streichle ihren Nacken, erst vorsichtig, dann wage ich mich weiter vor. Meine Finger wandern unter ihrem Pullover den Rücken hinunter. Catherine öffnet die obersten Knöpfe meines Hemdes und streicht mit der Hand über meinen Oberkörper. Angenehme Schauer laufen mir über den Rücken und die Härchen an meinen Armen stellen sich auf. Catherine sieht das und lacht leise.

Sie sieht mir in die Augen. Ich küsse sie noch einmal, dann stehe ich auf, nehme ihre Hände und ziehe sie an mich. Als sie sich an mich drückt, lege ich beide Hände um ihre Hüften und hebe sie hoch. Dann trage ich sie in das Zimmer mit den geblümten Tapeten.

In dieser Nacht erlebe ich Glücksgefühle, die ich vorher

niemals kennen gelernt habe. Erst erforsche ich ihren wundervollen Körper mit meinen Händen, dann mit meinen Lippen. Und sie genießt es nicht nur, sie erwidert meine Berührungen. Sie duftet so gut, dass sich mein Verstand ausschaltet und ich nur noch meinem Gefühl folge.

Bis heute Nacht war ich mir nicht im Klaren, dass ich zu so intensiven Gefühlen fähig bin.

KAPITEL 18

TOM

Ich bin schon lange vor dem Sonnenaufgang wach, und obwohl ich müde bin, möchte ich nicht auch nur einen einzigen Moment mit Catherine verpassen. Sie liegt neben mir, eng an mich gekuschelt, und schläft.

Dann höre ich Betti in der Küche klappern, und auch Catherine wird langsam wach. Sie lächelt mich an, und es ist das schönste Lächeln, das ich jemals gesehen habe.

„Guten Morgen."

Sie fährt mit den Fingern durch mein Haar und küsst mich auf den Mund.

„Wie hast du geschlafen?"

„Perfekt."

„Müssen wir schon aufstehen?"

„Ich fürchte schon."

. . .

Als wir geduscht und uns angezogen haben, gehen wir in die Küche. Auf dem Herd brutzelt ein üppiges irisches Frühstück mit Speck und Eiern in der Pfanne. Betti zieht kurz die Augenbrauen hoch, als wir in die Küche kommen, ansonsten zeigt sie keine Regung. Ich bin ihr dankbar, dass sie kein Aufhebens macht, weil Catherine da ist.

Betti lächelt.

„Guten Morgen ihr zwei. Habt ihr Hunger?"

Catherine nickt.

„Und wie."

Ich decke den Tisch, Catherine hilft mir. Ein friedlicher, glücklicher Morgen. Betti gibt eine Portion Eier und Speck in die Pfanne, die eine ganze Kompanie satt machen würde. Ich runzele die Stirn, nie und nimmer schaffen wir zu dritt so eine Portion. Aber dann fällt es mir ein.

Und im gleichen Moment klappert auch schon die Tür zu Bettis Gästezimmer.

Steffen.

Ich denke an den Morgen mit Tina und bekomme Panik. Und dann kommt das Unvermeidliche. Mit einem lauten Rülpser steht Steffen in der Tür, bekleidet nur mit einer Feinripp-Unterhose, die ihresgleichen sucht.

Die folgenden Sekunden erscheinen mir endlos. Als ob ich in einem Zeitlupen-Film gefangen wäre, der sich wie ein nicht enden wollendes Kaugummi dehnt und dehnt und dehnt. Ich sehe und höre alles wie aus der Ferne, oder wie wenn ich unter Wasser wäre. Dann ist alles plötzlich unnatürlich laut, und ich zucke zusammen. Steffens Stimme dröhnt in meinen Ohren.

„Oh Mann, und ich dachte immer, Tequila wäre das

schlimmste Gesöff auf diesem Planeten, aber ich sage euch, der irische Whiskey knallt dich echt noch viel krasser auf die Bretter.“

Ich halte den Atem an und warte darauf, dass Catherine aufsteht und verschwindet. Nach der schönsten Nacht meines Lebens war's das jetzt vermutlich.

Aber Catherine nickt nur.

„Stimmt. Unser Whiskey ist einfach der beste.“

Sie setzt sich und häuft sich eine große Portion von Bettis Rührei auf den Teller.

Betti und ich tauschen einen Blick. Ich sinke auf meinen Stuhl und blicke zwischen Steffen und Catherine hin und her.

Betti findet als erste ihre Sprache wieder.

„Na dann, guten Appetit.“

Ich beobachte, wie Catherine in ein Stück Toast beißt und Steffen eine große Gabel von Bettis köstlichem Rührei in sich hinein schaufelt, und ich schwöre, genau dieser Augenblick ist einer der glücklichsten Momente meines Lebens. Ich beiße in ein Stück Toast, und es schmeckt köstlich. Ein nussiges Aroma, die Konsistenz äußerst angenehm.

Betti zieht die Augenbrauen hoch.

„Tom, ich dachte, du bist allergisch gegen Erdnussbutter.“

Ich starre auf mein Toast. Tatsächlich, ich bin dabei, ein Erdnussbuttertoast zu verdrücken, und es ist köstlich. Meine Arachibutyrophobie scheint spontan geheilt zu sein. Ich frage mich, was Catherine sonst noch so alles bewirken kann.

. . .

Etwa eine halbe Stunde später sind wir satt, und ich bin immer noch glücklich. Steffen ist inzwischen vollständig angezogen, und er hat es nicht geschafft, Catherine zu vertreiben. Wir plaudern ganz entspannt, und gerade erzählt Steffen, dass er unsere gemeinsame Wohnung an eine Studenten-WG untervermietet hat.

Catherine wendet sich an mich.

„Du hast mir gar nicht erzählt, dass du einen Mitbewohner hast.“

„Ja, die Mieten in Berlin sind ziemlich teuer. Und wir hatten ja den gleichen Weg zur Arbeit.“

Augenblicklich begreife ich meinen Fehler und beiße mir auf die Zunge.

Catherine scheint sich aber nichts dabei zu denken.

„Ah, dann arbeitest du auch auf einer Farm, Steffen?“

Steffen schaut hoch und sieht sie an.

„Ähm. Nee. Ick bin Koch.“

„Ach so. Dann hat Tom die Tricks von dir gelernt? Er kocht nämlich ausgezeichnet.“

Ich kann förmlich hören, wie Betti die Luft anhält. Wir sehen Steffen an, und jetzt merkt auch er, was gespielt wird. Er klappt den Mund einmal auf und dann wieder zu und sieht mich an.

„Ja, ähm. Tricks und Tipps und so was alles. Hab ich ihm gezeigt ...“

Steffen hasst es zu lügen, daher verzieht er das Gesicht. Man kann ihm deutlich ansehen, wie unwohl er sich fühlt.

Catherine sieht das, sucht nach etwas in ihrer Handtasche und holt ein Fläschchen Medizin heraus, das mir verdächtig bekannt vorkommt: Auf dem Etikett ist wieder diese Kuh abgebildet.

Catherine gibt Steffen das Fläschchen.

„Hier. Das hilft gegen den Kater.“

Sie grinst.

„Hab' ich immer dabei. Man kann ja nie wissen.“

Steffen nimmt die Flasche, sieht auf das Kuh-Etikett, setzt sie an und trinkt sie leer. Er hustet und schnappt nach Luft.

„Boah! Was ist das denn?“

Ich bin äußerst erleichtert über den Themenwechsel.

„Das musste ich auch schon trinken. Das kriegen auch die Kühe, wenn sie ihre Wehen haben.“

Steffen ist sprachlos, und ich schwöre, zum ersten Mal, seit ich ihn kenne.

Catherine lacht, steht auf und küsst mich.

„Ich muss los. Bis nachher. “

Sie streichelt meine Wange.

„Ich freue mich auf den Arbeitstag mit dir.“

Ich lächele und begleite sie zur Tür.

Draußen küssen wir uns noch einmal intensiv, dann sehe ich ihr nach, wie sie die Landstraße hinunter in Richtung Coyle Farm verschwindet, und kann mich von ihrem Anblick kaum losreißen.

Als ich in die Küche zurückkomme, sehen Betti und Steffen mich an.

Betti nimmt mich in den Arm.

„Ich freue mich für dich.“

„Danke.“

Steffen nickt bedächtig.

„Das ist 'ne Hammer-Braut, echt. Aber das mit der Kochsache, das gibt Probleme."

„Ich weiß. Und es kommt noch schlimmer."

„Was'n noch?"

„Ich muss heute ins Clouds, zum Probekochen."

Betti zieht die Augenbrauen hoch.

„Und Catherine hat keine Ahnung?"

Ich schüttele den Kopf.

„Und nun?"

„Ich muss das absagen. Oder verschieben."

„Sekunde, Alter, klär mich mal auf. Du lässt einen Job in einem Sterne-Restaurant sausen?"

Ich nicke.

Steffen zieht die Augenbrauen hoch.

„Und du machst was genau mit den Kühen?"

„Ich frisiere sie."

Jetzt schüttelt er den Kopf.

„Oh Mann. Du hast eindeutig zu viel von diesem Kuh-Zeug getrunken."

Aber es hilft nichts. Ich gehe nach draußen, setze mich auf die Gartenbank und atme einmal tief durch. Dann rufe ich Chefkoch Liam an und erkläre, dass ich zwar immer noch an dem Job interessiert bin, aber ausgerechnet heute nicht zum Probekochen kommen kann. Liam bedauert das, zumal er in den kommenden Tagen dringend Entlastung für eine große Feier braucht.

Ich schlage vor, dass Steffen für mich einspringt. Liam zögert, aber als ich ihm erkläre, dass wir viele Jahre zusammengearbeitet haben, willigt er ein. Ob Steffen gleich heute anfangen kann? Ich sage zu. Und hoffe, dass Steffen mir keinen Strich durch die Rechnung macht.

Ich gehe zurück in die Küche.

„Steffen?"

„Was'n los."

„Ich hätte da 'ne Bitte."

„Ja, ja, ich weiß schon, meine Unterhose ..."

„Das ist es nicht. Kannst du für mich einspringen? Heute im Clouds?"

„Wie jetzt? Ich denke, ich bin hier im Urlaub."

„Ach, komm schon. Ich löse dich so schnell wie möglich ab. Aber erst muss ich Catherine noch die Wahrheit sagen."

„Dann mach. Ruf sie an. Oder schreib 'ne Whatsapp."

Steffen schiebt mir das Handy rüber.

„So geht das nicht. Ich brauche erst den richtigen Moment."

Steffen seufzt.

„Na gut. Aber dafür gibst du mir einen aus."

Ich klopfe ihm auf den Rücken.

„Danke, Mann."

„Kein Ding, Alter."

CATHERINE

4. Juni

Diese Nacht war unglaublich .... Tom ist so einfühlsam. Was für ein Mann! Ich bin hin und weg.

. . .

TOM

Den ganzen Tag warte ich auf eine ruhige Minute mit Catherine, um ihr endlich die Wahrheit zu sagen. Aber entweder hat sie keine Zeit, weil gerade Futter geliefert wird, sie zum Steuerberater muss, oder wir sind nicht allein.

Dann endlich, während ich Fionnahs Fell bürste, kommt sie vorbei.

„Tom, hilfst du mir, die Kälber zu füttern?"

Als sie an mir vorbeigeht, streichelt sie mir kurz über den Rücken und lächelt.

„Na klar."

Im Kälberstall sind wir endlich allein. Ich küsse sie und genieße den Moment, doch dann reiße ich mich los.

„Catherine, da wäre noch etwas, das ich dir sagen möchte."

Sie lächelt mich an.

„Ja?"

In diesem Moment hören wir Eoin von draußen brüllen.

„Catherine! Gary! Schnell!"

Wir rennen aus dem Stall, um die Scheune herum zur Wiese. Dort steht Eoin neben einer der Jungkühe, die hin und her läuft und ihren Kopf abwechselnd senkt und wieder hochreißt. Von allen Seiten kommen jetzt alle angelaufen: Gary, Peter, Padraig, Catherine und ich.

Als wir näher kommen, sehen wir den Grund für Eoins Aufregung: Die Kuh hat sich das Vorderbein verletzt und blutet stark.

Catherine bleibt stehen.

„Tom, hol du den Erste-Hilfe-Kasten aus dem Büro, ich ruf den Tierarzt. Papa, du holst ein Halfter, Eoin und Padraig, ihr passt auf, dass sie nicht wegläuft."

Ich renne in Rekordzeit zum Büro, reiße den Erste-Hilfe-Kasten aus dem Regal und sprinte zurück zur Wiese. Dort angekommen, muss ich erstmal zu Atem kommen. Catherine nimmt einen Verband aus dem Kasten, während Eoin und Gary die Kuh am Halfter festhalten. Einen Moment steht sie still, doch sobald sie merkt, dass Catherine sich der Wunde zuwendet, will sie weglaufen. Gary, Padraig und ich helfen Eoin, aber die Kuh wehrt sich, und wir fliegen mehr als einmal in den Matsch.

Nach einem nicht enden wollenden Ringen schafft es Catherine endlich, den Verband anzulegen. Die Kuh beruhigt sich ein wenig, so dass wir sie in den Stall führen können.

Als später der Tierarzt endlich mit dem Nähen der Wunde fertig ist, müssen wir eilig den Transporter für die morgige Show packen.

Und so endet wieder ein Tag, ohne dass ich mit Catherine reden konnte.

CATHERINE

Was für ein Tag, so hektisch war es heute!

Dabei würde ich so gerne mehr Zeit allein mit Tom verbringen, aber jetzt geht es in den Endspurt. Die letzte Show vor Belfast, da heißt es noch mal, alles zu geben. Gut, dass unsere Kühe schon für die Royal Show qualifiziert sind, sonst würde ich heute Nacht kein Auge zumachen.

KAPITEL 19

CATHERINE

6. Juni

*Ich halte es kaum aus vor lauter Vorfreude, Tom wieder
küssen zu dürfen. Aber jetzt erstmal die Arbeit. Wie schön, dass
ich mit ihm beides so gut verbinden kann. Wie gut, dass ich auf
Tom gewartet habe. Auf den „Richtigen".*

TOM

Am nächsten Morgen brechen wir nach Donegal auf,
dort findet die letzte regionale Zuchtschau vor der
großen Irish National Show statt. Dieses Mal fährt
Catherine mit, aber auch jetzt habe ich keine

Gelegenheit, mit ihr allein zu sprechen. Ich hätte niemals gedacht, dass der Alltag auf einer Kuhfarm so hektisch sein kann.

Auf dem Weg geraten wir in einen Stau, so dass wir erst spät auf dem Showgelände angekommen. Jetzt, wo wir in Eile sind, merke ich, wie routiniert mir alles schon von der Hand geht: Aussteigen, die Kühe vom Transporter führen, sie in ihr Strohlager bringen. Waschen, frisieren, umziehen, die Pappkrone auf den Kopf, und schon geht es los.

Ich führe Fionnah in Richtung Arena, Catherine geht ein paar Schritte voraus. Hinter uns folgt Eoin mit wichtiger Miene und dem Shit Bucket in der Hand. Überall um uns herum herrscht fröhliches Show-Treiben.

Ein schöner Tag, aber mit einem Mal trifft es mich wie ein Blitz: Ich sehe Cowfitter Tobias Meier, dessen Job ich ja angenommen habe. Ich hoffe inständig, dass er uns nicht sieht. Aber dann wird mir klar, dass er uns finden wird, spätestens, wenn wir in der Arena als Vertreter der Coyle Farm über den Lautsprecher angesagt werden. Mir bricht der Schweiß aus. Ich beeile mich, um Catherine einzuholen.

„Catherine, warte mal, ich muss dir dringend etwas sagen.“

Sie bleibt stehen.

„Jetzt? Ihr seid gleich dran.“

„Ja, jetzt. Soviel Zeit muss sein.“

Catherine lächelt.

„Ich weiß. Ich finde es auch sehr schön mit dir. Und

ich fühle mich zum ersten Mal in meinem Leben so richtig ... vollständig."

„Ja ... so geht es mir auch, aber das meine ich nicht." Catherine legt ihren Finger auf meine Lippen.

„Du musst jetzt nichts sagen. Diese Sehnsucht, von der ich dir erzählt habe ... Sie ist verschwunden."

Aus dem Augenwinkel sehe ich, dass Eoin und Padraig sich mit einem Blick verständigen und Padraig gibt Eoin einen Geldschein; offenbar hat Eoin die Wette gewonnen.

Doch in diesem Moment sehe ich Cowfitter Tobias Meier von der einen Seite, und dann Peter von der anderen mit entschlossenen Schritten auf uns zulaufen. So muss sich Tom Cruise in „Die Firma" gefühlt haben, als die Mafiosi ihm aus allen Gängen entgegenkamen.

Tobias Meier bedeutet schon nichts Gutes, aber Peter wollte auf der Farm bleiben und dürfte überhaupt nicht hier sein. Ich bin in Schockstarre.

Catherine beugt sich zu mir und flüstert.

„Ich habe mit Äpfeln jongliert, es war großartig. Du hattest völlig Recht, seitdem fühle ich mich wie befreit."

In diesem Moment hat Peter uns erreicht. Catherine legt ihre Stirn in Falten.

„Peter, was machst du denn hier? Wer kümmert sich um die Farm?"

Peter zieht ein Papier aus der Tasche und faltet es mit einem süffisanten Grinsen auseinander. Es ist ein Ausdruck mit einem Foto, das ich sofort erkenne. Die Titelseite des „Kochen modern" mit mir als „Koch des Jahres". Und natürlich hat er nicht das Bild mit den vegetarischen Süßkartoffel-Rösti oder den Kräutertöpfen ausgedruckt, sondern das mit dem Rinderbraten.

Catherine wirft einen Blick auf das Foto, dann sieht sie mich an.

„Koch des Jahres? Was soll das bedeuten?“

In diesem Moment erreicht uns Cowfitter Tobias Meier. Er streckt mir dir Hand hin.

„Na, sind Ihre Kühe wieder fit? Sie wollten mich doch anrufen, wenn ich frisieren soll.“

Catherine sieht zwischen Tobias Meier und mir hin und her.

Ich hole tief Luft.

„Catherine lass mich dir das kurz erklären ...“

Doch Peter hält den Artikel direkt vor ihr Gesicht, und jetzt liest sie die Schlagzeile.

„Tom! Du kochst Rinderbraten?“

„Ich schmore ihn, genau genommen.“

Ich kann so ein Idiot sein.

Tobias Meier streckt Catherine die Hand hin.

„Dann sind Sie Catherine Coyle? Ich bin Tobias Meier, Cowfitter aus Deutschland. Sie hatten mich engagiert, schon für die Show in Letterkenny, aber da waren Ihre Kühe ja wohl krank.“

Catherine sieht mich an. Sie sagt nichts. Dann dreht sie sich ohne ein Wort um und geht. Peter lässt den Dingen selbstzufrieden ihren Lauf.

Im Hintergrund zuckt Eoin die Schultern und gibt Padraig den Geldschein zurück.

Ich stehe da, und in meinem Hirn rasen die Gedanken, während ich überlege, was ich tun kann.

„Catherine, warte!“

Ich will Peter den Halfterstrick von Fionnah in die Hand drücken, aber der sieht mich nur kalt an.

Also laufe ich mit Fionnah am Strick hinter Catherine her.

„Catherine, bitte. Ich wollte es dir sagen. Schon lange. Und oft.“

Catherine bleibt abrupt stehen.

„Aber du hast nichts gesagt. Und ich dumme Gans hab’ gedacht, du bist ehrlich!“

Sie geht schnell weiter. Fionnah und ich müssen rennen, um sie wieder einzuholen.

„Catherine. Ich bin ehrlich. Alles, was ich dir … sonst gesagt habe, ist die Wahrheit! Nur halt das mit dem Beruf nicht.“

„Ich habe dir vertraut.“

In ihren Augen sehe ich die Wut und Enttäuschung. Sie bleibt wieder stehen.

„Aber weißt du was? Du machst jetzt noch ein letztes Mal deinen Job, und dann will ich dich niemals wieder sehen. Verstehst du? Nie-mals!“

Damit dreht sie sich um und lässt uns stehen.

Ich stehe da wie eingefroren und brauche Minuten, bis ich mich überhaupt wieder bewegen kann. Der Stadionsprecher ruft uns schon zum dritten Mal aus. Mechanisch führe ich Fionnah in die Arena, während ich versuche, meine Gefühle niederzukämpfen.

Die Show erlebe ich wie in Trance. Wir gehen an den Richtern vorbei, aber plötzlich will Fionnah nicht mehr weiter. Während ich an ihrem Strick zerre, sehe ich Catherine auf der Tribüne. Ich versuche, Augenkontakt zu ihr herzustellen, aber sie ignoriert mich. Ich kann es nicht fassen, dass ich die Liebe meines Lebens verloren haben soll. Ich schwanke zwischen Traurigkeit und Wut auf mich selbst. Und offenbar spürt Fionnah das, denn jetzt bockt sie, reißt sich los, und rennt kreuz und quer durch die Arena. Das Publikum amüsiert sich, und zu allem Überfluss bringt Fionnah jetzt auch noch die anderen Kühe durcheinander, so dass alles in einem großen Tumult endet.

Ich gebe mir alle Mühe, Fionnah einzufangen, aber sie lässt mich nicht herankommen und rennt immer wieder vor mir weg. Eoin und Padraig müssen eingreifen und sie wenigstens soweit beruhigen, dass sie sie wieder zurück in den Stall bringen können. Als ich mich jetzt nach Catherine umsehe, ist sie verschwunden.

Wie ferngesteuert, verlasse ich das Showgelände. Vor der Tür nehme ich den nächstbesten Bus, irgendwohin, egal wo. Irgendwann lande ich in Derry, von dort fährt ein Bus nach Letterkenny. Dort angekommen, gehe ich die letzten zehn oder zwölf Kilometer zu Fuß nach Inyshmore. Als ich den Kirchturm sehe, wird mir klar, dass ich im Moment mit niemandem reden kann. Ich setze mich in die Wiese am See und sitze da wie betäubt.

Erst, als es dunkel ist, gehe ich runter ins Dorf und hoffe, niemanden zu treffen. Glücklicherweise sind Betti und Steffen nicht da, also kann ich ins Haus und gleich ins Bett, ohne irgendwas erklären zu müssen.

CATHERINE

. . .

Wieso musste er mir das antun? Dieser Mistkerl! Oh mein Gott, was bin ich für eine dumme Gans. Wie konnte ich bloß so naiv sein?

Der perfekte Mann, hahaha. Belogen hat er mich!

CATHERINE

7. Juni

Ich habe das Gefühl, in einem Alptraum gefangen zu sein.

Als ich aufgewacht bin, dachte ich erst, es sei tatsächlich ein Traum. Aber dann wurde mir klar, dass es leider wahr ist.

Kann ich denn so verheult, wie ich aussehe, überhaupt nach unten gehen? Vielleicht sollte ich mich krank melden. Aber dann kommt Papa mit Vitamin C und Hustentee angerannt und macht sich Sorgen.

Oder noch schlimmer, Eoin bringt mir die Kuhmedizin. Da gehe ich doch lieber arbeiten. Ich kann ja sagen, ich hätte eine Bindehautentzündung.

TOM

. . .

Betti und Steffen sitzen schon beim Frühstück, als ich am nächsten Morgen in die Küche komme. Ich fühle mich verkatert, dabei habe ich keinen Schluck getrunken. Beide sehen mich erwartungsvoll an.

„Ich denke, du bist bei der Kuhshow?"

„War ich."

Betti zieht die Augenbrauen hoch.

„Was ist passiert?"

Ich setze mich und stochere in dem Rührei herum, das Betti mir hinstellt.

„Ich hab's verkackt."

Steffen hat bis zu diesem Moment keine Miene verzogen, aber jetzt stöhnt er auf. „Nicht schon wieder!"

Betti gießt mir einen Kaffee ein.

„Was ist denn passiert?"

„Catherine hat's rausgefunden. Gerade, bevor ich es ihr sagen wollte."

„Ach, Tom, das tut mir leid."

„So'n Fuck, Alter. Echt."

In den kommenden Tagen lebe ich wie unter einer Glasglocke. Ich sehe, was um mich herum geschieht, aber es scheint mich nicht zu betreffen. Zu allem Überfluss holt Gary Betti immer öfter ab, um mit ihr auszugehen.

Auch heute wieder. Er steht im Anzug vor der Tür und überreicht ihr einen großen Strauß Rosen.

Ich gönne Betti ihr Glück wirklich, aber es macht mir auch zu schaffen. Wann immer ich Gary sehe, muss ich sofort an Catherine denken. Ich habe so zehn- oder zwanzigtausend Mal pro Tag den Impuls, Catherine

anzurufen, aber ich habe immer wieder ihre Stimme im
Ohr: Nie-mals.

Und so rufe ich sie dann doch nicht an. Denn ehrlich
gesagt, fürchte ich mich davor, dass es mir danach noch
schlechter geht.

Während ich am Küchentisch sitze, reißt mich Bettis
Türklingel aus den Gedanken. Ich gehe zur Tür und
öffne. Davor steht Eoin. Ich kann ihm ansehen, dass ihm
der Besuch nicht leicht fällt.

„Hallo Eoin.“

„Hallo Tom.“

„Willst du reinkommen?“

„Nein, ich hab nicht viel Zeit. Ist gerade
Mittagspause.“

Ich nicke.

„Was gibt es denn?“

Eoin tritt von einem Bein aufs andere.

„Ich wollte nur sagen, dass mir das leid tut. Mit
Catherine. Ich finde, ihr habt gut zusammen gepasst.“

„Das fand ich auch. Aber ich hab’s ja vermasselt.“

Eoin nickt und sieht in die Ferne und dann wieder
mich an.

„Meinst du nicht, ihr hättet noch eine Chance?“

Ich runzele die Stirn.

„Hat Catherine sowas gesagt?“

„Nicht direkt.“

„Also indirekt?“

„Nein, indirekt eigentlich auch nicht.“

„Also hat sie überhaupt etwas gesagt? Irgendwas zu
ihr und mir?“

Eoin schüttelt den Kopf.

„Eoin. Sag ehrlich. Was ist los?“

Eoin zuckt die Schultern.

„Ich dachte nur, ich versuche es noch mal.“

„Aber sie hat gesagt, sie will mich niemals wiedersehen. Meinst du, das ist wirklich so gemeint?“

Eoin wiegt den Kopf.

„Catherine ist stur wie ein Esel. Oder schlimmer, so stur wie Fionnah. Wenn sie beschließt, dass etwas so ist, dann ist das so wie ein Naturgesetz.“

„Na toll. Also habe ich keine Chance.“

Eoin zuckt die Schultern und wendet sich zum Gehen.

Ich ahne etwas.

„Eoin!“

Er bleibt stehen und dreht sich halb zu mir um.

„Ja?“

„Sag nicht, dass du hergekommen bist, weil es um eine Wette geht.“

Eoin zuckt die Schultern.

„Ich hab einen Monatslohn auf dich gesetzt.“

Er guckt schuldbewusst.

„Aber ich bin hergekommen, weil es mir ehrlich leid tut. Und weil ich wollte, dass du das weißt.“

Ich gehe auf ihn zu und drücke ihm die Hand.

„Danke, Eoin. Das weiß ich zu schätzen.“

Er nickt und geht zu seinem Fahrrad. Ich sehe Eoin nach, wie er aufsteigt und davonfährt. Es tut mir leid, dass er meinetwegen Geld verliert, aber ich fürchte, ich kann das nicht verhindern. Aufgeheitert hat mich sein Besuch allerdings auch nicht.

· · ·

Nach ein paar schrecklichen Tagen, in denen ich weder richtig schlafen noch essen kann, beschließe ich, dass sich etwas ändern muss. Beim Frühstück wende ich mich an Steffen.

„Sag mal, seid ihr im Clouds eigentlich voll besetzt?"

Steffen schüttelt den Kopf und schiebt sich noch einen Toast in den Mund.

„Können gut noch wen gebrauchen. Ich frag' mal. Wär ja cool."

Betti räuspert sich.

„Tom, es ist vielleicht nicht der beste Moment ... Aber Gary hat mich für heute Abend zum Dinner auf die Farm eingeladen. Soll ich sie fragen, ob sie nicht noch mal mit dir sprechen möchte?"

„Das ist lieb gemeint, Betti. Aber ich fürchte, das hat keinen Zweck. Es ist vorbei."

„Ach, Tom ..."

„Egal. Ich such' mir jetzt einen Job und vergesse sie, so schnell ich kann."

Betti seufzt, Steffen ebenfalls. Die beiden sehen mich an, und ich weiß, ich sollte für ihre Anteilnahme dankbar sein, aber ich bin genervt. Ich wollte einmal alles richtig machen und hab es versemmelt wie niemals zuvor.

Als ich einen Anruf aus der Werkstatt bekomme, ob ich mal vorbeikommen könne, habe ich keine Kraft, mich darüber aufzuregen. Also fahre ich einfach hin.

Als ich auf den Hof komme, stehen in der Halle fünf Mechaniker um mein Auto herum und machen nachdenkliche Gesichter. Motor und Getriebe sind in etliche Teile zerlegt und auf dem Betonboden der

Werkstatt verteilt. Die Vordersitze sind ausgebaut, dort, wo vorher das Armaturenbrett war, hängt jetzt ein wirres Knäuel verschiedenfarbiger Kabel heraus. Im Grunde ist nur noch die Karosserie intakt, sowie die Rückbank. Die Kräuter dort haben inzwischen ihre maximale Wuchshöhe erreicht und sprießen nach allen Seiten aus den geöffneten Fenstern. Allerdings dringt auch ein strenger Geruch aus meinem Auto.

Ich bleibe wie angewurzelt stehen. Der Meister deutet auf die Kräuter auf der Rückbank.

„Schön, nicht? Das kommt von meinem Spezialdünger.“

Ich gucke fragend, er grinst.

„Hornspäne. Und Schweinemist, zu gleichen Teilen. Damit wächst einfach alles.“

„Na toll. Das gibt dem Braten dann bestimmt die optimale Würze.“

Der Meister überhört meine Ironie und strahlt, offenbar ist er mit dem Wachstum der Kräuter äußerst zufrieden.

Ich räuspere mich.

„Aber was ist mit meinem Wagen?“

Er kratzt sich an der Schläfe und wiegt den Kopf hin und her. Auf eine Antwort warte ich vergeblich.

„Könnte es sein, dass das mit der Reparatur gar nichts mehr wird?“, frage ich.

Der Meister seufzt.

„Wir haben ja schon einiges versucht ...“

„Aber?“

„Egal was wir machen, er fährt einfach nicht.“

. . .

Ich zucke die Schultern, verlasse die Werkstatt und radele zurück. In düstere Gedanken vertieft, bemerke ich gar nicht, wo ich bin. Erst, als ich ein wiederholtes Muhen höre und eine Kuh sehe, die neben meinem Fahrrad auf der anderen Seite des Zauns hertrabt, nehme ich wahr, dass ich die Wiesen der Coyle Farm erreicht habe. Es ist Fionnah, die neben mir her läuft, bis ans Ende der Wiese. Als sie den Zaun zur Nachbarweide erreicht hat, bleibt sie stehen und muht noch einmal. Erst will ich weiterfahren, aber dann bringe ich es nicht übers Herz.

Also halte ich an und gehe zurück. Ich streichele ihren Stirnschopf und sehe mich um. Tatsächlich wachsen hier einige Büschel Löwenzahn. Ich pflücke sie und sehe ihr zu, wie sie sie schmatzend verspeist.

Im Hintergrund hört man den Trecker, und ich sehe Eoin und Padraig, wie sie Heuballen auf der Wiese verteilen. Und als ob das nicht schon schlimm genug wäre, höre ich jetzt Catherine rufen.

„Eoin, Padraig, macht Feierabend!"

Fionnah dreht sich um und trottet zu ihrer Herde zurück. Ich bereue augenblicklich, hier überhaupt vorbeigefahren zu sein, steige wieder auf und trete ordentlich in die Pedale, um von der Farm wegzukommen.

Hinter der nächsten Wegbiegung kommt mir ein schnell fahrender Geländewagen entgegen, der die Kurve schneidet – Peter. Wenn ich nicht frontal mit ihm zusammenprallen will, muss ich ausweichen. Ich gerate mit dem Vorderrad auf den losen Schotter des

Seitenstreifens, verliere Bodenhaftung, gerate ins Schlingern – und lande im Wasser des Straßengrabens, fast an der gleichen Stelle wie neulich beim Roadbowling.

Ich sehe dem Geländewagen nach und meine, Peter durchs offene Fenster lachen zu hören. Ich klettere aus dem Graben und schreie hinter ihm her.

„Du Vollidiot!"

Ich weiß, dass Peter zu weit weg ist, um das zu hören. Aber ich bin auch gar nicht so sicher, ob ich ihn meine, oder am Ende doch mich selbst.

Ich zerre das Fahrrad aus dem Graben, zusammen mit allerlei Schlingpflanzen, als neben mir ein Pickup hält. Es ist Barney, der Wirt vom Pub. Er kurbelt die Scheibe runter und sieht an mir herunter.

„Sag mal. Wenn du so gerne badest, warum gehst du nicht lieber ins Schwimmbad nach Letterkenny?"

Er greift hinter sich, greift eine Decke von der Rückbank und reicht sie mir aus dem Fenster.

„Danke."

„Wirf dein Rad hinten rauf, ich nehm dich mit."

Wenig später sitze ich, in Barneys Decke gehüllt, im Pub an der Theke. Barney schenkt mir einen extra großen Irish Coffee ein.

„Geht aufs Haus."

Er gießt einen ordentlichen Schuss Whisky nach. Ich nehme einen großen Schluck.

„Vielen Dank. Den kann ich gut gebrauchen."

Am anderen Ende des Pubs sitzen Eoin und Padraig zwischen weiteren Gästen an der Theke. Eoin nickt mir freundlich zu, aber er ist damit beschäftigt, wieder mal seinen Farm-Quality-Manager-Witz zum Besten zu geben. Die Gäste hören zu.

In diesem Moment kommt Peter rein. Er ignoriert mich und setzt sich ans andere Ende der Theke.

Eoin und Padraig reichen sich die Hand zur Wette, als sie das sehen.

Barney schenkt Peter einen doppelten Potcheen ein, und der kippt ihn in einem Zug runter. Dann wendet er den Kopf zu mir.

„Ach, da ist ja unser Hochstapler.“

Er deutet auf Barneys Decke.

„Machst du jetzt auf großer Häuptling Sitting Bull?“ Er lacht und schlägt sich auf die Schenkel.

Trolli protestiert und verlangt, Peter mit der Faust eine zu verpassen. Ich dagegen überlege, wie ich am besten mit der Situation umgehen kann. Einfach ignorieren und so tun, als wäre alles in Ordnung, das wäre früher meine Strategie gewesen. Aber ich merke, dass ich keine Lust mehr habe. Vielleicht sollte ich doch mal ...!? So eine Barschlägerei ist in Irland ja nichts Ungewöhnliches.

Aber ich überlege noch, und Peter legt nach.

„Vielleicht solltest du dir mal ein anständiges Auto zulegen. Damit du nicht andauernd vom Fahrrad fällst.“

Barney stellt ihm ein Guinness hin und guckt missbilligend, aber Peter ignoriert seinen Blick. Er macht ungerührt weiter: „Vielleicht fährt man ja in Deutschland solche rostigen Dinger. Hier in Irland sind wir modern.“

Er beugt sich demonstrativ zu mir.

„Irland ist eben nichts für Versager!“

Ich sehe ihn so wütend an, wie ich nur kann, und bitte Trolli, nur dieses eine Mal Ruhe zu geben. Denn wenn ich tue, was er jetzt vorschlägt, komme ich erst nach zehn bis zwanzig Jahren wieder aus dem Knast.

Aber dann habe ich eine bessere Idee. Ich sehe rüber zu Eoin, der immer noch damit beschäftigt ist, seinen Witz zu erzählen. Und gerade nähert er sich der Pointe ... Ich stehe auf, stelle mich neben Peter, so dass alle mitkriegen, was jetzt passieren wird, und grinse.

Eoin nähert sich dem Ende: „Zweitens, Sie verlangen ein Schaf als Bezahlung, um mir etwas zu sagen, was ich schon lange weiß. Drittens, haben Sie keine Ahnung von Schafen."

Eoin macht eine Pause und sieht mich an. Alle anderen Gäste sehen ebenfalls zu Peter und mir. Trolli jubelt voller Vorfreude. Es ist vollkommen still.

Ich grinse Peter an. Dann sage ich so lässig, wie ich kann:

„Und jetzt hätt ich gern meinen Hund zurück."

Die Gäste lachen und sehen Peter an − offenbar wissen hier alle, dass er als Farm-Quality-Manager gemeint ist.

Peter schaut zwischen uns hin und her und versucht zu verstehen. Er runzelt die Stirn und sieht mich an.

„Seit wann hast du denn einen Hund?"

Jetzt brüllen alle vor Lachen, und ich kann mir ein Grinsen nicht verkneifen. Ich gehe langsam zurück zu meinem Barhocker und zu dem köstlichen Irish Coffee, setze mich und genieße den Erfolg.

Währenddessen sieht Peter in die Runde und versucht zu ergründen, warum ihn alle auslachen.

Der Moment im Pub war eine kleine Genugtuung, aber

meine Probleme haben sich dadurch nicht gelöst. Mit dem Alltag komme ich mittlerweile wieder klar, aber mehr auch nicht. Hauptsächlich wandere ich durch die Natur rund um Inyshmore und überlege, was ich mit meinem Leben anfangen soll. Doch so sehr ich die grünen Hügel, die atemberaubende Aussicht auf den Klippen und die frische Luft auch genieße, es erleichtert mich nicht wie früher. Mein Leben ist anders geworden, seit ich Catherine getroffen habe. Und ich fürchte, es wird auch nicht wieder das Alte.

Während ich darüber nachdenke, komme ich an einer Wiese mit Kühen vorbei. Sie sind allerdings nicht schwarz-weiß wie die Kühe der Coyles, sondern braun oder und beige, offenbar eine andere Rasse. Ich gehe zu ihnen.

„Hey Mädels, wie geht's? Nett, euch kennenzulernen."

Doch diese Kühe beachten mich nicht.

„Ich heiße Tom. Und ihr?"

Vielleicht hilft es, wenn ich mich, wie damals bei Fionnah, ins Gras setze. Aber sie kommen nicht näher. Diese Kühe wollen nichts von mir wissen. Genau wie Catherine, denke ich, und es gibt mir wieder mal einen Stich ins Herz.

Ich stehe auf, die Kühe erschrecken und laufen weg. So siehts aus in meinem Leben.

Als ich mit dem Fahrrad nach Hause komme, steht Gary

vor Bettis Haustür. In diesem Moment öffnet Betti die Tür, sie trägt ein neues Kleid und sieht umwerfend aus.

Die beiden küssen sich, dann öffnet Gary galant die Tür seines Wagens für Betti, sie steigen ein und fahren los. Die Szene macht mir noch bewusster, wie todunglücklich ich bin.

CATHERINE

Was ist nur mit mir los? Der Alltag fühlt sich schwer an wie Blei. Ich hab Angst, dass ich niemals mehr glücklich werden kann. Nicht mal die Kälber können mich aufheitern, wenn sie über die Wiese bocken.

Peter dagegen ist immer allerbester Laune, seit Tom weg ist. Er pfeift bei der Arbeit und grinst den ganzen Tag. Ich finde das echt mies, er merkt überhaupt nicht, wie es mir geht. Oder es ist ihm egal.

KAPITEL 21

CATHERINE

15. Juni

Mittlerweile habe ich nicht mal mehr Lust, Tagebuch zu schreiben. Warum kann es nicht einfach so sein wie vorher, als ich Tom noch nicht kannte?

TOM

Steffen hat mit Liam vereinbart, dass ich zum Probekochen im „Clouds" kommen darf, und dafür habe ich mir etwas ganz besonderes ausgedacht: Ein Pastinaken-Hummus mit Brulée-Kruste als Vorspeise, als Hauptgang mache ich gefüllten Butternut-Kürbis mit

Kartoffelpüree und Rotweinsoße, und als Nachspeise ein fruchtiges Himbeersorbet.

Als ich hingehe, bin ich nervöser, als ich gedacht habe. Aber Chefkoch Liam begrüßt mich sehr herzlich, und ich werde gleich ruhiger.

„Hi Tom, schön, dass es doch noch geklappt hat."

„Ja, das freut mich auch."

„Okay. Willst du gleich loslegen? Steffen, assistierst du Tom? Ihr kennt euch ja."

„Na klar", sagt Steffen. „Cool, wie in alten Zeiten. Ich zeig dir alles."

Steffen klopft mir auf den Rücken, und wir machen uns an die Arbeit.

Das Clouds besitzt eine moderne Küche, aber sie ist anders aufgeteilt als im Heubergers. Daher bin ich dankbar, dass Steffen sich schon gut auskennt. Er reicht mir alles rüber, was ich brauche, es ist fast, als ahne er jeden meiner Handgriffe voraus.

Chefkoch Liam wirkt entspannt, aber ihm entgeht keine meiner Bewegungen. Ich fühle mich beobachtet und erwarte jederzeit einen Wutausbruch, offenbar bin ich vom Heubergers vorbelastet. Doch Liam zeigt keine Reaktion, stattdessen liest er noch einmal den Artikel im „Kochen modern", in dem ich vorgestellt werde.

Als ich fertig bin, dekoriere ich den Hauptgang auf dem Teller noch mit einem Stängel Rosmarin und trete einen Schritt zurück. Ich finde, es sieht super aus.

Um uns herum versammeln sich die anderen Köche. Liam verteilt Löffel und Gabeln, und sie probieren. Zunächst sind ihre Mienen undurchdringlich, nur Steffen zieht eine Augenbraue hoch – ihm scheints zu schmecken.

Der Chefkoch probiert noch einen zweiten Löffel von der Sauce, lässt den Geschmack noch einmal auf sich wirken … und dann nickt er.

„Ausgezeichnet. Wann kannst du anfangen?"

Mir fällt ein Stein vom Herzen.

„Sofort."

Wir schütteln uns die Hand, und alle klopfen mir auf die Schulter. Liam deutet auf das Foto mit dem Rinderbraten.

„Das wird gut gehen. Die Leute hier lieben Rind."

Ich sehe das Foto wehmütig an. Jetzt erscheint es mir nicht mehr fair, Fionnahs Artgenossen in Kräuterkruste zuzubereiten.

Liam guckt mich fragend an.

„Alles okay?"

Ich dränge den Gedanken beiseite.

„Ja, ja, danke. Ich freue mich."

Am nächsten Tag freue ich mich tatsächlich zum ersten Mal seit Jahren auf die Arbeit in der Küche, bin aber auch ein wenig nervös. Steffen fährt uns in seinem Toyota zum „Clouds".

Ich arbeite auf Hochtouren. Die hektische Betriebsamkeit lenkt mich von meinem Schmerz ab, und ich gebe zu, es tut sogar gut. Die Arbeit in so einem netten Team ist der Job, von dem ich immer geträumt habe. Zumindest, bis ich den Job als Cowfitter kennen gelernt habe. Nicht dran denken, immer auf die Arbeit konzentrieren!

Aber schon der Gedanke an die Kühe und Catherine reicht, um mich aus dem Konzept zu bringen. Schlimmer noch, ich merke es erst, als ich die Suppenkelle mit dem Arm bei einer unbedachten Bewegung von der Arbeitsfläche fege und sie quer über den Boden scheppert. Aber anders als im Heubergers, bewirkt das hier nur fröhliches Lachen der Kollegen.

„Alle Neune!"

„Mensch, Tom, du bist ja wieder dynamisch heute."

Der Chef hebt die Kelle auf und klopft mir auf die Schulter.

„Die Gäste von Tisch fünf lassen Komplimente ausrichten. Es hat ihnen hervorragend geschmeckt."

In diesem Moment kommt die Kellnerin Lea herein und hängt einige Bestellzettel auf. „Drei mal Lamm, ein mal Lachs, vier mal Rinderbraten, bitte."

„Alles klar."

Ich mache mich an die Arbeit. Obwohl ich noch nicht lange in dieser Küche koche, gelingt mir jeder Handgriff schnell und routiniert.

Doch als ich mich daran mache, den Rinderbraten zuzubereiten, komme ich ins Stocken. Der Chefkoch sieht das.

„Alles okay?"

„Hm. Vielleicht sollten wir öfter mal vegetarisch kochen."

Instinktiv ziehe ich den Kopf ein, in der Erwartung von Liams Reaktion.

Er denkt einen Moment nach.

„Naja, zeitgemäß ist das ja. Mach ruhig mal ein paar Vorschläge. Schließlich haben wir zwei Sterne, da sind wir auf kreative Köche angewiesen."

Kein Augenverdrehen, kein Gebrüll? Das könnte das Paradies sein. Vielleicht ist es doch keine so schlechte Idee, bis zur Rente als Koch zu arbeiten. Vor allem, wo ich jetzt Fortschritte mache, Catherine zu vergessen. Denn wenn ich mich auf die Arbeit konzentriere, gerate ich immer öfter in einen Flow, bei dem mir das Kochen ganz leicht von der Hand geht.

In diesem Moment geht Lea zurück in den Gastraum und gibt durch die offene Küchentür für eine Sekunde den Blick auf die Gäste frei. Und vorbei ist es mit meinem Flow. Und mit meiner guten Laune.

Denn an Tisch vier sitzt Peter, und ihm gegenüber Catherine. Ich sehe nur ihren Rücken, aber ich weiß sofort, dass sie es ist.

Ich stehe da und starre durch das kleine runde Fenster in der Küchentür. Die Welt scheint sich nicht mehr zu drehen. Peter hat einen Anzug an, Catherine trägt wie meistens, Jeans und eine Bluse. Lea nimmt gerade die Bestellung der beiden auf und kommt dann zurück in die Küche.

„Tisch vier, zweimal Salat mit Schafskäse als Vorspeise, Hauptgang einmal Lamm, einmal vegetarisch."

Vegetarisch, na klar, das ist Catherines Bestellung. Ich muss mich zwingen, überhaupt weiterzumachen. Steffen ist dafür zuständig, den Salat anzurichten, ich muss den Schafskäse gratinieren.

Ich schwitze. Meine Hoffnung, langsam doch über Catherine hinwegzukommen, ist mit einem Schlag dahin. Mir wird klar, dass ich überhaupt noch nichts verarbeitet habe.

Während ich Honig über den Schafskäse träufele, überdenke ich meine Optionen. Ich könnte rausgehen und fragen, wie es den Gästen schmeckt, und schauen, wie Catherine reagiert. Oder mich damit abfinden, dass ich es verbockt habe, hier meinen Job machen, und nie wieder glücklich werden. Mir ist nach Heulen und Verkriechen zumute, aber ich muss kochen. Zwischendurch beobachte ich durch das kleine Fenster in der Küchentür, was am Tisch vier geschieht.

Dann hat Steffen den Salat fertig und stellt mir die Teller hin. In diesem Moment habe ich eine Idee.

„Warte mal, Lea. Den Salat für Tisch vier noch nicht rausgeben!"

Ich renne durch den Hintereingang nach draußen.

Vor der Tür ist eine Blumenwiese, da könnte ich Glück haben ... und nach einigem Herumleuchten mit meiner Handytaschenlampe sehe ich, was ich suche: eine schöne große Löwenzahnblüte. Ich pflücke sie, renne nach drinnen, wasche sie sorgfältig und drapiere sie auf einem der beiden Salatteller.

Lea runzelt die Stirn. „Für Tisch vier?"

Ich nicke.

„Lea, bist du so lieb und achtest darauf, dass die Dame den Salat mit der Blüte bekommt? Bitte, das ist sehr wichtig."

Sie zieht die Augenbrauen hoch und versucht zu

ergründen, was das soll, aber dann nickt sie und trägt die Teller raus.

Atemlos verfolge ich, wie sie den Salat mit der Löwenzahnblüte vor Catherine hinstellt. Die Blüte ist so groß, dass man sie keinesfalls übersehen kann. Soweit die Theorie ...

Aber es scheint nicht zu klappen, denn Peter bemerkt das gar nicht und beginnt, ungerührt zu essen. Catherine nimmt ebenfalls die Gabel in die Hand, aber dann stutzt sie. Und dreht sich zur Küchentür um! Ich pralle zurück, damit sie mich nicht sieht − und stoße rücklings mit dem Chef zusammen.

Der sieht jetzt ebenfalls durch das Fenster und grinst.

„Hübsche Frau. Gibts da 'ne Geschichte?"

Steffen stöhnt demonstrativ auf. „Geschichte ist gut − der reinste Horrorfilm."

Ich verziehe das Gesicht und trotte zurück an meinen Arbeitsplatz. Der Chef beobachtet den Gastraum durch das Fenster.

„Mach ruhig weiter, Tom, ich berichte."

Ich würze meine Sauce und lasse den Chef dabei nicht aus den Augen.

Nach einigen Minuten winkt er.

„Tom, sieh dir das an!"

Ich lasse alles stehen und liegen und renne zur Tür.

Peter hält eine Rose in der Hand und winkt Lea, damit sie eine Vase holt. Als Lea die Rose in die Vase und auf den Tisch stellt, nimmt er Catherines Hand.

Verdammt!

Catherine nickt ihm zu, dann nimmt sie ihre Hand wieder zur Gabel, um weiter zu essen. Wenn ich bloß hören könnte, was sie sagt.

Dann ist der Hauptgang fällig. Ich bereite alles vor und renne anschließend wieder zum Hintereingang. Auf der Wiese finde ich eine der lilafarbenen Blüten, die Catherine beim Picknick so mochte.

Als ich mit den Blüten wieder reinkomme, sieht Steffen mich an, schüttelt den Kopf und tippt mit dem Finger an die Stirn.

„Alter, du bist echt crazy."

Der Chef sieht das und zuckt die Schultern.

„Ist doch okay. Gute Leute muss man machen lassen."

Steffen grinst.

Ich drapiere die lila Blüten als Dekoration auf Catherines Teller.

Kellnerin Lea kommt und sieht auf die Blüten.

„Für die Dame, nehme ich an?"

Ich nicke. Sie wirft mir einen wissenden Blick zu und bringt die Gerichte raus.

Als sie den Teller hinstellt, spricht Catherine Lea an. Wir können natürlich nicht hören, was die beiden sagen ... ich halte den Atem an.

Der Chef grinst.

„Ich glaub, sie hat's gemerkt."

Wir klatschen uns ab.

Lea kommt zurück in die Küche.

Ich kann es kaum erwarten.

„Und? Was hat sie gesagt?"

„Es schmeckt fantastisch, ich soll dem Koch ein Kompliment ausrichten."

Liam sieht mich von der Seite an.

„Meinst du, der da draußen hat 'ne Chance bei ihr?"

Ich zucke die Schultern.

Catherine sieht sich noch einmal verstohlen zu uns

um – wir tauchen dieses Mal einfach nach unten ab. Während wir so auf dem Boden hocken, denkt Liam nach.

„Hast du schon einen Plan fürs Dessert?"

Ich starre ihn an.

„Verdammt. Sie haben nur Vorspeise und Hauptgang bestellt. Kein Dessert!"

Er zuckt die Schultern.

„Dann kriegen sie eben eins auf Kosten des Hauses."

Ich sehe ihn an und widerstehe dem Drang, ihn zu küssen. Mein Hirn arbeitet auf Hochtouren.

„Okay, wir machen eine Crème Caramel. Du die Crème, ich mach die Deko."

„Okay."

Ich renne in den Kühlraum, wo das Obst und Gemüse gelagert wird. Ich suche zwei besonders schöne Äpfel heraus, einen großen und einen kleinen. Zurück in der Küche suche ich mir ein extra scharfes Messer. Jetzt darf nichts schiefgehen ...

So schnell ich kann, schnitze ich aus dem großen Apfel etwas, das aussehen soll wie zwei Hände. Aus dem kleinen Apfel schneide ich runde Scheiben, die wie Bälle aussehen. Beides drapiere ich auf dem Teller mit Catherines Crème Caramel, so dass es aussieht, als würden die Hände Bälle jonglieren.

Dann sind die Teller fast fertig, aber Steffens Stimme reißt mich aus meiner Konzentration.

„Oh nee!"

Steffen sieht durch das kleine runde Fenster. Liam, Lea und ich stürzen dazu und starren ebenfalls hindurch.

Atemlos beobachten wir, wie Peter Catherine etwas über den Tisch schiebt, das von hier aussieht wie ein kleines mit dunkelrotem Samt bezogenes Kästchen. Catherine legt ihre Serviette beiseite und sieht Peter an.

Lea reißt sich los.

„Verdammt. Ich bring schnell ihr Dessert raus."

Lea rennt fast, um die beiden Teller in den Gastraum zu bringen. Kurz bevor sie den Tisch erreicht, kehrt sie zu einer normalen Geschwindigkeit zurück und setzt ihre gewohnte professionelle Fassade auf. Gerade in dem Moment, als Catherine nach dem Kästchen greift, stellt Lea den Teller vor sie auf den Tisch, nickt ihr freundlich zu und sagt vermutlich so etwas wie: „Ein Dessert auf Einladung des Hauses."

Catherine sieht auf die Crème Caramel und die Apfelscheiben, die aussehen wie jonglierende Hände. Immerhin scheint es sie für ein paar Sekunden von dem Kästchen abzulenken, das ist schon mal was. Aber ob es ihre Entscheidung beeinflussen kann?

Jetzt dreht sie sich wieder zur Küche um, während Peter sich ungerührt über seinen Nachtisch hermacht. Dann schaut Catherine erneut auf ihren Teller. Ich kann von hier aus sehen, wie das kleine Kästchen direkt neben den jonglierenden Apfelhänden steht. Catherine schaut Peter an, wie er seine Crème Caramel löffelt. Dann sieht sie sich wieder zu uns um, und wir tauchen ab.

Und ich stehe gerade rechtzeitig wieder auf, um zu sehen, dass Catherine das Kästchen öffnet. Den protzigen Ring darin kann ich sogar von hier aus erkennen.

Catherine sieht Peter an. Da sie mit dem Rücken zu uns sitzt, können wir ihre Mimik nicht erkennen. Sie scheint etwas zu sagen, denn er lächelt. Hat sie etwa gerade „ja“ gesagt?

Das ist alles zu viel für mich. Meine Knie geben nach, und ich rutsche mit dem Rücken an der Küchenwand zu Boden.

Liam, Steffen und Lea starren weiter durch die Küchentür nach draußen. Niemand sagt etwas.

Ich bin erledigt.

Nach einer gefühlten Ewigkeit kommt Bewegung in die drei. Sie wenden sich vom Fenster ab und atmen tief durch. Sie sehen auf mich herunter, wie ich da so auf dem Boden sitze.

Steffen grinst.

„Du kannst wieder aufstehen. Sie hat ihn zurückgegeben.“

„Was?!“

So schnell bin ich noch nie vom Fußboden auf die Füße gesprungen. Ich starre durch das Fenster, aber die Szene ist schon vorbei, auf dem Tisch ist kein Kästchen mehr zu sehen.

Liam klopft mir auf die Schulter.

„Das ist gerade noch mal gut gegangen.“

„Seid ihr sicher? Ich meine, dass sie ihn zurückgegeben hat? Oh Mann, wieso hab ich bloß nicht geguckt?“

Catherine sieht sich immer mal wieder zur Küche um, aber Peter scheint es eilig zu haben und bezahlt schon, während Catherine noch den Rest ihrer Crème Caramel isst.

Ich beobachte, wie die beiden aufbrechen. Als

Catherine ihre Handtasche nimmt, kann ich sehen, dass sie tatsächlich keinen Ring am Finger trägt.

Als wir an diesem Abend nach der Arbeit alles aufgeräumt haben, gehe ich noch einen Moment nach draußen, frische Luft schnappen. Ich sehe in den Sternenhimmel und fühle mich unendlich erschöpft, aber weniger von der Arbeit als von meinem emotionalen Aufruhr.

Liam kommt dazu, zwei Gläser Rotwein in der Hand. Er reicht mir eins, wir stoßen an und trinken. Ich merke, dass er den besten Wein eingeschenkt hat, den das Clouds im Weinkeller hat. Was für ein Chef!

CATHERINE

Heute kam Peter mit einer Einladung zum Dinner um die Ecke. „Lass uns doch mal das Clouds ausprobieren." Ich hatte eigentlich gar keine Lust, essen zu gehen. Aber ich dachte, es bringt mich vielleicht auf andere Gedanken. Ich nutze ja jede Gelegenheit, um mich von dem blöden Liebeskummer abzulenken.

Als wir dann beim Essen waren, hat Peter auf einmal was von „gemeinsamer Zukunft" gefaselt, wie lange wir uns doch jetzt schon kennen und so. Ich hab' gar nicht verstanden, was er meint. Erst als er einen Ring gezückt hat, wurde mir klar, dass das nun der Heiratsantrag sein soll. Aber es hat mich überhaupt nicht berührt.

Ich bin innerlich wie abgestorben. Dabei dachte ich immer, an diesem Tag, wenn er mir den Antrag macht, wird alles anders. Aber ich habe gar nichts gespürt.

Dann habe ich Peter nach Sadie gefragt, die morgens früh aus seiner Wohnung kam. Er hat nur rumgedruckst. „Ach, sie hat nur was vorbeigebracht", und so. Ich weiß nicht, wahrscheinlich hat er eine Affäre mit ihr. Und mich will er nur heiraten, weil ich einen großen Hof erbe.

Meine Güte, wieso bin ich eigentlich so zynisch geworden?

Ich habe überhaupt keine Freude mehr am Leben. Und an die Liebe glaube ich auch nicht mehr.

Stattdessen meine ich neuerdings, überall Zeichen zu sehen. Eine Löwenzahnblüte auf dem Teller, die Deko vom Dessert, alles erinnert mich immer nur an Tom. Jede Ente, jeder Apfel, jedes Fahrrad. Zwischendurch dachte ich schon, ich hab Halluzinationen, vor lauter Enten und Fahrrädern.

Aber vor allem mache ich mir Sorgen um Fionnah. Sie frisst nicht gut und ist schon ganz abgemagert. Nicht mal Löwenzahn wollte sie annehmen!

Die Tierärztin meint zwar, es ist alles in Ordnung, aber ich kenne doch meine Fionnah! Wie sie mich ansieht – da stimmt was nicht.

KAPITEL 22

CATHERINE

15. Juli

Fionnah steht auf der Wiese und lässt den Kopf hängen. Sie sieht genauso traurig aus, wie ich mich fühle. So geht es nicht weiter!

TOM

Einige Tage später habe ich meinen freien Tag. Betti war im Gartencenter und hat Himbeersträucher gekauft, jetzt helfe ich ihr, sie einzupflanzen. Ich habe gerade ein neues Loch ausgehoben, als ich aus dem Augenwinkel einen Geländewagen sehe. Ich weiß sofort, zu wem er gehört. Mir bricht der Schweiß aus.

Catherine hält an und stellt den Motor ab. Es dauert einen Moment, bis sie aus dem Auto steigt. Sie kommt langsam auf mich zu. Ich kann meinen Puls hören, und meine Knie zittern. Ich ziehe die Arbeitshandschuhe aus, Betti sieht mich an und lässt uns allein.

Catherine wird langsamer und bleibt ein paar Meter entfernt von mir stehen.

„Hi.“

Ich sehe sie an.

„Hallo.“

„Wie geht es dir?“

„Schrecklich. Und dir?“

„Total im Stress. Heute Abend geht's nach Belfast. Die Irish National ... Du weißt ja, die wichtigste Show des Jahres.“

Ich nicke.

„Klar. Ich halte euch die Daumen.“

„Tom ... was ich gesagt habe ... Es war nicht so gemeint.“

Ich sehe sie an.

„Wirklich?“

Sie nickt.

„Also, auch wenn du nicht vom Fach bist, ich finde, du hast den Job sehr gut gemacht ...“ Sie sieht auf ihre Fußspitzen. „Und Eoin und Padraig und mein Vater finden das auch.“

Ich schaue in den Himmel.

Catherine räuspert sich.

„Und wir wollten fragen, ob du nicht zurückkommen willst.“ Sie holt tief Luft, als ob sie froh wäre, dass das raus ist.

Ich lasse ihre Worte auf mich wirken.

„Warum?“

„Naja. Es ist so … Fionnah hat eine Krise.“

„Eine Krise? Ist sie krank?“

Catherine schüttelt den Kopf.

„Ihre Vitalfunktionen sind alle okay.“

„Und woher wisst ihr das dann?“

„Sie frisst kaum noch. Nicht mal mehr Löwenzahn.“

Ich sehe sie an und versuche zu ergründen, was das bedeutet.

„Aha. Und was hat das mit mir zu tun?“

„Sie hat das … naja, seit du weg bist.“

Ich denke nach. Die Schmerzen der vergangenen Wochen haben so an mir gezehrt, dass ich es nicht aushalten würde, noch einmal verletzt zu werden. Ich ertrage es kaum, Catherine in meiner Nähe zu wissen, da kann ich mir das Arbeiten auf der Farm nicht mehr vorstellen. Auch wenn ich mir andererseits nichts sehnlicher wünsche, als in ihrer Nähe zu sein.

Ich hole einmal tief Luft.

„Catherine. Ich bin Koch. Du hast es selbst gesagt, so jemand passt nicht auf eine Farm. Du brauchst jemanden, der mit Kühen aufgewachsen ist.“

Catherine sieht mich unbeweglich an. Ich hoffe, dass sie noch etwas sagt, doch sie schweigt.

„Catherine, ich bin nicht der Richtige für dich.“

Sie sieht auf den Himbeerstrauch. Dann nickt sie langsam und wendet sich zum Gehen. Nach ein paar Schritten bleibt sie stehen und dreht sich noch einmal um.

„Aber für Fionnah. Sie braucht dich.“

„Fionnah ist eine Kuh! Sie braucht Wasser und Heu und ihre Wiese, aber mich ganz sicher nicht.“

„Kühe haben doch auch Gefühle, wie du und ich. Und sie vermisst dich."

Ich schüttele den Kopf.

„Ich habe dich verletzt und blamiert, und ich würde wer weiß was geben, um es ungeschehen zu machen. Aber ich habe eins gelernt: Es hat keinen Sinn, etwas anderes sein zu wollen, als man ist."

Catherine steht noch einen Moment da, ohne eine Regung. Dann dreht sie sich um und geht wirklich.

Ich sehe ihr nach, wie sie in den Wagen steigt und davonfährt. Warum, zur Hölle, muss Liebe so weh tun? Ich setze mich ins Gras und habe das Gefühl, ich werde nie wieder aufstehen können.

CATHERINE

Ich hatte so gehofft, er würde zurückkommen. Für Fionnah … Ach, wem mache ich hier eigentlich was vor? Auch für mich. Ich vermisse ihn genauso.

KAPITEL 23

CATHERINE

16. Juli

Wie oft will ich mein Handy denn noch checken? Ich muss es endlich einsehen: Er wird nicht anrufen. Was soll ich bloß machen?

Okay, das Jammern nützt nichts. Wir müssen eben ohne Tom auskommen. Aber wer soll Fionnah frisieren?

Peter. Wer sonst? Dann muss Eoin halt doch mit Fionnah in die Arena, denn Peter nimmt ja mit Kandy teil. Blöd, aber es wird schon irgendwie gehen. Es muss einfach gehen.

TOM

Am nächsten Morgen sitze ich am Tisch, vor mir ein

Teller mit Bettis Frühstück, das ich aber nicht angerührt habe. Ich kriege einfach nichts runter. Betti sitzt mir gegenüber und hat schon fast aufgegessen, Steffen schnarcht noch nebenan.

Ich schiebe meinen Teller beiseite.

„Ich hätte ihr schon viel früher die Wahrheit sagen sollen.“

Betti nickt.

„Wie sagt man hier in Irland, die Lüge ist der ärgste Feind der Liebe.“

In diesem Moment geht die Tür auf, und in gewohnter Pose steht Steffen vor uns.

„Moin moin! Na, alles frisch?!“

Er sieht mich an.

„Ah, ich seh’ schon, Hammerstimmung. Trink am besten mal was von dem Kuh-Teufelszeug.“

Betti wirft ihm einen tadelnden Blick zu, aber Steffen füllt sich ungerührt einen Teller, setzt sich und beginnt zu essen.

Betti seufzt.

„Lass ihn, Steffen. Es ist endgültig vorbei. Tom hat Catherine abgesagt.“

„Er hat was?!“

Steffen legt seine Gabel beiseite.

„Heißt das, sie will dich zurück, und du sagst nein?“

Ich nicke.

Steffen schüttelt den Kopf.

„Warum denn das, zum Henker? Ich denke, du liebst sie.“

„Ja. Aber ich bin nicht der Richtige für sie.“

Steffen beugt sich zu mir vor.

„Also, Moment mal. Ich fasse kurz zusammen: Um

diese Frau zu beeindrucken, kriechst du nachts durch den Schlamm über die Wiesen. Du frisierst ihre Kühe. Und du polierst Euter, die dann mit einem Ultraschallgerät auf Silikon-Implantate gecheckt werden?"

Ich nicke.

Steffen verdreht die Augen.

„Nimm's mir bitte nicht übel, aber das ist so ballaballa, damit bist du der absolut perfekte Mann für sie."

Ich horche in mich hinein. Steffens Worte scheinen einen Schalter in mir umzulegen. Plötzlich wird mir klar, dass ich niemals irgendwen wieder so sehr lieben kann wie Catherine. Trolli schnauft in meinem Innern verächtlich, das habe er doch schon die ganze Zeit gesagt, und wann ich Arschgesicht denn endlich mal aus dem Knick komme.

Ich gucke auf die Uhr – kurz nach neun. Die „Irish National" Show fängt um zwölf an, das könnte ich gerade so schaffen.

Ich sehe Betti an.

„Betti, leihst du mir dein Auto?"

Betti grinst.

„Na klar. Aber ich fahre!"

„Nein, ich fahre!" Steffen springt auf und wirft dabei seinen Stuhl um.

Betti schüttelt den Kopf.

„Kommt gar nicht in Frage."

Betti steht auf, trinkt im Gehen ihren Kaffee aus und greift ihre Jacke.

„Na dann los!"

Wir laufen zum Auto und springen rein.

Betti gibt auf dem Kiesweg vor dem Haus Gas, dass die Steine fliegen.

Auf der Landstraße ignoriert Betti alle Straßenschilder, Geschwindigkeitsbeschränkungen und sonstigen Verkehrsregeln. Sie überholt einen Trecker und hupt, dann zieht sie das Auto schwungvoll wieder auf ihre Fahrspur. Steffen und ich krallen uns in den Sitzen fest, um uns nicht den Kopf an den Scheiben zu stoßen.

Betti lacht.

„Seht ihr? So macht man das hier in Irland.“

Zwei Stunden später sind wir in Belfast und an den Balmoral Showgrounds angekommen. Das Showgelände ist festlich geschmückt, und die Fahnen der berühmtesten Zuchtgebiete flattern im Wind. Vor der Haupteinfahrt bremst Betti abrupt ab und verursacht eine Staubwolke.

Ich sehe mich um.

„Mit dem Auto werden wir nicht reinkommen, wir haben keinen Teilnehmerausweis.“

„Dann parke ich da drüben.“

Betti wendet und stellt den Wagen auf der anderen Straßenseite ab.

Wir eilen zum Teilnehmereingang abseits des Haupteingangs. Ich hatte gehofft, dass die Einlasskontrolle jetzt nicht mehr so streng ist, weil die Teilnehmer schon vorher angereist sind, aber schon baut sich ein Security-Mann vor uns auf. Er ist an die zwei Meter groß und sieht auf mich herab.

„Tut mir leid, nur für Teilnehmer."

„Das sind wir. Von der Coyle Farm."

„Und Ihre Teilnehmerausweise?"

„Zu Hause, leider. Irgendwie ist die Tasche stehen geblieben ..."

„Dann kann ich Sie nicht reinlassen."

Sein Blick macht unmissverständlich klar, dass das sein letztes Wort ist.

Wir trotten davon. Einen Moment stehen wir ratlos herum, dann sehe ich, wie ein Transporter vorfährt und an dem Eingang für die Kühe anhält. Aus dem Wagen springt ein Mann, offenbar der Züchter, öffnet die Klappe und flucht, weil die Verriegelung klemmt. Offensichtlich ist er allein unterwegs. Ich habe eine Idee.

„Kommt mal mit."

Ich laufe voraus, Betti und Steffen folgen mir. Wir gehen auf den Züchter zu.

„Guten Morgen."

Er grunzt.

„Immer diese Hektik. Scheiß Stau."

„Kein Problem", sage ich. „Wir helfen Ihnen."

„Danke."

Gemeinsam lösen wir die Verriegelung, und zwei Kühe steigen aus dem Transporter. Ich nehme den Strick der einen Kuh, greife zwei Eimer aus dem Transporter, drücke Betti und Steffen je einen in die Hand. Die sehen mich mit großen Augen an.

Ich flüstere.

„Shit Bucket. Hinter die Kuh halten. Damit hält dich niemand auf!"

Der Züchter geht voraus, ich folge ihm mit der anderen Kuh, Steffen und Betti halten die Eimer unter die Kuhschwänze. So kommen wir tatsächlich ungehindert durch die Einlasskontrolle.

Steffen hält den Eimer ein wenig verkrampft und rümpft die Nase.

„Und so crazy Sachen macht man als Cowfitter? Ihr habt doch ’ne Meise.“

Ich grinse.

Bald sind wir im Inneren der Stallanlage. Glücklicherweise, denn in diesem Moment beginnt es zu regnen.

Wir bringen die beiden Kühe in ihr Strohlager, der Züchter schüttelt uns die Hände und möchte uns zu einem Whiskey einladen, aber ich schüttele den Kopf.

„Vielen Dank, aber wir haben es eilig.“

Betti und Steffen stellen die Eimer ab, ich sehe mich nach dem Banner der Coyle Farm um.

„Wir müssen alles absuchen. Es ist so ein grünes Logo mit einem Kleeblatt, einer Kuh und den Buchstaben GCC.“

Wir laufen durch die Stallungen. Endlich sehe ich das Transparent mit der Aufschrift „Coyle Farm“. Ich winke Betti und Steffen zu mir.

Schon bevor wir im Stallbereich der Coyle Farm ankommen, hören wir Peter fluchen. Fionnah trampelt hin und her, ein Wassereimer fliegt um, und um sie herum im Stroh liegen allerlei Friseurutensilien verteilt. Das reine Chaos.

Peters Kopf ist hochrot.

„Verdammt! Jetzt steh endlich still, du blödes Viech!"

Ich atme einmal tief durch.

„Wenn du sie anschreist, wird sie bestimmt nicht stillhalten."

Fionnah wendet mir den Kopf zu, als sie meine Stimme hört, und sie muht.

Ich gehe zu ihr und kraule ihre Stirn, und tatsächlich beruhigt sie sich sofort. Peter starrt mich an. Auf seiner Stirn pocht eine Ader, die da sonst nicht ist.

Er faucht mich an.

„Was willst du denn hier? Mal wieder Ärger machen?"

„Lass uns das später diskutieren. Ich frisiere Fionnah, denn wenn ich mich nicht irre, beginnt das Finale in dreißig Minuten. Kümmer du dich um Kandy."

Ich beginne, Fionnah zu frisieren.

Aber so leicht gibt Peter sich nicht geschlagen.

„Hau ab und lass uns zufrieden. Catherine gehört zu mir!"

„Ach, wirklich?"

„Ja! Denn ich manage eine Farm mit hundertfünfzig Kühen, und du hast noch nicht mal ein Auto."

„Glaubst du wirklich, du kannst Catherine mit einem Auto beeindrucken?"

„Wann begreifst du das endlich: Frauen stehen nicht auf Versager!"

Ich ignoriere Peters Unverschämtheit und toupiere Fionnahs Rückenlinie.

Als ich fast fertig bin, kommt Eoin um die Ecke. Er bleibt stehen und starrt mich an. Dann grinst er.

„Wow. Sie sieht super aus! Und da du jetzt da bist, muss ich doch nicht in die Arena. Halleluja."

Peter guckt finster, Eoin ignoriert das.

„Gary und Catherine sind noch in der Pressekonferenz. Geh du dich umziehen, ich hole dir die Startnummer. Deine Klamotten sind noch im Transporter, der parkt vor der Tür.“

„Danke, Eoin.“

Ich renne durch den Regen zum Transporter und finde eine sorgfältig gepackte Tasche mit meinem Showoutfit, die Hose und das Hemd mit dem Logo der Coyle Farm. Als ob Eoin damit gerechnet hätte, dass ich doch noch auftauche. Ich ziehe mich in Windeseile um.

Als ich zum Stallabschnitt der Coyle Farm zurückkomme, ist Fionnahs Stall leer. Ich nehme an, dass Eoin schon mit ihr vorgegangen ist, und gehe in Richtung Arena. Doch dann kommt Eoin mir entgegen – ohne Fionnah. Ich bleibe stehen.

„Ist Fionnah nicht bei dir?“

„Was soll das heißen, bei mir? Ist sie denn nicht im Stall?“

Wir sehen uns an – und rennen zurück. Aber Fionnahs Strohlager ist immer noch leer. Eoin sieht sich hektisch um.

„Fionnah!“

„Du suchst hier, ich geh da lang.“

Wir rennen durch die Ställe, aber keine der Kühe ist Fionnah.

Ich komme an einer offenen Tür vorbei. Draußen regnet es jetzt in Strömen. Mich beschleicht eine Ahnung.

Ich laufe nach draußen und bereue es sofort. Der Regen ist so stark, dass ich in Sekunden bis auf die Haut nass bin. Egal, Hauptsache, ich finde Fionnah. Und als ich um das Stallgebäude biege, sehe ich sie. Sie steht im strömenden Regen auf dem Rasen und grast. Ihr Fell ist triefend nass, das Rückenhaar hängt in wirren Strähnen herunter.

„Oh nein, Fionnah! Schnell, rein mir dir ins Warme!"

Ich will schon zu ihr laufen, aber dann sehe ich etwas. Auf dem Rasen zwischen Fionnah und mir – Enten! Zwei Erpel und eine Schaar Enten haben sich nur wenige Meter vor Fionnah ins Gras gesetzt. Sie starren mich aus ihren fiesen gelb umrandeten Augen an. Mein Puls rast, mir wird schwindelig, meine Knie zittern.

Ich atme tief durch. Und stürze mich auf die Enten, mit einem Gebrüll wie Mel Gibson in „Braveheart" beim Angriff auf die Engländer.

Einen Moment denke ich schon, meine Attacke scheitert, weil sie mich nur anglotzen und sich gar nicht bewegen. Doch dann flattern und quaken sie los wie der Teufel und fliegen davon.

Ich bleibe einen Moment im strömenden Regen stehen und sehe ihnen nach. Einen entscheidenden Sieg habe ich errungen, aber keine Zeit, mich darüber zu freuen. Schnell laufe ich zu Fionnah, nehme den Halfterstrick und führe sie wieder in den warmen Stall.

Als wir den Stallbereich der Coyle Farm erreichen, kommt Eoin auch gerade wieder zurück. Wie vom Donner gerührt bleibt er stehen.

„Ach du heilige Scheiße!"

Ich zupfe an Fionnahs Haarsträhnen – ihre Frisur ist ruiniert.

Eoin lässt sich auf einen Strohballen fallen.

„Das verstehe ich nicht. Sie hat sich schon lange nicht mehr losgerissen."

Ich schüttele den Kopf.

„Halfter und Strick sind völlig intakt."

Eoin sieht mich an, dann prüft er das Halfter und den Strick von Fionnah.

„Du meinst ... Peter hat sie losgebunden? Und rausgebracht, in den Regen?"

„Vermutlich. Er kann einfach nicht verlieren."

„*Er* kann nicht verlieren? *Wir* haben verloren! Das war's nämlich mit dem Finale!"

Ich denke nach.

„Weißt du was, ich gehe trotzdem."

„Ins Finale? Du willst sie so ins Finale der Irish National Show führen?!"

Ich nehme Eoin die Startnummer-Krone aus der Hand und setze sie auf meinen durchnässten Kopf.

Er sieht mich an.

„Du meinst es ernst, oder?"

Ich nicke.

„So leicht geben wir nicht auf."

„Wow. Das ist sehr mutig. Und irre. Aber auch mutig."

Er sieht Fionnah an, wie sie durchnässt vor ihm steht. Er lacht auf.

„Na, dann wär jetzt eins deiner künstlichen Haarteile von neulich nicht schlecht."

Ich sehe auf meine Armbanduhr.

„Okay. Wir haben zehn Minuten bis zum Finale. Vielleicht kriegen wir sie wenigstens ein bisschen trocken."

„Gute Idee. Ich suche den Föhn. Da hinten steht die Kabeltrommel.“

Eoin zerrt den Föhn aus der Kiste, ich hole die Kabeltrommel und stecke den Stecker ein. In der Eile reiße ich mit der Schnur einen kleinen Tisch um, auf dem allerlei Utensilien stehen. Mit Getöse poltern Sprayflaschen, Shampoos, eine Schermaschine und eine Blechdose mit Puder auf den Boden. Fionnah erschrickt, macht einen Luftsprung und galoppiert davon.

„Fionnah, nein!“

Eoin und ich rennen Fionnah nach.

Ich habe Kühe ja vorher schon galoppieren sehen, aber ich wusste nicht, dass sie so schnell sein können. Eoin und ich rennen, was das Zeug hält, aber Fionnah ist uns immer einige Meter voraus. Gelegentlich wird sie langsamer, weil etwas ihre Aufmerksamkeit erregt und sie sich umschaut. Aber wenn wir sie fast erreicht haben, läuft sie jedes Mal weiter.

Erst als sie an einem Bullen vorbeikommt, der eine goldene Schärpe trägt und gerade vor der obligatorischen Fotowand posiert, bleibt sie endlich stehen.

Wir gehen langsam auf sie zu, um sie nicht zu erschrecken. Doch dann will ein Mann Fionnah einfangen, greift nach ihrem Halfterstrick und macht dabei eine schnelle Bewegung. Und sofort rennt sie wieder los. Der Bulle sieht ihr interessiert nach, aber sie läuft ungerührt weiter. So rennen wir minutenlang hinter ihr her, kreuz und quer durch die Hallen.

Mittlerweile werden die Teilnehmer für unsere Finalklasse über den Lautsprecher aufgerufen, und als ob

Fionnah das verstehen würde, läuft sie direkt in die Arena, klatschnass wie sie ist, und macht bockend eine ganze Runde, sehr zum Amüsement des Publikums.

Die anderen Cowfitter sind gerade dabei, ihre Kühe zum Finale hereinzuführen. Alle sind perfekt gestylt, unter ihnen ist auch Peter mit Kandy.

Eoin und ich bleiben einen Moment am Eingang stehen und ringen nach Luft. Wir sehen uns an, wie Fionnah mit ihren Bocksprüngen einiges an Aufruhr verursacht.

Ich keuche.

„Na, zumindest Fionnah ist pünktlich im Finale. Wenn auch ohne uns."

Eoin grunzt.

„Da ist Peter. Der Arsch. Und was nun?"

„Du bleibst hier, ich fange sie ein. Und dann stellen wir uns auf, so wie sich das gehört."

Eoin sieht mich belustigt von der Seite an.

„Du hast echt Nerven, das muss man dir lassen."

Ich atme noch einmal tief durch und gehe in die Arena. Das Publikum amüsiert sich noch immer über die freilaufende klatschnasse Kuh.

Jetzt bleibt Fionnah stehen und schnuppert an einem Blumengesteck an der Bande. Und dann sehe ich Catherine, die über die Tribünen in ihre Richtung eilt. Fionnah beruhigt sich und beginnt, seelenruhig die Dekoration abzugrasen. Catherine und ich erreichen Fionnah zur gleichen Zeit.

Ich sehe Catherine an.

„Ich schwöre dir, bis eben war ihre Frisur perfekt."

Catherine sieht an mir herunter. Sie versucht, ernst zu bleiben, aber dann muss sie doch lachen.

„Meine Güte, was ist denn passiert? Wart ihr schwimmen, Fionnah und du?"

Ich atme scharf aus.

„Das ist eine lange Geschichte. Und keine erfreuliche."

Catherine zieht die Augenbrauen hoch, aber ich schüttele den Kopf.

„Das erzähle ich dir später."

Ich nehme den Halfterstrick und gehe mit Fionnah auf die Richter zu. Die gucken streng und gestikulieren, dass wir die Arena verlassen sollen, offenbar denken sie, wir hätten uns verirrt.

Nach ein paar Schritten bleibt Fionnah stehen und ich fürchte schon, dass sie wieder losbockt. Ich lasse meine Stimme so sanft wie möglich klingen.

„Komm, Fionnah, du brauchst dich nicht zu schämen. Deine Frisur ist zwar ruiniert, aber du bist eine großartige Kuh."

Und tatsächlich, sie folgt mir.

In diesem Moment kommt Eoin angelaufen und gibt mir die Pappkrone mit der Startnummer.

„Hier. Die hast du beim Rennen verloren."

„Danke."

Ich setze sie auf. Aus dem Augenwinkel sehe ich Catherine, Gary, Betti und Steffen, die jetzt auf der Tribüne zusammenkommen und das Geschehen von dort beobachten.

Die Richter gucken skeptisch, vermutlich fliegen wir gleich raus, so wie wir aussehen. Aber Fionnah schreitet neben mir her und hält den Kopf hoch, wie es sich für eine stolze Showkuh gehört. Nur ihr nasses Fell stört das Bild. Vor den Richtern bleiben wir stehen.

„Ich bitte um Entschuldigung für diese Frisur. Bitte sehen Sie das nicht als Missachtung der Regularien ... Es war ein Missgeschick."

Die Richter sehen mich an, als wäre ich nicht ganz dicht. Bevor sie uns rauswerfen, mache ich schnell weiter.

„Natürlich weiß ich, dass eine gute Frisur eine Kuh ins rechte Licht rückt. Aber geht es nicht viel mehr um die wahren Werte einer Kuh, und nicht nur um das Äußere? Diese Kuh hier, Fionnah, ist großartig. Sie hat einen einzigartigen Charakter und ein großes Herz. Daher möchte ich trotz allem mit ihr teilnehmen."

Die Richter starren mich an. In dem einen oder anderen Gesicht glaube ich, etwas Rührung zu erkennen. Wenigstens gucken sie nicht mehr so streng wie vor meiner Ansprache.

Ich sehe verstohlen zu Catherine hinüber. Sie nickt und macht das Daumen-hoch-Zeichen.

Die Richter diskutieren leise, dann fällen sie eine Entscheidung.

Der Chefrichter nickt.

„Okay, reihen Sie sich ein."

Ich führe Fionnah vorbei an den perfekt gestylten Kühen und ignoriere das Grinsen der anderen Cowfitter. Wir stellen uns in die Reihe. Hier stehen die besten aller Kühe aus ganz Irland und England, und es ist schon eine Auszeichnung, überhaupt dabei zu sein. Egal mit welcher Frisur.

Ich stehe neben Peter und Kandy. Ich vergewissere mich, dass die Richter gerade woanders hinsehen, dann wende ich mich an Peter.

„Sag mal, hast du sie noch alle, sie in den Regen

rauszulassen, mit dem geschorenen Fell? Was, wenn sie krank wird!"

Peter grinst.

„Das ist eben eine harte Branche."

„Das wirst du bereuen!"

„Ach ja, da bin ich aber gespannt."

Ich gebe zu, ich habe keinen Plan, wie ich mit der Situation umgehen soll. Ich horche nach innen, um auf einen Vorschlag von Trolli zu warten, und vermute, dass er irgendeine Gewalttat vorschlägt. Aber irgendwas stimmt mit ihm nicht. Vielleicht ist er heute unpässlich, oder er wird langsam altersmilde, denn er zuckt nur die Schultern und krault sich den Bauch.

„Mach dir keinen Stress. Das wird sich schon ergeben."

Ich habe keine Zeit, mich darüber zu wundern, denn Fionnah und ich sind jetzt dran, uns vor den Richtern zu präsentieren. Wir gehen an der Reihe der anderen Kühe vorbei auf die Richter zu und beschreiben einen Halbkreis, und wieder zurück, so dass sie sie von allen Seiten sehen können. Auch wenn Fionnah und ich vermutlich einen zerzausten Eindruck hinterlassen, wir gehen dennoch mit erhobenem Kopf durch die Arena.

Dann stelle ich Fionnah auf. Sie hat eine großartige Ausstrahlung, und ich schwöre, wäre sie nicht so nass, und würde ihr Fell auf der Rückenlinie nicht in wirren Strähnen herabhängen, sie wäre heute die unangefochtene Siegerin.

Ich sehe, dass Eoin und Padraig so gebannt zuschauen, dass sie sogar das Wetten vergessen. Dann geht es in die Endrunde, in der die Richter noch einmal ihre Ergebnisse überprüfen. Die Kühe gehen im Blitzlichtgewitter an den Richtern vorbei, als wären es Models auf dem Laufsteg.

Dann ist es soweit. Die Richter begeben sich an den Rand der Arena, das ist Urteil ist gefällt. Der Chefrichter überreicht den Bogen mit den Wertnoten an den Ansager. Dies ist der Moment, auf den die gesamte Kuhzüchterbranche ein Jahr lang hingearbeitet hat: die Siegerehrung der Irish National Show.

Einige Helfer bauen in der Mitte der Arena ein Siegertreppchen auf.

Die Teilnehmer des Finales stellen sich im Halbkreis um das Siegertreppchen herum auf.

Dann verkündet der Sprecher die Platzierung:

„Auf dem dritten Platz der diesjährigen National Show ... ‚Mary Winston Alegro‘ von der Pocock Farm, England ...“

Das Publikum applaudiert. Die drittplatzierte Kuh bekommt einen Lorbeerkranz mit einer bronzefarbenen Schärpe. Der Kuhfotograf knipst, was das Zeug hält.

„Auf dem zweiten Platz: Katrina Margie Tully, von der Inch Island Farm, Donegal.“

Peter strafft schon seine Schultern und grinst, vermutlich rechnet er mit dem Sieg. Ich würde es der Coyle Farm von Herzen gönnen, wenn Kandy gewinnt, aber es wäre doch ziemlich nervig, dass Peter das dann als seinen Sieg ausgeben würde.

Okay, Kandy ist eine hervorragende Kuh, und Peter hat sie ordentlich frisiert. Aber mittlerweile bin ich nicht mehr so sicher, ob das reicht. Denn mir ist schon öfter aufgefallen, dass die siegreichen Kühe einen speziellen Ausdruck in den Augen haben. Als ob sie entschlossen sind zu gewinnen. Und Kandy sieht neben Peter eher aus, als ob sie sich zusammenreißt, um den ganzen Zirkus über sich ergehen zu lassen.

Oh Mann, da stehe ich, total durchnässt, mit einer ebenso nassen Kuh am Halfter, und mache mir Gedanken über den Gesichtsausdruck von Siegerkühen. Ich habe in den letzten Monaten ja schon einiges erlebt, und vieles erscheint mir jetzt gar nicht mehr so skurril. Aber zwischendurch denke ich manchmal, dass ich echt einen an der Waffel habe.

Dann erklingt eine Fanfare. Die Stimme des Stadionsprechers klingt feierlich: „Und wir kommen zur diesjährigen Siegerin ... der erste Platz geht an Snappy Sonny Valerian von der Magma Farm, Galway!"

Kandy und Peter sind also nicht platziert. Peter entgleisen die Gesichtszüge, während der Applaus aufbrandet. Der Siegerkranz, der Pokal und das Blitzlichtgewitter gehen an ihm vorbei. Und mehr noch; damit, dass er Fionnah boykottiert hat, hat er die Coyle Farm um den möglichen Sieg gebracht.

Ich klopfe Fionnah auf den Rücken.

„Mach dir nichts draus, Fionnah. Nächstes Jahr bist du wieder dabei."

Mir war schon klar, dass wir mit der ruinierten Frisur nicht gewinnen konnten. Aber ich wollte eben ein

Zeichen setzen. Nämlich dass ich, Tom Jensen aus Jever, ehemals Koch und neuerdings Cowfitter in Ausbildung, nicht gleich aufgebe, wenn's mal schwierig wird.

Gerade will ich mit Fionnah die Arena verlassen, als aus dem Lautsprecher noch eine Ansage kommt.

„Wie in jedem Jahr, haben wir noch den Performance-Sonderpreis zu vergeben, für das beste Team. Bewertet wird dabei die Harmonie zwischen Kuh und Vorsteller."

Der Stadionsprecher macht eine Pause.

„Der Performance-Sonderpreis geht dieses Jahr in den Norden ... an das Team der Coyle Farm: an Fionnah Primrose Wanita und ihren Vorsteller, Tom Jensen. Herzlichen Glückwunsch!"

Der unerwartete Applaus erscheint mir fast wie eine warme Dusche, und ich freue mich sehr über diese Anerkennung. Meine spezielle Verbindung zu Fionnah scheint offenbar auch nach außen sichtbar zu sein.

Natürlich wäre ein Sieg in der Zuchtschau für die Coyle Farm wichtiger gewesen, aber das nehmen wir nächstes Jahr in Angriff. Das heißt, wenn es ein nächstes Jahr für mich auf der Coyle Farm gibt. Das soll sich gleich noch herausstellen, wenn ich die Chance habe, mit Catherine zu sprechen.

Als wir aus der Arena kommen, warten die anderen schon auf uns. Gary hat links Betti, und rechts Catherine im Arm, Padraig und Eoin tauschen mal wieder einen Geldschein – vermutlich ging es um den Sieg. Eoin legt eine Decke über die nasse Fionnah und

Steffen guckt sich das alles an und schüttelt hin und wieder den Kopf.

Ich bleibe mit Fionnah vor Catherine stehen.

„Catherine. Sieh uns an! Wir sind nicht perfekt. Und wir sind sehr nass. Aber wir lieben dich.“

Catherine lacht.

„Komm her, du Verrückter.“

Sie küsst mich, und ich war noch nie in meinem Leben so erleichtert.

„Heißt das, wir sind wieder zusammen?“

Sie nickt.

„Unbedingt.“

Eoin stößt Padraig an und hält demonstrativ seine Hand hin. Der zerknitterte 100-Euro-Schein wechselt mal wieder den Besitzer.

Peter kommt mit Kandy dazu. Er will Eoin den Führstrick seiner Kuh in die Hand drücken.

„So, Eoin, kannst du die bitte mal wegbringen.“

Doch Eoin macht keine Anstalten, den Strick zu nehmen, er guckt Peter nur in die Augen. Ich grinse demonstrativ in Richtung Peter. Arroganz führt eben nicht immer zum Ziel.

Jetzt wendet Gary sich an Peter. Er deutet auf die nasse Fionnah.

„Peter, bist du dafür verantwortlich?“

„Wieso ich schon wieder?“ Peter klingt wütend. „Frag mal Tom. Sicherlich hat er sie nicht ordentlich festgebunden.“

Jetzt mischt Eoin sich ein. „Sie war perfekt festgebunden. Ich hab’s kontrolliert.“

Peter starrt Eoin an. Dann sieht er zu Catherine, dann zu Gary. Doch die schauen ihn nur an. Alle warten auf eine Reaktion von Peter. Er wirft einen wütenden Blick in die Runde und rauscht davon.

Als er an Fionnah vorbeikommt, hebt die das Hinterbein, holt aus und tritt mit voller Kraft gegen einen Eimer. Was sich jetzt abspielt, kommt mir vor wie in Zeitlupe: Der Eimer prallt an einem aufgehängten Banner ab, landet auf dem Tisch mit den Pokalen, die Pokale fliegen auseinander, ein Pokal trifft eine Kuh, die bockt los, rempelt Peter an, Peter taumelt, verliert das Gleichgewicht und landet mit dem Gesicht nach unten auf einer großen Mistkarre.

Alle lachen mehr oder weniger verstohlen, die Fotografen machen Fotos, das wird vermutlich das Ereignis des Tages für die Klatschspalten.

Peter klettert aus der Karre, wischt sich das Gesicht mit dem Ärmel ab, guckt angeekelt und stapft in Richtung Ausgang.

Eoin stößt Padraig mit dem Ellenbogen an.

„Wetten, den sehen wir nicht wieder."

Padraig nickt.

„Denke ich auch."

Eoin reißt die Augen auf.

„Hey, heißt das, wir sind uns einig?"

Padraig sieht ihn an. Fassungslos.

„Wow. Dann können wir ja gar nicht wetten."

Ich habe die beiden noch nie sprachlos erlebt, aber jetzt sind sie es.

Catherine sieht Peter nach.

„Ich hab ihm immer gesagt, Kühe merken es sich, wenn man sie nicht respektiert."

Dann sieht sie mich an.

„Danke. Das war toll, dass du dich getraut hast, Fionnah vorzustellen."

Ich nehme Catherines Hand und gehe mit ihr ein paar Schritte. Etwas abseits bleiben wir stehen und sehen uns in die Augen. Ich streichele ihr über die Wange.

„Es tut mir so leid, dass ich dich getäuscht habe."

Sie lächelt.

„Vielleicht habe ich etwas überreagiert, wegen der Sache, dass du Koch bist."

„Ich war so verliebt, ich hab einfach den Zeitpunkt verpasst, es dir zu sagen."

Sie nickt.

„Ist schon okay."

Dann kichert sie.

„Eoin hat mir das mit den irren Frisuren erzählt, die du auf der ersten Show gemacht hast."

„Der Mistkerl."

„Ach, eigentlich schade, dass ich die verpasst habe."

„Moment."

Ich hole mein Handy aus der Tasche und zeige ihr die Fotos von den drei Kühen mit Strähnchen, Zick-Zack-Look und dem pinken Haarschopf.

Catherine bekommt einen Lachkrampf und kann sich erst Minuten später beruhigen.

Als sie wieder Luft bekommt, sieht sie mich an.

„Du bist echt komplett irre. Aber einfach unwiderstehlich."

Sie zieht mich an sich, und wir küssen uns.

Ein lauter „Plop" holt uns in die Realität zurück. Gary

hat eine Flasche Champagner entkorkt, Betti hält ein paar Gläser hin, und er gießt ein.

Gary holt tief Luft.

„Ihr Lieben, das war eine aufregende Showsaison."

Catherine stupst mich an und flüstert.

„Ich glaub's ja nicht, mein Vater hält freiwillig eine Rede!" Gary sieht in die Runde.

„Wir haben mit unseren Kühen schon zahlreiche Siege errungen. Auch wenn es dieses Jahr im Finale nicht gereicht hat, ist es doch schon eine Leistung, überhaupt bis hierher gekommen zu sein. Das sollten wir nicht vergessen."

Er macht eine Pause.

„Wir haben als Team gut gearbeitet. Und, alle Achtung, Tom. Du hast dich sehr gut mit den Kühen vertraut gemacht. Niemand kann das besser beurteilen als Fionnah."

Alle lachen.

„Herzlichen Glückwunsch, Tom, und nochmals herzlich willkommen im Team der Coyle Farm."

Er hebt sein Glas, wir stoßen an und trinken einen Schluck.

Steffen knufft mich mit dem Ellenbogen.

„Heißt das, du bist engagiert? Ich meine, so richtig?"

„Ich denke schon."

„Hm. Du weißt aber schon, dieser Job ist echt megasuperballaballa?"

Ich muss lachen.

„Schon. Aber er ist auch megasupertraumhaftschön."

Steffen kichert.

„Na dann gratuliere ich. Du irrer Vogel."

Steffen drückt mich, und ich glaube, so etwas wie Rührung in seinen Augen zu sehen.

Wir drehen uns zu den anderen um. Gerade nimmt Gary Betti in den Arm und küsst sie.

Padraig hält die Hand in Richtung Eoin, der seufzend einen Schein rausrückt.

Doch dann hält er inne.

„Warte mal, ich hab doch gewonnen. Du hast gesagt, Tom hält sich hier nicht lange. Ganz am Anfang. Fünfzig Euro!"

Padraig erinnert sich. Missmutig gibt er Eoin den Schein zurück.

Plötzlich wird Catherine unruhig.

„Sagt mal, wo ist eigentlich Fionnah?"

Wir sehen uns um. Fionnah steuert im Hintergrund auf den gut gebauten Bullen zu, bei dem sie vorhin angehalten hatte.

Catherine nickt.

„Das ist okay. Er ist eine gute Wahl."

Wir lachen. Und heben unsere Gläser in Fionnahs Richtung.

„Auf Fionnah!"

KAPITEL 24

CATHERINE

1. August

Was für ein schöner Morgen. Der Himmel ist blau, es ist richtig warm geworden, die Luft duftet nach Blumen und Heu. Ich bin so glücklich. Und Tom ist einfach ein Schatz.

TOM

Ich musste erst den Zugang zum Herzen einer Kuh finden, um zu meinem eigenen zu gelangen. Und zum Herzen meiner Traumfrau. Manchmal geht das Leben merkwürdige Wege.

Aus Trolli ist inzwischen sowas wie ein Alt-Hippie geworden. Er hat eine Margeriten-Blüte im Haar, summt

Lieder vor sich hin und verlangt nicht mal mehr nach Pommes Schranke.

Steffen arbeitet weiter im Clouds und trifft sich abends regelmäßig mit Catherines Cousine, Friseurin Amy. Seitdem sitzen seine Haare immer perfekt, und soweit ich höre, hat er vorsichtshalber schon mal seine schlabberigen Leoparden-Unterhosen gegen gut sitzende Einfarbige getauscht.

Ich wohne mit Catherine auf der Farm, dafür ist Gary letzte Woche zu Betti gezogen. Er möchte sich langsam zur Ruhe setzen, und er meinte, Catherine und ich würden das mit der Farm schon hinkriegen.

Und so müssen Catherine und ich jetzt eine Farm mit hundertfünfzig Milchkühen managen. Aber ich habe eine Online-Fortbildung beim Holstein International Forum belegt und kenne mich mit Fütterungsmethoden und Zuchtlinien inzwischen fast so gut aus wie mit Kräutern.

Das mit den Kräutern ist übrigens nicht nur in der Küche der Hit, sondern auch im Stall. Dass die Kühe sie lieben, vor allem Thymian, Schnittlauch und Rosmarin, wusste ich ja schon. Doch neulich bin ich auf den Artikel eines Tierarztes gestoßen, der Kräuter zur Gesundheitsvorsorge bei Pferden verwendet. Ich habe sein System auf die Kühe angepasst, und siehe da, seitdem sind unsere Kühe kaum noch krank. Wenn ich die allabendliche Kräuterration vorbeibringe, stehen sie vor dem Stall regelrecht Schlange.

Und ich habe melken gelernt. Ich will nicht unbescheiden sein, aber mir fällt auf, wenn wir auf der

Show von Hand melken, halten die Kühe bei mir besonders still.

Neulich habe ich noch einen letzten Versuch unternommen, mein Auto aus der Werkstatt zu holen. Mein rostiger alter Peugeot besteht inzwischen nur noch aus sehr vielen, sehr kleinen Einzelteilen. Die Kräuter auf der Rückbank, die der Meister regelmäßig gießt, haben inzwischen Wurzeln in die Polster geschlagen und sind untrennbar mit den Sitzen verbunden.

Merkwürdig, wie sich eine Einstellung verändern kann. Vor ein paar Monaten hätte ich diesen Anblick als Katastrophe empfunden. Jetzt lächele ich, mache ein Foto für Catherine, steige wieder auf das alte Rad und radele fröhlich davon.

Mein Leben ist perfekt, oder wenigstens fast. Denn eine Sache möchte ich unbedingt noch klären, und dazu ist etwas Vorbereitung nötig.

Ich hole Fionnah von der Weide und frisiere sie so wie auf der ersten Show, mit den pinken Haarteilen und den Silbersträhnchen. Dann führe ich sie auf den Rasen vor dem Haus, kraule ihr mit einer Hand die Stirn, während ich mit der anderen Hand Catherines Handynummer wähle. Sie meldet sich auch gleich.

„Ist was passiert?“

„Nichts Schlimmes. Kannst du mal herkommen? Raus auf den Rasen?“

„Ja, klar.“

Während wir auf Catherine warten, streichele ich Fionnahs Hals.

„Was meinst du, Fionnah, wird das gut gehen?"

Ich sehe mich um, und da kommt sie. Catherine, die Frau meiner Träume.

Aus der Frisiertasche hole ich ein Büschel Rosmarin und einen Strauß Blumen mit den kleinen lila Blüten. Ich kann Fionnah nur mit Mühe davon abhalten, das Rosmarin sofort zu fressen.

Als Catherine uns erreicht hat, gebe ich ihr die Blumen und Fionnah das Rosmarin.

„Für meine beiden liebsten Frauen."

Catherine lacht und schnuppert an den Blumen. Fionnah hat ihren Rosmarin schon aufgefressen und versucht jetzt, Catherines Blumen zu schnappen. Catherine hält ihren Strauß außerhalb von Fionnahs Reichweite, aber Fionnah ist nicht davon abzubringen. Sie drängelt uns beiseite, beißt herzhaft in den Blumenstrauß und frisst ihn mit lautem Schmatzen auf.

Ich nehme Catherine in den Arm.

„Tut mir leid. Die sollten für dich sein."

Catherine lacht.

„Vor ihr ist halt nichts sicher, was schmeckt."

Ich nicke.

„Aber ich habe noch etwas für dich."

Ich ziehe ein kleines Kästchen aus der Tasche und knie mich vor ihr hin. Catherine sieht mich an und macht große Augen.

„Ist es das, was ich denke?"

„Mach es auf!"

Aber Catherine sinkt ebenfalls auf die Knie und umarmt mich. Wir bleiben einen Moment so, und ich bin der glücklichste Mensch im Universum.

Fionnah stupst uns mit der Nase an, so dass wir umkippen und im Gras landen. Wir lachen und halten uns im Arm.

Catherine sieht mir tief in die Augen.

„Ja.“

Dann taucht Fionnahs Nase neben Catherines Gesicht auf. Fionnah sieht mich aus ihren unendlich sanften Augen an, und ich meine fast, ihre Gedanken zu hören. Es ist, als ob sie sagt:

„Na, wie hab’ ich das gemacht?“

ENDE

DANKSAGUNG & HINTERGRÜNDE

Herzlichen Dank, liebe LeserInnen. Ich freue mich sehr, dass ihr mit Catherine, Tom und Fionnah mitgefiebert, mitgelitten und mitgeliebt habt. Dadurch, dass ihr Bücher lest, finden die Figuren erst ihren Weg in die Welt.

Ganz herzlichen Dank an meinen geliebten Mann Christian, der es klaglos und mit einem liebevollen Lächeln erträgt, wenn ich bis tief in die Nacht die Computertastatur malträtiere und dabei Kuhnamen vor mich hin murmele.

Großer Dank gebührt auch meiner Lektorin Dorothea Kenneweg, die nicht nur alle Macken in den Manuskripten aufspürt, sondern auch jede Menge wichtige Tipps über das Leben als Autorin in der freien Wildbahn parat hat. Und die so lange dranbleibt, bis auch ich endlich begriffen habe, worum es in meinen Büchern in Wahrheit geht.

Herzlichen Dank an Torsten Sohrmann von Buchgewand, der mit diesem fantastischen Cover meine Hoffnungen meilenweit übertroffen hat – und der noch vom anderen Ende der Welt immer blitzschnell antwortet.

Ich bedanke mich auch sehr herzlich bei meinen Testleserinnen Anna-Lena Kuß und Sylvia Gülle. Sie haben in der frühen Phase des Buchs nicht nur viele Fehler und Ungereimtheiten aufgespürt, sondern auch jede Menge tolle Ideen zu ihrer Behebung beigesteuert.

Und nicht zuletzt: Besonderen Dank an alle Kühe. Ihr bezaubert uns mit euren sanften Augen und eurem flauschigen Fell, und ihr erlaubt uns, eure Milch zu trinken. Ohne euch gäbe es dieses Buch nicht, keinen Käse, keine Sahnetorte und auch keine Schokolade.

Möge es euch gut ergehen, und möget ihr so geliebt und umsorgt werden wie die Kühe auf der Coyle Farm.

* * *

Die Vorkommnisse in der Welt der Kühe mögen einem exzentrisch und skurril vorkommen, und ehrlich gesagt ging es mir anfangs genau so. Aber ich schwöre, es entspricht der Realität, so verrückt sich manches auch anhören mag. Höchstens die Reihenfolge der Events musste ich aus dramaturgischen Gründen manchmal etwas ändern.

ÜBER MICH & KONTAKT

Ich bin in Norddeutschland aufgewachsen, was zu einer Leidenschaft für Meer, Schiffe und Fische geführt hat. Beruflich zog es mich allerdings zunächst in die Berge, genauer gesagt in die Rocky Mountains, um auf einer Pferderanch zu arbeiten und als Assistentin eines Paläontologen Dinosaurierknochen auszugraben.

Seit meiner Kindheit liebe ich Pferde und nutze jede freie Minute, um Zeit mit ihnen zu verbringen. Meinem eigenen Pferd bin ich schon begegnet, als er noch ein flauschiges Fohlen war. Und inzwischen habe ich auch die Kühe sehr fest in mein Herz geschlossen.

Ich schreibe nicht nur romantische Komödien, ich habe auch selbst eine erlebt ... und bin mit meinem Traummann sehr glücklich verheiratet. Beide, Mann und Pferd, bekommen regelmäßig die Geschichten vorab erzählt, die dann auch den Weg in meine Bücher finden.

Ich arbeite als Autorin und Dramaturgin in Berlin. Im Jahre 2007 gründete ich die Skript Akademie, die ich bis heute leite. Hier unterstütze ich mit großer Leidenschaft AutorInnen auf dem Weg von der Idee bis zur erfolgreichen Veröffentlichung.

Über Fragen und Anmerkungen zu meinen Büchern freue ich mich sehr!

Gerne über meine website www.kirstenharder.de, über E-Mail info@kirstenharder.de, bei facebook.com/ kirstenharder.de, oder über Instagram unter dem Namen kirstenharder2018.

Wer garantiert kein Buch verpassen möchte, kann auch ganz leicht meinen Newsletter abonnieren:
www.kirstenharder.de/newsletter Der ist voll datenschutzkonform und kann notfalls ebenso leicht wieder abbestellt werden.

* * *

Ach, und noch eine Bitte: Wie alle AutorInnen, freue auch ich mich über eine Rezension. Denn Feedback hilft uns AutorInnen, besser zu werden, und anderen LeserInnen hilft es bei der Suche nach den passenden Büchern.
Herzlichen Dank!

Liebe Grüße, Eure Kirsten

Ein Seehund unterm Weihnachtsbaum

Was, um Himmels willen, macht der Seehund unterm Weihnachtsbaum?

Anna hatte sich das so romantisch vorgestellt: Weihnachten in New York mit ihrem Freund Jack. Doch kurz vor dem Abflug lässt der attraktive Schauspieler sie für eine Rolle in Hollywood schnöde sitzen.

Enttäuscht von der Liebe, fährt Anna an die Nordseeküste zu ihrer skurrilen Familie. Doch Heiligabend mit ihren chaotischen Tanten und den dazugehörigen Dackeln ist Extremsport für Annas Nerven. Und wie befürchtet, warten schon bald einige Überraschungen auf sie.

Über die erste stolpert sie gleich am Morgen in der Küche: Es ist der äußerst attraktive und charmante Jan. Ein echter Traummann ... Schade, dass Anna gerade in der Sorte Schlabberklamotten steckt, die man wirklich nur anziehen möchte, wenn es garantiert niemand sieht.

Anna wartet auf die Antwort der Filmschule in Los Angeles, wo sie sich beworben hat, um ihren großen Traum von ihrer Filmkarriere zu verwirklichen. Doch auch wenn sie andere Pläne hat, kann sie es nicht verhindern, dass sie sich in Jan verliebt. Und nicht nur er ist unwiderstehlich, sondern auch die Seehundbabies, die er in seiner Aufzuchtsstation großzieht. Gegen die geballte Anziehungskraft kann Anna sich einfach nicht erwehren.

Dieses turbulente und emotionale Weihnachten stellt Annas Leben ordentlich auf den Kopf. Und sie muss eine schwierige Entscheidung treffen, um herauszufinden, was ihr wirklich wichtig ist.

„Ein Seehund unterm Weihnachtsbaum" gibt es als eBook und als Taschenbuch. Das eBook gibt es bei Amazon, das Taschenbuch ebenfalls bei Amazon, aber auch bei Books on Demand www.bod.de, oder im Buchladen um die Ecke. Die ISBN ist 978-3-9820799-1-2

* * *

Das nächste Buch erzählt ebenfalls eine Liebesgeschichte - natürlich! ;-) Nach Kühen und Seehunden geht es dieses Mal um die Welt der Westernpferde und Cowboys. Die Geschichte spielt in den Rocky Mountains und ist inspiriert von Episoden, die ich während meiner Arbeit auf einer Ranch dort selbst erlebt habe.

Es erscheint voraussichtlich im Sommer 2020.